Un matin sur la Terre

Christian Signol

Un matin sur la Terre

ROMAN

Albin Michel

IL A ÉTÉ TIRÉ DE CET OUVRAGE

Vingt exemplaires
sur vélin bouffant des papeteries Salzer
dont dix exemplaires numérotés de 1 *à* 10
et dix exemplaires, hors commerce, numérotés de I *à* X

À *Germain Montial*
À *Julien Signol*

Il n'y a pas d'autre richesse que la vie ;
la vie comprenant toute puissance d'amour,
de joie et d'admiration.

John RUSKIN.

C'était un matin sur la Terre. Trois soldats, couchés dans le même entonnoir, pensaient à la fin de la guerre, cette terrible guerre à laquelle depuis quatre ans, miraculeusement, ils avaient survécu. Or, ils avaient l'espoir qu'elle allait finir. Dans une heure, un jour, deux ou trois, peut-être, mais elle allait finir. C'est ce que se répétaient ces trois hommes qui rêvaient à la paix, à ce qu'avait été leur vie d'avant, les longs soirs de juin dans la lumière des étés, le regard de ceux qu'ils aimaient, leurs mains et leurs caresses, leur jeunesse perdue, les mots murmurés dans l'ombre à l'abri des volets le jour de leur départ : « Fais attention à toi, ne m'oublie pas, reviens-moi vite. »

À 6 heures, ce matin du 11 novembre 1918, le brouillard enveloppait les collines de Vrigne-Meuse. Il faisait froid, très froid, et, habitués à ces hivers qui avaient parfois fait taire les canons sous un ciel aveuglant de gel, les trois hommes ne sentaient ni leurs pieds ni leurs mains. Seul leur esprit demeurait vivant, mais si peu, qu'ils auraient pu mourir, comme cela, s'éteindre comme s'éteignent les bougies trop usées. Serrés les uns contre les autres, ils s'efforçaient de ne songer qu'à ce que leur avait appris le capitaine : les plénipotentiaires allemands avaient franchi la frontière quatre jours plus tôt. L'Armistice aurait déjà dû être signé. Ces trois hommes harassés avaient traversé les quatre années de peine et de malheur avec courage et sans jamais se plaindre, sinon dans le fond de leur cœur. Ils avaient tous les trois une femme. Elles s'appelaient Juliette, Marie et Louise. Elles étaient jeunes, et belles, elles attendaient, pleines de vie, d'espoir, ces maris qui allaient leur revenir après tant de misère, de solitude, et tant de peurs.

Le premier portait le matricule 4218. Il avait des yeux si bleus qu'ils en paraissaient blancs, un regard étonné mais très beau, très franc, où perçait encore l'innocence d'une enfance trop heureuse. Il était lieutenant au 415e régiment d'infanterie. Il s'appelait Pierre Desforest. Il venait du Périgord, où son père était notaire dans une bourgade blottie entre les chênes et les châtaigniers. Des mois qu'il n'y était pas revenu. Des mois durant lesquels il n'avait cessé d'y penser, de tendre toutes ses forces vers ce moment où ses yeux parcourraient de nouveau les champs, les collines douces, les bois toujours verts d'où émergeaient par endroits les toits bruns des châteaux et des métairies. Son pays, celui où l'attendait son épouse Juliette, dans le château de son père, un maître de forges installé au bord de l'Auvézère, dont l'eau chantait délicieusement entre les frondaisons.

Il avait vingt-huit ans.

Le deuxième portait le matricule 2684. Il s'appelait Jean Pelletier. Ouvrier à Paris avant tout ça, il était petit, sec et nerveux. Marié à Marie, qui était blanchisseuse, il lui avait donné deux enfants, deux beaux enfants qui avaient la même énergie qu'elle au fond des yeux, de la gaieté aussi, celle des êtres qui sont heureux de peu : d'une présence, d'un sourire, d'un morceau de pain chaud. Depuis, sans le salaire de Jean parti à la guerre, Marie était obligée de travailler du matin au soir pour pouvoir les nourrir. Ils habitaient dans une arrière-cour du vieux quartier Saint-Paul, entre la Bastille et l'île Saint-Louis, où ils allaient se promener, avant, le dimanche, quand ils n'étaient pas trop fatigués, sur les quais de la Seine où passaient des bateaux qu'ils ne prendraient jamais. Ils étaient pauvres, mais croyaient que l'on peut être pauvre et heureux.

Elle avait la peau blanche, Marie, aussi blanche que le linge qu'elle lavait, et Jean ne s'en rassasiait pas. Elle l'éblouissait encore, la nuit, dans son sommeil. Des jours, des mois qu'il n'avait pas touché cette peau si blanche, si blanche qu'il en pleurait de désir, de désespoir de ne plus pouvoir la caresser comme il l'avait caressée chaque jour de sa vie.

Il avait vingt-cinq ans.

Le troisième s'appelait Ludovic Rouvière. Il portait le matricule 3579. Il était brun, calme, trapu, avait des bras épais où les veines couraient à fleur de peau comme des cordes. Fils de petit vigneron, il venait des Corbières, où il était devenu maître d'école après beaucoup d'efforts, de volonté. Il était marié, lui aussi : avec Louise, une brune aux yeux verts qui élevait leurs deux enfants dans les montagnes du pays cathare où l'on savait de toute mémoire ce que c'était que la guerre. Depuis le départ de Ludovic, Louise vivait avec ses enfants dans l'école du village, au milieu des vignes, des genêts, des cyprès. Elle avait connu Ludovic lors de sa première nomination à Saint-André-de-Roquelongue, et tout de suite elle avait eu besoin de cette énergie farouche qui était en lui et qu'il lui avait insufflée peu à peu, au fil des jours. Aujourd'hui, Ludovic recherchait dans son souvenir l'âpreté de ses collines, leur rocaille et leur sauvagine, mais aussi les odeurs de sa classe, de l'encre et de la craie, des sarraus des enfants, du combat qu'il avait mené pour survivre et les retrouver bientôt. C'était le plus vieux des trois.

Il venait d'avoir trente ans.

Ces trois hommes savaient, grâce à Pierre Desforest qui le tenait du capitaine : le 7 novembre, dans l'Aisne, on avait sonné le cessez-le-feu pour laisser passer les plénipotentiaires allemands. Et pourtant la guerre continuait. Quand l'ordre d'offensive avait été donné, le 9 novembre, ils n'avaient pas compris pourquoi il fallait continuer de se battre, mais ils avaient obéi, ces trois hommes, puisqu'ils obéissaient depuis quatre ans.

Ils étaient terrés là depuis la veille, entre la Meuse

et la côte 249, où ils avaient donné l'assaut aux positions allemandes retranchées dans les bois du Signal de l'Épine, une colline qui dominait la Meuse de quelques centaines de mètres, bordée par un bois de hêtres et de sapins sombres comme la nuit.

Durant l'après-midi, la contre-attaque ennemie les avait repoussés vers la Meuse et ils avaient dû se réfugier dans cet entonnoir où ils étaient allongés, au matin du 11, pour échapper aux mitrailleuses et aux obus qui n'avaient cessé de tomber. Ils n'avaient pas mangé, tentaient de se protéger de leur mieux, serrés les uns contre les autres pour ne pas trop souffrir du froid, sans même prêter attention aux canons de l'artillerie française qui répondaient à ceux de l'artillerie allemande. L'ordre était de tenir les positions coûte que coûte. Et pourtant, à 5 h 15, à l'aube de ce 11 novembre, le généralissime Foch avait télégraphié aux commandants l'arrêt des hostilités sur tout le front à partir de 11 heures. Le PC du 415e régiment d'infanterie avait reçu le télégramme mais n'avait pas encore pu prévenir les compagnies, car les agents de liaison ne pouvaient passer entre les balles des mitrailleuses et les obus qui tombaient toujours.

6 heures 30

Le lieutenant Pierre Desforest, plongé dans un demi-sommeil, ne les entendait plus. Il songeait vaguement que s'ils s'étaient repliés la veille au soir de l'autre côté de la Meuse au lieu de tenir ces positions si dangereuses, si exposées au feu ennemi, les canons se seraient tus. Il l'avait fait observer au capitaine, qui s'était contenté de répéter les ordres : il fallait tenir. Alors il tenait, Pierre Desforest, comme tenaient les deux hommes couchés près de lui, Jean Pelletier et Ludovic Rouvière, qui ignoraient encore que l'Armistice était signé, qu'ils étaient sauvés, qu'ils allaient retrouver tout ce qu'ils aimaient et que peut-être ils oublieraient ces quatre années dans lesquelles la folie des hommes les avait précipités.

Pierre ne bougeait pas pour ne pas réveiller le froid qui était entré dans son corps, jusque dans ses os. Il avait l'espoir que tout ça, enfin, allait s'arrêter.

Il avait réussi à oublier les canons et les mitrailleuses. Il ne pensait plus à la guerre. Non. Il pensait à la grande maison aux pierres ocre, aux tuiles brunes qu'il allait bientôt retrouver, là-bas, dans le bourg où il était né, le 24 mars 1890, à 6 heures du soir, fils cadet d'Abel Desforest et de Camille Vidalie ; il pensait à son enfance lumineuse dans l'odeur de l'encre de l'étude et des confitures de la cuisine où Sidonie, sa grand-mère, le prenait parfois sur ses genoux, le gavait de douceurs, de figues confites ou de chocolats, avant de le laisser aller dans les rues où l'odeur forte des fermes chaudes, l'été, l'assaillait dès qu'il franchissait le seuil de la vaste maison située sur la grande place ombragée d'ormes et de tilleuls.

Il était né à Lanouaille, un gros bourg du Périgord vert, à la frontière de la Dordogne et du Limousin, et il avait toujours su que c'était une chance, surtout quand il était parti, plus tard, étudier à Périgueux et ensuite à Paris. Il y avait vécu heureux, follement heureux, en fait, près de sa mère Camille, qui était fille de grands propriétaires et avait apporté en dot de belles terres et une métairie à son mari, dont la famille possédait une charge de notaire depuis deux siècles ; mais aussi près de Sidonie, sa grand-mère maternelle, de Maria la cuisinière, femme à tout faire, et de Jérôme, son frère, de deux ans son aîné, et avec qui il partageait tout.

Le dimanche, ils accompagnaient leurs parents vers la métairie de la Nolie, traversant les terres bordées de taillis et de fougères, dans ce parfum de mousse et de champignons que Pierre n'avait senti que là-bas, et que les odeurs de la guerre n'avaient pu lui faire oublier. Ils mangeaient à midi dans la grande demeure à tourelle qu'ils s'étaient réservée, laissant aux métayers les communs de l'ancienne propriété des hobereaux de l'Ancien Régime, ceux de la famille Vidalie enrichis au moment de l'Empire par la vente des biens du clergé.

Le jeudi, Pierre partait avec les deux fils des métayers courir les bois et les champs, jusqu'à la Loue où ils se baignaient, durant les beaux jours, malgré l'interdiction de sa mère qui s'était toujours méfiée de l'eau, craignant les miasmes qui, prétendait-elle, croupissaient, dissimulés dans la vase. Or il n'y avait pas de vase dans cette rivière vive qui serpentait entre les chênes de la rive, mais seulement des truites que les garçons pêchaient à la main, avant de rentrer couverts de sueur, épuisés d'avoir tant couru, dans l'odeur de la terre chaude, des chaumes grillés, des acacias, des coquelicots, des orties et des carottes sauvages.

Où se trouvaient-ils aujourd'hui, ces garçons pleins de vie ? Morts, sans doute, comme était mort Jérôme, son frère, en 1914, sur la Marne, dans les premiers mois de la guerre. Lui seul, de ces enfants libres et heureux, était encore en vie, Pierre en était sûr. Plus rien, là-bas, ne serait comme avant. Son père, un homme débonnaire aux yeux noirs, à l'embonpoint paisible ; sa mère plus grande que lui, plus énergique, plus forte aussi, n'avaient pas oublié la douleur. Lors de sa dernière permission, Pierre les avait trouvés tellement changés, tellement brisés, qu'il avait eu hâte de repartir. Et pourtant l'espoir demeurait vivant au fond de lui : les canons de la guerre n'avaient pas tonné là-bas. Il savait que restaient debout les bâtiments de la Nolie, le moulin, la forge, que coulaient encore la Loue et l'Auvézère, qu'il les reverrait bientôt dans le soleil comme dans cette paix des années du début du siècle où tout paraissait devoir durer toujours.

À la même heure, ce 11 novembre, sa femme, Juliette Desforest, se levait. Elle se réveillait très tôt, surtout depuis que Pierre n'était plus là, près d'elle, dans le lit. Et comme chaque matin ses premières pensées étaient pour lui, pour cette guerre qui allait bientôt finir, pour des retrouvailles proches, peut-être le bonheur après tant de peurs, de solitude, tant d'épreuves dans lesquelles son père et sa mère avaient perdu tout courage. C'était elle qui, depuis la mort de son frère, avait pris la responsabilité du domaine et du château. Alors qu'elle l'avait toujours cru inébranlable, son père ne se remettait pas de la mort de son fils Jules, dans lequel il avait placé tout son espoir pour l'avenir. Et tout le bel ordonnancement du château, de la forge et du domaine s'en allait à vau-l'eau, alors qu'ils avaient toujours été dirigés d'une main de fer – en fait depuis qu'elle avait ouvert les yeux sur cet univers où se côtoyaient une centaine de personnes : les domestiques du château, les commis du haut-fourneau, les forgerons, les affineurs, les employés de la réserve (cette partie du domaine que son père faisait exploiter directement au lieu de la confier à des métayers), les femmes et les enfants de tous ces gens qui donnaient à l'immense cour bordée de chênes une animation joyeuse et turbulente.

Comme chaque matin, Juliette s'approcha de la fenêtre en espérant apercevoir la lueur rouge du haut-fourneau, en contrebas, qui avait été le cœur de cet univers chaleureux. Mais rien n'éclairait plus la nuit de l'hiver. Il était éteint comme avait été éteint le bonheur depuis le début de la guerre. Et pourtant c'était là que, enfant, la main innocente de Juliette allumait le foyer au début de la saison de fonte, c'est-à-dire en octobre, après les vendanges, quand les gros travaux étaient terminés et que la main-d'œuvre des alentours affluait à la forge pour gagner quelques sous pendant l'hiver. Elle avait gardé de ce geste une sorte de frayeur magique, jusqu'à ce que son père, un soir, lui explique ce qui se passait réellement à quelques mètres du château : des charretiers apportaient du minerai et de la castine que l'on faisait fondre dans le fourneau avec du charbon de bois. Cette fonte était en partie vendue, en partie transformée en fer après affinage. Avec ce fer on fabriquait des socs de charrue, des pièces métalliques, des clefs, des pointes dans la tréfilerie qui jouxtait la halle de coulée. Tout, alors, était suspendu à l'activité du haut-fourneau : si par malheur on laissait la température baisser, cela provoquait un engorgement et toute la chaîne de production s'arrêtait. Ces jours-là, son père se montrait d'une humeur exécrable, et tout le train de maison en souffrait.

Juliette se souvenait du profond silence qui régnait alors pendant les repas, de l'agitation fébrile des domestiques et des commis, de la peur, aussi, des gardeurs de feu sur qui tombaient les foudres de M. Roquemaure. Elle avait toujours préféré les beaux jours, du printemps à l'automne, quand le haut-fourneau s'éteignait enfin, que les activités agricoles reprenaient leurs droits, dans les métairies ou dans la réserve, à l'occasion des labours, des foins et des moissons. Son père les emmenait parfois, Jules et elle, dans son cabriolet à travers les terres, le long des chemins bordés de noisetiers, de châtaigniers et de grands chênes, pour retrouver Mérillou le régisseur qui l'attendait dans quelque pièce pour montrer l'état des cultures. C'était une fête que ces matins-là. Elle se tenait aux côtés de Jules face à son père dont le nez fort, le regard sombre sous d'épais sourcils noirs, les lèvres épaisses s'adoucissaient enfin, tandis qu'il observait à droite et à gauche du sentier les taillis et les champs, leur désignait du doigt une poule faisane ou une perdrix. C'était aux heures heureuses, quand la guerre n'avait pas brisé comme verre ce bonheur fragile.

Fragile, c'était aussi, depuis toujours, l'impression que lui donnait sa mère. Tout entière soumise à un homme de fer et de feu, frêle et sans cesse assaillie de migraines, elle ne cessait de trembler. Même lorsque son mari était absent – hors du château, tout simplement – elle redoutait son retour et le jugement qu'il porterait sur les repas servis par la cuisinière, sur la tenue des domestiques ou sur la manière, pourtant irréprochable, de mener sa maison. Juliette, alors, s'était juré de ne jamais vivre comme elle, plus tard. Et c'était cela qu'elle avait tout de suite aimé chez Pierre : il lui parlait doucement, sans jamais élever la voix. Et puis il y avait ses yeux, si clairs, si beaux qu'elle avait l'impression de le connaître autant qu'il se connaissait lui-même, peut-être même davantage.

Elle se souvenait très bien des visites des Desforest à cette époque, n'avait rien oublié des longs repas alors qu'ils n'étaient que des enfants, de son attente, déjà de son impatience à sentir Pierre près d'elle. C'était au temps où le monde entier – le soleil même – paraissait gouverné par ce père qui régnait sur des centaines d'hommes et de femmes, incarnait pour eux la certitude de manger à leur faim, de gagner quelque argent pour s'installer un jour, acheter ce lopin de terre qui les affranchirait du maître et leur permettrait d'assurer leurs vieux jours.

Que restait-il aujourd'hui, après quatre ans de guerre, de ces certitudes ? Combien de familles avaient vu leurs enfants mourir, disparaître sans même revoir leurs corps, tant d'hommes courageux, travailleurs, enterrés en des lieux qu'ils n'auraient jamais connus sans cet ébranlement qui avait parcouru le pays pendant l'été 1914 ?

Elle tenta de fuir ces sombres pensées et s'attabla devant son secrétaire en bois d'acajou pour écrire à Pierre. C'était ainsi qu'elle commençait toutes ses journées : en lui écrivant, en pensant très fort à lui, en souffrant aussi de son absence, mais aujourd'hui un espoir tout neuf vibrait en elle et elle avait hâte de le lui dire.

Pierre ouvrit les yeux sur Jean Pelletier qui lui tournait le dos, toucha du bout des doigts la capote couverte de boue pour sentir la vie sous le drap épais, renonça à s'étirer tant il avait peur de réveiller le froid. Il se contenta de soulever la tête, rencontra le regard du sergent Rouvière qui avait les yeux ouverts. Il y lut une telle lueur de force et d'espoir qu'il se sentit bien, tout à coup, et qu'il déplaça un bras par-dessus le corps du soldat Pelletier, pour toucher celui du sergent, agripper la capote, la serrer, comme si ces trois vies n'en faisaient plus qu'une.

– À quoi pensais-tu ? demanda Pierre Desforest, gardant la tête légèrement soulevée.

Le sergent Rouvière ne répondit pas tout de suite, mais un sourire éclaira ses joues couvertes de boue :

– Je pensais que c'est l'heure où j'allumais les poêles dans les classes.

– Tu les rallumeras bientôt.

– Vous en êtes vraiment sûr, mon lieutenant ? demanda le soldat Pelletier.

– Avant la fin de l'année, de cela au moins je suis sûr.

– Nous avons un fourneau, nous, dit Pelletier. On brûle du charbon et non du bois. Marie s'en sert pour faire la cuisine. Vous passerez nous voir, mon lieutenant, avant de regagner votre Périgord ? Rappelez-vous, vous me l'avez promis.

– Je passerai, fit le lieutenant.

– Et vous, sergent ?

– C'est entendu.

– Alors vous verrez Marie et mes petits. On ouvrira une bouteille de mousseux. D'accord, mon lieutenant ?

– C'est d'accord, je te l'ai déjà dit.

Un obus tomba tout près, faisant jaillir des gerbes de terre et de feu, et les trois hommes se turent. Comme ils n'avaient pas beaucoup dormi, dès qu'ils fermaient les yeux, ils plongeaient dans un demi-sommeil qui leur permettait de rêver à leur vie d'avant, Jean Pelletier comme ses camarades. Il avait si froid, lui aussi, qu'il évitait de bouger. Il avait froid et faim, mais il n'avait pas peur, trop habitué qu'il était à entendre siffler les obus et cracher les mitrailleuses au-dessus de lui. Il était surtout épuisé, prêt à tout accepter, peut-être même à mourir, parce que vraiment, oui, vraiment, c'était beaucoup plus qu'un homme pouvait endurer. Quatre ans à se battre, à subir le feu, à vivre parmi les rats, à voir mourir les camarades autour de lui, quel homme pouvait résister à cela ? C'était trop de peine et trop d'injustice, vraiment.

Il n'avait jamais souhaité ça, lui. Il désirait seulement vivre avec Marie et travailler pour elle, pour leurs deux enfants, parce que travailler, lui, il savait ce que cela signifiait. Depuis l'âge de douze ans, en fait. C'était à cet âge-là qu'il était entré à la fabrique, emmené par un ami de son père qui venait de mourir. On y usinait des boulons, des rivets, des fers à cheval, des socs de charrue, tout ce qui se forgeait. Un univers noir, tout noir, aussi noir que la peau de Marie était blanche, et c'était sans doute pour cela qu'elle l'avait ébloui.

C'est du moins ce que se disait Jean Pelletier depuis qu'il l'avait rencontrée, alors qu'elle avait seize ans et lui dix-sept, le premier soir où elle avait levé les yeux sur lui, des yeux d'un gris à peine bleuté aussi doux que la blondeur, légèrement rousse, de ses cheveux. C'était dans la rue Charlemagne, où elle habitait alors chez sa mère, et, comme elle, lavait le linge qu'on voulait bien lui confier. Jean avait eu scrupule à le lui donner, son linge, si noir pour des mains si blanches, et elle lui avait dit simplement, le dévisageant avec un sage sourire :

– Donnez, allez ! J'ai l'habitude, vous savez.

C'est vrai que depuis toujours, il avait ressenti non pas de la honte, mais une sorte de gêne à voir rentrer son père dans le logement si bien tenu par sa mère malgré la pauvreté des lieux, rue des Chauffourniers, entre les Buttes-Chaumont et le canal Saint-Martin, où ils habitaient alors, dans le nord de Paris. Deux pièces sous les toits dans un immeuble dont les fenêtres donnaient sur une cour intérieure encombrée de charrettes. Il ne se souvenait pas d'avoir eu faim un jour. Son père charbonnier, sa mère travaillant pour une couturière installée boulevard de la Villette, ils mangeaient du pain, du bouilli de bœuf le dimanche, et ne pouvaient se plaindre de rien. Mais quand son père rentrait, le soir, tout noir d'avoir charrié tant de charbon, la mère soupirait, craignant qu'il ne salît l'ouvrage qu'elle avait patiemment cousu depuis le matin, s'usant les yeux sous la lampe. C'était là, semblait-il à Jean, le seul vrai souci du ménage. Des difficultés d'argent, il n'en était jamais question, et d'ailleurs son père travaillait à son compte, même si c'était petitement, avec la seule charrette qu'il possédait, un cheval qu'il logeait au fond d'une cour, dans une minuscule écurie sans ouverture, à l'extrémité de la rue des Chauffourniers.

Jusqu'à l'âge de six ans, les deux pièces avaient été le seul univers de Jean Pelletier pendant la semaine, en face de cette femme qui gardait toujours les yeux baissés sur son ouvrage, l'autorisant parfois à aller jouer dans la cour, mais le rappelant très vite depuis la fenêtre, comme si elle ne pouvait pas se passer de lui, ou craignant pour lui, sans doute, puisque c'était son seul enfant.

Le sifflement d'un obus qui rasa l'entonnoir l'arracha à ses rêves, mais il se refusa à les quitter et demanda :

– Vous êtes déjà monté sur un bateau, mon lieutenant ?

– Oui, sur la Seine, quand j'étudiais à Paris.

– Nous, le dimanche, reprit Jean Pelletier, on allait en promenade le long du canal Saint-Martin, et on s'arrêtait aux écluses pour voir passer les péniches. Moi, je rêvais d'en conduire une plus tard, je voulais connaître d'autres villes, d'autres ports, d'autres pays.

Il soupira, reprit de la même voix mélancolique :

– En bas, l'hiver, rue des Récollets, mon père achetait des oublies ou des marrons, puis on descendait jusque sur la place de la République et je me sentais tout petit devant les fiacres, les automobiles, les omnibus à impériale, la foule qui se pressait aux terrasses des cafés, les hommes en costume et chapeau, les femmes en robes longues et fourrures semblables à celles que ma mère savait confectionner mais ne portait jamais.

Comme s'il en avait trop dit, comme si ce retour au passé était trop douloureux, Jean Pelletier se tut, mais il continua de penser à cette vie qu'il menait, enfant, petite vie qui s'éclairait seulement le jeudi par les visites à la couturière boulevard de la Villette. Jean aidait alors sa mère à rapporter l'ouvrage que sa patronne lui confiait, précieux trésor dont il fallait prendre bien soin, et que la noirceur de son père menaçait. C'était à ce moment-là, certainement, qu'il s'était juré de ne jamais devenir charbonnier, mais il ne savait pas que la vie, souvent, décide pour vous : il n'était pas devenu charbonnier, non, mais ses mains, ses vêtements de travail étaient parfois aussi noirs que ceux de son père. Il s'était alors aperçu que c'était le lot de tous ceux qui trimaient ainsi, et qu'avoir les mains blanches signifiait le plus souvent que l'on faisait travailler les autres au lieu de travailler soi-même – il ne connaissait pas encore Marie.

Oui, il avait appris des choses comme celles-là, Jean Pelletier, et d'autres encore dont il ne parlait jamais. Par exemple que ce sont les puissants qui envoient les petits se faire tuer, qu'ils savent ce qu'il faut faire pour ne pas y aller eux-mêmes, à la guerre, qu'ils peuvent payer pour cela, qu'il faut que les petits se serrent les coudes pour se défendre, mais ils n'y arrivent pas souvent. Ça ne les empêche pas d'être heureux, parfois, de profiter de la plus petite heure de temps libre, d'aller à Nogent, au bord de la Marne, manger des fritures, boire du vin blanc et danser au son d'un accordéon.

Il y avait emmené Marie une fois, le lendemain de leur mariage. Ils y étaient arrivés en fin de matinée par un chemin blanc de poussière fréquenté par des femmes à ombrelles, des cyclistes, des promeneurs comme eux, venus de la ville pour passer le dimanche. C'était au mois de septembre. Les aulnes et les peupliers se balançaient doucement dans un petit vent tiède qui glissait agréablement sur la peau. Jean donnait le bras à Marie qui portait une robe bleue à fleurs blanches, légère, si légère qu'elle se gonflait parfois, et Marie riait, la tête renversée, ses cheveux blonds jouant dans le soleil. À midi, ils avaient mangé à l'auberge pour la première fois de la matelote d'anguille et des vol-au-vent, puis Jean avait loué un canot et ils étaient partis sur l'eau, assis face à face, les yeux dans les yeux, et Jean s'était demandé pourquoi il avait tant de chance : une épouse si belle que les autres hommes la regardaient à l'auberge, il l'avait bien vu, mais qui, elle, ne regardait que lui ; s'offrir un repas dans un restaurant, louer un canot et se retrouver seul avec Marie dans une île de la Marne où ils avaient abordé dans l'après-midi.

Là, étendus dans l'herbe, elle s'était laissé embrasser après s'être assurée qu'ils étaient bien seuls, dans un lit de fleurs qui sentait bon, elle s'était même abandonnée quand il avait voulu aller plus loin, vite, très vite, et cet instant-là, il ne l'avait jamais oublié. Au retour ils avaient dansé dans la grande salle de l'auberge, parmi des hommes et des femmes qu'ils ne voyaient même pas, puis ils étaient repartis sur la route blanche après un dernier verre de vin blanc pour se donner du courage.

Cela se passait en 1911. Neuf mois avant qu'il ne parte au service militaire. Depuis, il n'avait pas quitté l'armée : cela faisait six ans qu'il lui donnait sa vie, puisqu'il n'avait pas fini son service quand la guerre avait éclaté. Et pourtant il avait deux enfants, car il était venu en permission, mais c'est à peine s'il connaissait ses fils, leurs grands yeux étonnés en le voyant apparaître, leur méfiance vis-à-vis de lui, comme s'ils avaient peur qu'il leur prenne leur mère. Il se demandait même s'il connaissait vraiment Marie, n'ayant pu vivre plus de neuf mois près d'elle, c'est pourquoi il en avait une telle soif, un tel besoin, un tel désir.

Il avait confiance en elle. Il la savait claire comme une eau de source, fidèle, honnête, mais il avait peur pour elle, dans sa solitude, sans homme pour la protéger. Parfois il l'imaginait rapportant son linge dans des quartiers obscurs, hésitant dans les escaliers, frappant à des portes inconnues. Il la voyait alors jetée sur un lit, ses vêtements arrachés livrant d'un coup sa peau blanche, prise par des hommes cruels, ces embusqués qu'il haïssait car il les savait incapables de courage, sinon face à des femmes sans défense, dont ils pouvaient profiter à leur guise.

C'était là sa hantise, sa douleur, plus que celle de se battre. C'était de cela qu'il souffrait vraiment, de ces dangers qu'elle courait, de cette injustice qui leur avait été faite : être séparés depuis si longtemps, n'avoir pas pu étancher sa soif d'elle, n'être pas revenu à Nogent, dans l'île du bonheur, sous l'ombre verte. Il lui arrivait de pleurer, la nuit, en l'imaginant seule dans son lit, désespéré à l'idée qu'il ne lui était d'aucun secours et que, au contraire, il pouvait mourir sans avoir épuisé le plaisir de vivre avec elle. Depuis le début de la guerre il s'était battu dans cette conviction qu'il devait survivre pour la protéger, rattraper le temps perdu loin d'elle, et, ce matin-là, ce matin du 11 novembre 1918, dans un trou froid qui lui glaçait les os, il lui semblait qu'il avait gagné le combat le plus difficile de sa vie.

Le lieutenant Desforest lui avait appris que l'Armistice allait sans doute être signé. Les yeux clos, il apercevait Marie devant lui, et s'il avait pu, s'il n'avait pas été coincé entre son lieutenant et son sergent, il aurait tendu sa main vers elle, caressé son corps lisse comme un galet de rivière.

À Paris, Marie était déjà levée, ce matin du 11 novembre, et elle repassait les vêtements de ses enfants en songeant qu'elle ne devait pas oublier de poster sa lettre à Jean, une lettre qu'elle avait écrite sous la lampe la veille, jusqu'à plus de minuit. Elle lui racontait ce qu'elle entendait au lavoir : que la victoire était proche, c'était une question de jours, et non plus de semaines ni de mois. À vrai dire, elle-même n'y croyait pas beaucoup. Il y avait tellement de temps que Jean était parti, la laissant seule, si ce n'était ces permissions durant lesquelles il semblait vivre encore là-bas, là où se jouait la vie des hommes sans qu'aucune femme n'y pût rien, pas même imaginer ces souffrances qui assombrissaient la lumière de leurs yeux.

Pourtant, Marie n'avait jamais demandé grand-chose à ce Bon Dieu qu'elle priait dans l'église Saint-Louis de la rue Saint-Antoine. Elle n'avait jamais été exigeante. Elle voulait vivre avec son mari, cet homme qui était parti trop tôt, sans qu'ils aient eu le temps d'épuiser le peu de bonheur auquel ils avaient droit. Enfant, elle avait été heureuse d'un rien, d'un rayon de soleil dans l'eau du quai des Célestins où l'emmenait sa mère, d'une odeur de savon, du contact sur sa peau d'une chemise propre, de la chaleur d'un poêle en hiver. Elle riait de tout, savait qu'elle était faite pour rire et donner du bonheur à ceux qui vivaient autour d'elle.

Mais que restait-il de cette joie aujourd'hui ? Seulement la cicatrice de blessures qu'elle tentait d'oublier, le sourire de ses enfants, le souvenir d'une journée à Nogent, avant la guerre, et l'infime espoir que peut-être elle pourrait redevenir la même, cette enfant qui s'amusait d'un rien, de quelques bulles de savon, levait la tête vers le ciel en faisant jouer ses boucles blondes – elle avait alors l'impression que le monde tournait autour d'elle, et même le soleil.

Et ce matin, en regardant par la fenêtre le jour gris, elle se demandait, en repassant son linge, si le soleil apparaîtrait. Elle l'espérait, parce qu'elle redoutait l'hiver qui s'annonçait, qu'elle détestait le froid, que le soleil, le rire lui étaient indispensables pour traverser le désert des jours sans l'homme de sa vie.

Jean ! Elle se souvenait du jour et de l'heure où il était apparu devant elle, timide et emprunté, son paquet de linge sale à la main, de ses traits aigus, de ses yeux noirs et vifs, de la moustache qui lui servait à se vieillir, et de ses mains aussi, noires mais fines, des mains qui, sur sa peau, lui faisaient oublier qui elle était et où elle se trouvait. Un homme sec et nerveux, sans la moindre once de graisse, aux muscles durs et aux gestes tendres. C'était cela, sans doute, qu'elle avait aimé dès le premier jour. Il ne ressemblait pas aux autres hommes qui lui parlaient durement et dont elle devinait la menace. Il s'était excusé de ses mains sales, de son travail à l'usine, au point qu'elle avait ri en répondant :

– Donnez, allez ! J'ai l'habitude, vous savez.

En le prenant, elle avait touché ses doigts, et elle avait compris que ce jour allait compter dans sa vie. Sa mère aussi avait compris, à la manière dont sa fille lavait ce linge, le repassait en rêvant, guettait la venue de l'ouvrier, le soir, de la fenêtre. Il avait toujours semblé à Marie que sa vie avait commencé ce jour-là. Avant, elle n'avait existé qu'au travers de sa mère, dans sa présence chaude et rassurante, l'aidant depuis son plus jeune âge. Elle vouait un amour absolu à cette femme qui, veuve trop tôt, luttait quotiennement pour élever ses deux filles, ne s'était jamais résignée au malheur. Elle se montrait gaie, optimiste, savait rire malgré sa fatigue, le soir, au retour du lavoir.

Marie n'avait jamais manqué de quoi que ce soit, rue Charlemagne, sa sœur cadette non plus. Elle était allée à l'école de sept ans à dix ans, le temps d'apprendre à lire, à écrire et à compter, et cela bien que son absence fît défaut à sa mère. De son père, elle se souvenait à peine, n'ayant que quatre ans lorsqu'il avait disparu. Elle revoyait parfois une grande silhouette courbée sur elle-même, d'immenses yeux dans un visage glabre, mais dont les traits s'étaient effacés. Elle avait eu peur quand il était parti, mais n'avait pas souffert : son père était trop souvent absent de la maison, il travaillait sur des chantiers comme maçon, parfois loin de Paris. La peur avait duré le temps que sa mère reprenne espoir, trois mois, peut-être moins, parce que le travail pressait, et que l'argent commençait à manquer.

Ensuite, elle s'était accoutumée aux parfums de lessive, de savon, d'eau de Javel, de chlorate de soude, de linge mouillé, à la moiteur de cette vapeur d'eau qui campait dans les lavoirs et à la chaleur qui y régnait, même l'hiver grâce aux séchoirs, aux réservoirs d'eau chaude. Elle se sentait bien au milieu de ces femmes, fortes pour la plupart, dont les bras nus frappaient en cadence les planches rugueuses où s'étalait le linge. Elle s'y sentait bien et en sécurité. Pendant que sa mère travaillait, elle surveillait sa sœur que la mère transportait dans un panier, au milieu des draps à laver, sur un petit chariot à deux roues.

À douze ans, elle savonnait le linge pour sa mère, l'aidait à le tordre, à le plier, à surveiller le fer, ensuite, à la maison, à repasser, même, lorsque la mère s'occupait de sa sœur et que le travail pressait. Il n'y avait eu nulle souffrance dans cette petite vie : seulement de la chaleur, des rires de femmes, des petits bonheurs comme ces dimanches d'hiver où la mère achetait des marrons qui brûlaient les doigts, ou ces soirs d'été où l'on descendait les chaises dans la cour, au milieu de l'odeur des arbres et des cuisines ouvertes. Là, parfois, une femme chantait des refrains de rue, et Marie se disait qu'elle aurait bien aimé chanter ainsi, si elle avait osé.

Les seuls hommes qu'elle avait côtoyés étaient les ouvriers et les artisans de la rue Charlemagne, mais aussi le gardien du lavoir : un homme épais, très fort, qui boitait et qui lui faisait peur. Elle s'en méfiait, d'instinct, de ces êtres qui juraient, criaient, et que l'on entendait parfois battre leurs femmes. Sa mère l'avait mise en garde, surtout contre ceux qui buvaient, et que l'on entendait parfois, le soir, s'écrouler dans les escaliers. Marie avait un jour demandé à sa mère si son père buvait.

– Seulement le jour où il s'est su malade, avait-elle répondu.

Marie n'avait pas insisté, mais de toutes ces considérations résultait que les hommes, en général, représentaient la force, la brutalité et la menace.

À quatorze ans, elle avait aussi compris qu'ils cherchaient autre chose : un jour, au fond du séchoir, le gardien dont elle avait si peur l'avait serrée de près. Heureusement, sa mère était rentrée assez tôt et avait asséné au gardien un coup de battoir qui l'avait dissuadé de recommencer. Le soir, rue Charlemagne, elle avait parlé à sa fille des mystères de la nature, lui avait expliqué pourquoi elle devait se méfier.

Marie l'avait écoutée et avait fui les hommes jusqu'au soir où Jean était apparu, et s'était excusé pour ses mains noires, son linge souillé. Celui-là ne criait pas, au contraire : sa voix était douce, et son regard aussi. Ce fut pour elle une révélation : il en existait donc de pareils ? Sa mère en douta, mais finit par l'admettre. Et Marie se mit à espérer sa venue, à le guetter, cet homme qui ne ressemblait pas aux autres, qui semblait ne voir qu'elle, et qui ne buvait pas. Il paraissait même timide, si timide qu'elle se demandait s'il oserait un jour lui donner ce baiser qu'elle espérait, dont elle rêvait la nuit. Il le lui donna enfin en juin, sur les quais, dans les parfums mêlés des arbres et de l'eau, tandis que ses yeux se fermaient sur la vision d'une lourde péniche qui portait un nom de ville inconnue. Cela faisait drôle, cette moustache sur ses lèvres, mais ce n'était pas désagréable : c'était étonnant, tout simplement, comme l'était cet homme qui se désolait de l'entendre demander s'il l'emmènerait un jour loin de Paris.

Elle s'en amusait, était comblée, déjà, de sa présence mais ne savait l'exprimer, sinon par ce rire dont elle usait en renversant la tête en arrière, les yeux ouverts sur le ciel qui lui paraissait aussi immense que ce qu'elle vivait... Jean... Il semblait toujours pressé de vivre, comme s'il se sentait menacé. Elle non. D'ailleurs elle n'avait pas compris pourquoi sa mère avait hâté leur mariage : elle s'en était seulement réjouie, même s'il fallait quitter la rue Charlemagne. Elle aurait enfin une chambre à elle, une cuisine, un fourneau, et elle aurait cet homme qui ne ressemblait à aucun autre, entrerait dans une autre vie, plus grande, plus lumineuse, la vie d'une femme, celle dont elle avait toujours rêvé, près de Jean, pour toujours.

Le corps que Jean Pelletier touchait, ce matin-là, ce n'était pas celui de Marie mais celui du sergent Rouvière, dont la capote était glacée. Le froid lui fit penser aux marrons qu'ils achetaient l'hiver, avec Marie, à l'angle de la rue de la Cerisaie, et qu'ils partageaient en se brûlant délicieusement les doigts.

– Voilà ce qu'il nous faudrait, murmura-t-il.

– Qu'est-ce que tu dis ? fit le lieutenant Desforest.

– Des marrons, mon lieutenant, des marrons bien chauds, voilà ce qu'il nous faudrait pour nous réchauffer. Vous savez les faire cuire, vous ?

– C'est pas ce qui manque, chez moi : il suffit de se baisser pour les ramasser.

– Et vous savez les faire cuire à point sans les brûler ?

– J'ai l'habitude. Je me sers d'une poêle percée que je pose sur les braises de la cheminée. Il suffit de les secouer régulièrement pour bien les tourner.

– À Paris, les marchands utilisent une petite locomotive, et ils nous les vendent dans du papier journal. Rien que d'en parler, j'en sens l'odeur et la chaleur.

– T'as bien de la chance, dit le sergent Rouvière.

– On n'en trouve pas chez toi, des châtaignes ? demanda Pierre Desforest.

– Pas beaucoup. J'en ai jamais mangé, pas même à Carcassonne.

– C'est vrai qu'il fait moins froid, en bas, qu'à Paris, remarqua le soldat Pelletier.

– Ça dépend, répondit le sergent, dans les Corbières, en hiver, il gèle parfois, mais l'été c'est souvent la canicule.

Et afin d'oublier le froid qui s'était insinué en lui pendant la nuit, un froid humide, pénétrant, monté de la terre aussi bien que tombé du ciel, il s'efforça de ne songer qu'aux marches interminables vers les vignes de son enfance, sous le feu du ciel. Il y parvint assez bien, car il avait réussi en tout, dans la vie, Ludovic Rouvière. La force mentale et physique de cet homme n'était pas ordinaire. Ses silences non plus. Il les tenait de son enfance solitaire où, le plus souvent, il n'avait eu que le vent pour compagnon. Ses yeux noirs, ses moustaches tombantes, ses traits creusés par les longues heures de travail au soleil trahissaient ses origines paysannes, mais surtout l'âpreté de cette vie, de cette enfance passée dans la solitude des collines des Corbières de l'arrière-pays, où la rudesse des lieux avait naturellement engendré celle des gens.

De son père et de sa mère, d'abord, petits propriétaires de vignes quasiment inaccessibles, où ils devaient transporter l'eau à dos de cheval avant de la stocker malaisément dans une capitelle – cette petite cabane de pierres sèches qui servait aussi à se protéger du soleil. Et comment eût-il pu en être autrement quand on était né, comme lui, dans un mas perdu au-dessus de la bourgade de Tuchan d'où l'on apercevait là-bas, au loin, les ruines de Quéribus et le moutonnement infini des nuages ? Il avait un frère, oui, mais de huit ans plus âgé que lui, et le travail n'autorisait pas les conversations. Seule sa mère lui parlait, et encore, seulement pour des raisons pratiques, non de tendresse ou de philosophie.

Du plus loin qu'il s'en souvenait, Ludovic Rouvière marchait, courait, travaillait. D'abord devant la charrette tirée par le cheval – qu'il n'était pas question de fatiguer davantage par un poids supplémentaire –, ensuite, à six ans, pour descendre à l'école de Tuchan : cinq kilomètres le matin et cinq le soir, puis le travail dans les vignes à la belle saison, chaque jour pendant les vacances, ce qui incluait le samedi après-midi et le dimanche. Ce n'était pas par brimade que lui était imposé ce travail, mais par nécessité. La vie était dure, l'argent rare, heureusement la chasse, dans ces collines sauvages, pourvoyait à la viande, sangliers et perdrix proliférant dans les ravines et les plateaux mangés par la rocaille. Ludovic accompagnait son père, parfois, pour l'aider à chercher le gibier dans la garrigue. Désailé, un perdreau pouvait piéter pendant cent mètres pour échapper aux chasseurs, ou un lièvre blessé se réfugier dans un trou entre deux rochers : c'était une cartouche perdue, une de trop, pour ce père qui les fabriquait le soir, sous la lampe, avec une grande économie de poudre et de plombs.

Ce père était fort, rude, silencieux, ne craignait rien ni personne. Un seul mot avait le pouvoir de faire pâlir ses yeux : phylloxéra. Heureusement, dans ces collines à l'écart de tout, ses vignes avaient été préservées et aujourd'hui, en bas, dans les plaines, les plants américains avaient vaincu la maladie. Mais le danger n'avait fait qu'accroître sa méfiance vis-à-vis de tout ce qui venait d'ailleurs, étranger à son domaine de rocaille et de vent.

Oui, c'était comme ça et c'était bien ainsi : voilà ce que pensait encore aujourd'hui le sergent Rouvière. Il fallait avoir vécu cette vie-là pour en connaître le prix, savoir la défendre. Et lui, jusqu'à ce matin de novembre, il avait su. Car il avait tout compris de la guerre et des moyens d'y survivre. Cet homme-là personnifiait la force et le courage. Sa prudence lui enseignait pourtant que, malgré les nouvelles données par le lieutenant Desforest, il n'avait pas encore gagné la partie. La veille au soir, il avait patiemment rassemblé de la terre dans un sac de jute récupéré lors de l'assaut, puis il l'avait calé au-dessus de sa tête et de celle du soldat Pelletier qui était allongé entre lui-même et le lieutenant Desforest. Le sac n'était pas assez large pour couvrir aussi celle du lieutenant, mais Ludovic Rouvière s'était juré de passer sa journée à remplir des sacs et à creuser une niche plus profonde dès qu'il ferait jour, si toutefois les marmitages, au-dessus de leurs têtes, baissaient d'intensité.

En allumant le poêle dans sa classe à 8 heures, ce matin du 11 novembre 1918, sa femme, Louise, pensait à celui qui devait avoir froid, là-bas, dans le Nord, et qui, elle en était sûre maintenant, allait lui revenir bientôt. Le maire était venu la voir la veille et lui avait fait part de ses certitudes : les Allemands reculaient partout, et l'on disait en ville qu'ils allaient demander l'Armistice, sûrement avant la fin de l'année. Après quatre ans passés à trembler pour Ludovic, Louise avait repris espoir depuis la fin de l'été, même si les combats continuaient : Ludovic avait survécu quatre ans, il saurait survivre jusqu'à la fin de la guerre, elle en était sûre à présent.

D'ailleurs, elle n'avait jamais connu une telle force chez un homme. Même son père, un bûcheron rompu aux tâches les plus ingrates, ne lui avait jamais semblé aussi inébranlable que son mari. Et pourtant c'était un homme qui se battait tous les jours avec les arbres, là-bas, sur les pentes du plateau de Millevaches où elle était née, avec de la neige au moins quatre mois sur douze, des forêts, un ciel d'un bleu très pur, l'été, le chuchotement des sources autour de la maison de granit et couverte de lauzes, posée sur une pente du mont Bessou. Depuis toujours, le bois, le feu avaient été très importants pour les familles du plateau, et la sienne en particulier. On brûlait le hêtre et on vendait les sapins, les pins et les chênes aux scieries qui les expédiaient dans tout le pays, y compris dans ces plaines où l'on ne se rendait qu'aux beaux jours, après la fonte des neiges, quand les routes étaient praticables. En hiver, en effet, il fallait dégager la route avec le cheval et le chariot en forme d'étrave, mais c'était seulement pour se rendre à Meymac, à Ussel ou dans les bois d'où l'on charriait les grands fûts en les faisant glisser sur la neige.

Les arbres, la forêt, les scieries, c'était le monde des hommes. Louise, enfant, vivait près de sa mère, qui s'occupait de la maison, du jardin, et faisait des travaux de couture pour un marchand d'Ussel. À la veillée, on se regroupait pour écouter des histoires de l'ancien temps, des loups qui décimaient les troupeaux, des hivers interminables où l'on avait failli mourir de froid. Ces ourlets, ces broderies, Louise les avait pris en horreur à partir du moment où elle avait dû aider sa mère, car il n'y eut plus pour elle le moindre répit. Sa seule récompense était de l'accompagner à Ussel, quand elle portait l'ouvrage exécuté, qui lui était payé à la pièce, sans tenir compte du temps passé. Elle préférait Ussel à Meymac, car c'était la ville déjà, avec des commerces, des vitrines, et elle rencontrait là des filles de son âge, échappant un peu à l'isolement du mont Bessou.

Dès l'apparition de la neige, en effet, la maison devenait le cœur de la vie, mais aussi ses limites. Louise, du moins pendant les premiers jours, ne détestait pas cet isolement. Le silence d'étoupe autour des murs épais, la pelisse blanche qui habillait les sapins, les massifs blancs qui étincelaient sous le soleil ou épaississaient la brume lui donnaient alors l'impression de vivre dans un monde clos, sans le moindre danger. Non, le danger rôdait dehors, où l'on pouvait se perdre, et surtout à la lisère des forêts où les grands fûts abattus dévalaient les versants sans que rien ni personne ne puisse les arrêter.

– Fais attention, Armand ! recommandait la mère quand son mari partait, à l'aube, pour le débardage.

Il haussait les épaules, ne répondait pas, mais Louise gardait dans un coin de sa tête ces quelques mots qui l'empêchaient d'être vraiment heureuse dans l'odeur du hêtre brûlé, du pain chaud que la mère cuisait dans le four attenant et qu'elle rangeait dans le râtelier accroché au mur de la pièce commune.

Et puis l'hiver s'installait vraiment, on ne voyait plus la trace dès que la neige retombait, tout s'arrêtait, excepté le débardage du bois. Le seul moment de joie, dans ce monde immobile d'une extrême blancheur, c'était la messe de minuit, à Noël, dans l'église de Meymac. À condition que la route fût suffisamment dégagée, le père les conduisait, la lanterne accrochée sur le char, dans le silence magique de la nuit. Au retour, ils mangeaient du civet de sanglier et des tourtous, ces crêpes de seigle qui calaient si bien l'estomac, puis, très vite, ils allaient se coucher.

Seuls les rêves permettaient à Louise de s'échapper de ces montagnes qui enfermaient le plateau dans sa solitude glacée. Ces rêves découlaient des récits que son père faisait de ses voyages quand il partait vendre son bois. Il parlait de Tulle, de Brive qui se situait dans la plaine, à l'opposé de l'Auvergne dont les sommets, vers l'est, prolongeaient la montagne, mais aussi de la route du plateau qui permettait de passer de l'autre côté, vers Felletin, la Creuse, des pays bocagers où il faisait bon vivre, dans la douceur des jours. Une fois, il était allé au Puy-de-Dôme, traversant les villages du haut plateau : Merline, Monestier, Bourg-Lastic et Rochefort-Montagne. Mais le mot magique qu'il prononçait avec une certaine gravité dans la voix, c'était « Clermont-Ferrand ». La grande ville, en bas, sous le Puy-de-Dôme où son père, sur les instances de Louise, avait accepté de l'emmener quand elle avait dix ans. Alors Louise avait aperçu pour la première fois l'immense cité assoupie dans la plaine, cernée par de hautes montagnes dont les sommets paraissaient plus élevés que ceux du plateau. Elle l'avait vue et ne l'avait jamais oubliée. Ce devait être en juin, le temps était clair et chaud, elle avait compris ce jour-là qu'il existait autre chose que les murs de neige et les traces sans cesse effacées, que la vie existait ailleurs et que, sans doute, elle était plus belle, plus grande que celle que l'on menait sur les pentes du mont Bessou.

Ce fut l'école de Meymac qui lui fit découvrir la liberté. Bizarrement, elle était plus fréquentée en hiver qu'en été malgré les difficultés de transport. C'était parce que les enfants, pour la plupart fils de paysans, aidaient aux beaux jours leurs parents habitués à venir rapidement à bout des foins et des moissons. Il fallait se hâter, en effet, car la belle saison ne durait pas assez longtemps. Pour Louise, ces beaux jours représentaient une sorte de délivrance : elle pouvait se rendre à l'école chaque matin sans attendre que la route fût dégagée, et ces jours étaient longs, lumineux, pleins de vie. Elle allait aussi au catéchisme, et donc, contrairement à la saison d'hiver, elle se trouvait toujours à l'extérieur, ivre de cette liberté tellement attendue, heureuse de n'être plus prisonnière et de pouvoir participer à tous les événements, toutes les fêtes du village.

Le 1er mai, elle courait avec les enfants de maison en maison pour demander des œufs, que les mères de famille, à tour de rôle, faisaient cuire en omelette. Pour la Saint-Jean, il y avait un feu sur la grand-place, que garçons et filles sautaient en se tenant la main. Parfois, en compagnie de sa mère, elle participait aux rogations du mois d'août, elle suivait dévotement la procession qui parcourait les chemins, s'arrêtant aux croix, pour attirer la bienveillance divine sur les champs et les prés. À partir du printemps, l'eau de la fonte des neiges alimentait les sources auxquelles le plateau devait son nom, et les pentes ruisselaient, étincelantes, au milieu des cris des fardiers déchargeant les grumes, des conversations animées des marchands venus les acheter depuis les vallées, et des hennissements des chevaux de trait. La neige avait fondu. Il semblait à Louise qu'il n'y aurait jamais plus d'hiver, que la vie, toujours, éclaterait sous le soleil, pour le grand bonheur des enfants du plateau.

Mais l'hiver, inexorablement, revenait en novembre, déversant les premières chutes de neige sur les sommets du mont Bessou, avant de descendre en quelques jours sur le plateau. Heureusement, il y avait l'école où Louise pouvait continuer de rêver. À sept ans, elle avait lié connaissance avec une jeune maîtresse venue de Clermont-Ferrand, et cette jeune femme, très vite, avait personnifié ce que Louise désirait devenir. Car elle parlait volontiers de la ville à ses élèves, des grandes avenues où jouaient les lumières, des jardins couverts de fleurs, des boutiques où l'on trouvait de tout, des foulards de soie comme des robes à volants. Ce n'était pas la richesse entrevue qui attirait Louise, c'étaient les couleurs et le mouvement. Le contraire, en fait, de ce qu'elle vivait la moitié de l'année : le froid, l'immobilité, le manque d'horizon. Il y avait tant de vie en elle qu'elle devinait dans les paroles de sa maîtresse des rencontres et des fêtes, sources de surprises et de joie. Elle s'en ouvrit à sa mère, assurant que plus tard elle deviendrait maîtresse d'école et vivrait à Clermont.

– Ton père ne le voudra jamais, ma fille ! D'ailleurs, on ne pourra pas te payer les études.

Louise ne renonça pas. Au contraire, elle se dit que la seule manière de réaliser son rêve, c'était de travailler tellement bien à l'école que ses parents ne pourraient que s'incliner. Ce qu'elle fit, avec application, constance, et espoir. Les félicitations de sa maîtresse l'y aidèrent, sans doute de la même manière qu'elle-même aidait aujourd'hui ses meilleurs élèves à devenir ce qu'ils aspiraient à être...

Et ce poêle qu'elle allumait chaque matin avec du bois lui servait de trait d'union avec sa vie d'avant, là-bas, sur le plateau, mais lui faisait aussi penser à Ludovic qui lui manquait tant, et dont, enfant, elle était loin, si loin qu'elle n'aurait jamais pensé pouvoir le rencontrer.

7 heures

Le jour ne se levait pas. Le brouillard qui montait de la Meuse était toujours aussi épais, ne parvenait pas à escalader la colline du Signal de l'Épine dont on ne distinguait rien du sommet. Il n'y avait pas autre chose à faire que d'attendre, rassembler ses forces, se réchauffer au moins par la pensée.

– Pourvu que la corvée puisse passer, soupira Jean Pelletier. Vous boiriez pas du café avec un coup d'eau-de-vie, vous, mon lieutenant ?

– Qu'est-ce que tu veux ? Du café ou de l'eau-de-vie ?

– Je voudrais les deux, mon lieutenant.

Le soldat Pelletier rêva un moment, puis il demanda :

– Et vous sergent, qu'est-ce que vous préféreriez ?

Éludant la question, Ludovic Rouvière répondit :

– Dès que nous y verrons un peu, il faudra creuser et remplir de terre quelques sacs.

Il était habitué à agir, à ne pas subir, même dans les pires conditions. La question du soldat Pelletier l'avait réveillé alors qu'il pensait aux marches épuisantes vers les vignes, aux longs après-midi de sulfatage, les épaules sciées par les courroies, à la morsure du soleil pendant les vendanges. Jamais d'aide – ils étaient trop isolés pour cela – mais seulement l'habitude de ne compter que sur soi, de repousser les limites de la fatigue, de ne jamais se plaindre.

Songeant aux propos de Jean Pelletier qui avait évoqué son enfance, il ne put s'empêcher d'évoquer la sienne, si différente, au grand étonnement de ses deux camarades peu habitués à l'entendre se confier :

– À cinq ans, j'aidais déjà ma mère à ramasser les pampres après la taille, à arracher les herbes folles quand le sarclage n'avait pas été assez efficace, à porter l'eau aux hommes qui remplissaient leur cuve de sulfate, à m'occuper du cheval dont il fallait prendre grand soin. Je la suivais aussi dans les collines à la recherche des poireaux sauvages ou des escargots, et parfois j'accompagnais mon frère qui allait relever ses pièges, plus souvent mon père à la cave pour de menus travaux. Comme eux, comme elle, je ne restais pas une seconde inactif. On trouvait toujours quelque chose à me confier. Mais je n'en souffrais pas, n'ayant sous les yeux d'autre vie que celle-là, et je me faisais fort d'être un secours, déjà, et non pas une charge.

Il se tut brusquement, étonné de s'être laissé aller à cette brève confidence. Aussi renonça-t-il à expliquer comment il était descendu seul à Tuchan le jour de sa première rentrée scolaire. Il se contenta de se remémorer ce 1er octobre qu'il n'avait jamais oublié. Le soleil l'avait accompagné, comme chaque matin de sa vie, lui semblait-il, à l'occasion de ce premier jour de liberté et de découvertes. Il avait six ans. On ne le connaissait pas au village. Il avait dû se battre dès ce premier matin, pour se faire respecter dans la cour, seul contre ceux d'en bas. Cela avait suffi. Les autres avaient compris, même les plus grands : il y avait là une force dont ils avaient tout à redouter. Et puis le miracle, la découverte qu'il existait autre chose que les vignes, la rocaille ou les cyprès : il existait des livres. Et pour avoir accès à ces livres, il fallait savoir lire. Ludovic engagea dans ce combat toutes ses petites forces. Il fut premier en tout, toujours, même dans ce qui l'intéressait moins : le calcul. Il préférait le français et la géographie. Le français pour lire les livres, la géographie pour conquérir d'autres terres que celles des Corbières, ayant deviné que le monde ne ressemblait pas au sien.

Dans cet apprentissage qui, pour lui, tenait du miracle, il s'était forgé en quelques semaines une énergie farouche. S'il avait compris qu'il existait une autre vie que celle des collines, il n'en avait rien dit à personne. Surtout pas à son père qui, lui, ne savait ni lire ni écrire. Si Fernand Rouvière avait inscrit son fils à l'école, c'était parce que le maire, rencontré inopinément sur la place de Tuchan, lui avait expliqué qu'elle était obligatoire. Le frère aîné de Ludovic avait fréquenté l'école religieuse de Tuchan seulement pendant deux ans. Ensuite, au travail !

C'est dire si Ludovic était observé d'un œil hostile, le soir, après dîner, quand il faisait ses devoirs, son cahier sur ses genoux. Mais il n'en avait cure. Désormais, il savait qu'il ne vivrait pas comme ses parents. Non qu'il les méprisât – il les admirait au contraire pour leur courage inébranlable – mais il avait décidé de porter son propre courage vers ce qui, outre le faire vivre mieux, pouvait le rendre heureux. Il avait fait le tour des collines sauvages et des chemins rocailleux. Il avait compris que les mots pouvaient chanter. Et les mots, les paroles lui avaient tellement manqué, qu'ils lui en avaient paru plus précieux, quand le maître d'école lui avait fait apprendre sa première poésie. Dès lors, il s'était juré que rien ni personne ne le priverait de ce monde-là, de cet univers ouvert sur des idées, des images beaucoup plus belles que toutes celles qu'il avait imaginées.

Cependant, rien ne lui avait été épargné : le travail au retour de l'école, été comme hiver, alors qu'il avait parcouru dix kilomètres dans la journée et qu'il aurait préféré s'asseoir pour étudier. À partir de novembre, il rentrait alors que la nuit était tombée, seul sur le chemin, portant sa lampe et son cartable de cuir dans le vent du nord, courant pour se réchauffer, n'ayant jamais peur, pas même des loups qui n'étaient pas rares dans les collines quelques années auparavant. C'est là, sur ce chemin pierreux bordé de cistes, d'acacias, de lauriers-tins et de broussailles épaisses, que s'était forgée en lui la conviction qu'il serait le plus fort.

Il le fut, encouragé par un maître d'école qui

s'émerveillait de la volonté magnifique de cet enfant auquel rien n'était donné, qui arrivait toujours à l'heure même par temps de gel, dardait sur lui un regard qui, parfois, l'effrayait. À sept ans, Ludovic avait demandé à lui parler, un soir, avant de remonter vers les collines.

– Je veux devenir maître d'école, avait-il dit.

Il n'avait pas demandé si c'était possible, s'il y parviendrait, non, il avait dit « je veux », et seulement, ensuite :

– Comment faut-il faire ?

– Je t'expliquerai, avait répondu le maître. C'est trop tôt encore. Pour le moment continue de travailler comme tu le fais, et tout ira bien.

L'enfant lui avait fait confiance. Il le pouvait : les maîtres d'alors avaient été formés pour reconnaître la valeur des élèves qui leur étaient confiés. Celui-là n'était pas d'une intelligence extraordinaire, mais c'était mieux encore : il était capable de renverser des montagnes. Une flamme chaude brillait dans ses yeux noirs, il ne cillait jamais, ne reculait jamais, y compris dans la cour où les plus petits se groupaient autour de lui, sachant d'instinct que là, à ses côtés, ils étaient en sécurité.

Il fut donc premier en tout, s'en étant fait la promesse. À partir de dix ans, il ramena deux ou trois livres chez lui, pour les vacances, mais il ne les sortit jamais en présence de ses parents. Il lisait la nuit, comme s'il avait admis que lire était trahir les siens pour qui toute tâche devait donner un résultat immédiat. Il ne parlait jamais de sa journée « en bas », et ni son père ni sa mère ne songeaient à l'interroger là-dessus. Le travail était difficile, car le Midi se relevait à peine du phylloxéra. Parfois le père Rouvière disparaissait puis revenait deux jours plus tard, en parlant, les yeux brillants, des réunions auxquelles il assistait en bas, dans la vallée. Un été, même, plus chaud et plus sec que les précédents, son père était devenu plus bavard : il était habité d'une sorte de fièvre, d'un nouvel espoir, semblait-il. Et puis il s'était tu, avait retrouvé ses lourds silences de bête de somme, sa farouche solitude. Il n'y avait, semblait-il, plus rien à espérer de ce côté-là.

On mangeait, oui, mais le plus souvent des *mounjetes*, ces haricots blancs qui constituaient le plat principal, et on se levait de table pas toujours rassasié. C'était ainsi. Le frère aîné venait de partir au service militaire : c'était une bouche de moins à nourrir, mais deux bras en moins. La nuit, Ludovic n'avait plus la force de lire : il était trop harassé par le travail de la journée. Qu'importe ! Il y avait en lui le souvenir et l'espoir de l'école. Il patientait, rassemblait ses forces d'enfant, faisait confiance au maître qui avait promis de l'aider. Il réussirait, il en était sûr, un jour lui aussi allumerait le poêle d'une classe dont l'odeur ne le quitterait jamais, même l'été, même loin, comme ce matin, si loin de Louise, qui devait être agenouillée devant le foyer ouvert et souffler sur les flammes.

Elle se redressa, vérifia que le bois avait bien pris, revint s'asseoir au bureau pour préparer les leçons de la matinée, avant d'aller réveiller ses enfants. Elle ouvrit le tiroir où le porte-plume de Ludovic, sa règle et son encrier la transportèrent aussitôt vers lui par la pensée. Que faisait-il à cette heure ? Pensait-il à elle, à sa salle de classe, ou partait-il pour un assaut qui pouvait le tuer ? Elle se demandait encore comment elle avait réussi à traverser ces années sans lui, sans cette présence dont elle s'était sentie comblée, dès le début, alors qu'il habitait de l'autre côté du couloir, dans l'appartement de leur première école.

Et pourtant il avait été long le chemin qui l'avait conduite vers lui. Il avait fallu que le destin s'en mêle pour qu'elle parvienne à atteindre son but. Car à douze ans, Louise avait dû renoncer à son rêve : sa maîtresse n'avait pas réussi à fléchir ses parents : non, elle ne pourrait pas faire d'autres études que celles qui conduisaient au certificat. Ensuite, elle aiderait sa mère avant de trouver un mari qui pourrait prendre la suite du négoce de bois. Louise s'était résignée, donc, car ni son âge, ni son éducation ne lui permettaient de s'opposer à ses parents. Le rêve, cependant, demeurait dans un coin de sa tête : Clermont, ses lumières, peut-être pourrait-elle y travailler un jour, même si elle ne devenait pas maîtresse d'école ?

Elle avait treize ans quand son père mourut. L'hiver, bien sûr. Il avait beaucoup neigé, puis le temps s'était éclairci et il avait fait très froid, beaucoup plus froid qu'à l'ordinaire. Le père partait avant le jour pour le débardage sous les crêtes. Un soir, il n'était pas rentré. On l'avait retrouvé le lendemain mort dans la neige – d'une crise cardiaque, avait conclu le médecin mandaté par les gendarmes. Louise se souvenait de sa mère accablée par la douleur, du grand corps sur le lit près duquel on avait placé un rameau de buis, de la main qui tenait la sienne à l'église, du grand silence au retour, dans la maison où l'homme n'était plus là. C'était en janvier. Elle avait peur, très peur, car elle avait compris que le bonheur était fragile. Surtout ici, sur ces terres de montagne trop souvent prises par la neige, où les arbres s'abattaient avec des craquements sinistres, comme pour maudire les hommes, et parfois même se venger d'eux.

Dès lors, elle s'était mise à détester ce lieu où elle était née mais qui venait de la blesser si cruellement, et elle n'eut plus qu'une idée en tête : en partir. Sa mère, désespérée, finit par vendre la maison et, avec l'argent ainsi obtenu, consentit à rejoindre Clermont où le couturier d'Ussel la recommanda au patron du magasin de confection pour lequel il travaillait. En moins de six mois, à cause d'un malheur dont elle demeurait inconsolable, le rêve de Louise s'était réalisé.

La mère avait trouvé un appartement dans le centre-ville, au bord d'une grande avenue qui menait à la mairie, et Louise put rejoindre l'école primaire supérieure à la rentrée suivante. Le chagrin de l'une comme de l'autre ne diminuait pas : il s'entretenait au contraire de l'évocation journalière de celui qui n'était plus là et leur manquait terriblement. Autant Louise était jeune et pleine de vie, autant sa mère avait du mal à se remettre de l'épreuve. Et pourtant la ville s'offrait à elles dans toute sa beauté : elles se promenaient le mercredi et le dimanche dans les avenues qui menaient à la place de Jaude, assistaient à la messe dans la cathédrale, s'attardaient aux vitrines et s'étonnaient qu'il n'y eût pas de neige en novembre, alors que le puy de Dôme était déjà blanc et scintillait sous le soleil. La mère travaillait dur mais ne se plaignait pas. Elle retrouvait ainsi des habitudes qui la rassuraient après un changement de vie si brutal. Sa fille représentait désormais sa seule consolation, sa seule source de bonheur, et elle comptait les minutes qui la séparaient du retour de Louise quand elle se trouvait à l'école.

Là, tout se passait bien. Louise savait que l'EPS représentait sa seule chance de choisir sa vie, non de la subir. Ses résultats scolaires étaient à la hauteur de l'énergie qu'elle déployait pour devenir indépendante, ne pas se trouver un jour dans la situation dans laquelle s'était trouvée sa mère à la mort de son mari. Obligée de vendre, de se mettre à travailler jour et nuit pour gagner un peu d'argent, si peu qu'elle voyait avec angoisse fondre les économies ramenées du plateau. Elle travaillait d'ailleurs tellement qu'elle tomba malade, et dut s'aliter. Alors elle se persuada qu'elle ne pourrait pas maintenir Louise à l'école le temps nécessaire pour qu'elle devienne maîtresse d'école et elle s'en désespéra. En réalité, elle souffrait d'un mal implacable que l'on ne savait pas encore diagnostiquer, mais qui l'emporta en moins de six mois.

Louise, à quatorze ans, avait déjà vu disparaître son père et sa mère. Elle était seule. Pas tout à fait, heureusement, car sa mère avait une sœur aînée que l'on ne voyait jamais car elle habitait Carcassonne, s'étant mariée avec un marchand de fil et de coupons venu vendre sa marchandise sur le plateau, vingt ans auparavant. Cette sœur, qui s'appelait Élodie, avait suivi le marchand qui, en deux visites à Meymac, séduit par la beauté rieuse de la jeune fille, lui avait proposé le mariage.

Elle n'était jamais revenue sur le plateau, sinon pour les obsèques de son beau-frère, puis, cette année-là, pour celles de sa sœur. Elle était belle, gaie, heureuse avec son époux, et avait une fille plus âgée que Louise qui avait déjà quitté la maison familiale pour Montpellier où elle s'était mariée. Élodie accepta de prendre Louise avec elle, d'autant qu'il restait un peu d'argent de la scierie et que, grâce à son mari, ils vivaient dans une certaine aisance, là-bas, à Carcassonne, loin de la neige des montagnes d'où elle n'avait pas hésité à s'enfuir, persuadée, comme Louise l'était aujourd'hui, que la vie était ailleurs, dans le mouvement et non la paralysie, dans la chaleur et non le froid, là où les routes étaient dégagées tout au long de l'année, où rien ne limitait l'horizon, n'interdisait la réalisation des rêves les plus fous.

Voilà comment Louise avait découvert les vallées du Midi, le soleil et les vignes de la plaine languedocienne d'où se détachaient les tours de la vieille cité, la belle maison au crépi ocre, aux tuiles rouges, dans laquelle elle allait vivre désormais, sur le grand boulevard qui menait à la gare, contournant le cœur de la ville et ses étroites rues moyenâgeuses. Le mari d'Élodie, qui s'appelait Édouard, était souvent absent, mais chaque fois qu'il rentrait de ses tournées, il apportait avec lui des cadeaux, manifestait une gaieté bruyante qui contrastait avec la sévérité sombre du père de Louise. Celle-ci s'étonnait de cette différence, aussi bien que de celle existant entre sa mère, souvent sombre et silencieuse, et cette Élodie qui ne ressemblait pas du tout aux femmes du plateau. Elle n'était pas brune mais blonde, plutôt mince, avec des gestes légers, des manières de femme habituée à un certain luxe. Car on ne manquait de rien dans la maison du négociant, et cela se voyait : c'était la maison de l'insouciance et du bonheur.

Ainsi, Louise n'eut pas de grandes difficultés à s'adapter à son nouveau foyer. À la rentrée d'octobre, elle entra en deuxième année à l'École primaire supérieure et elle oublia la douleur d'avoir enterré sa mère peu de temps après avoir perdu son père, ou du moins fit comme si. La blessure était là, toujours présente en elle, mais sa nouvelle vie l'aidait à cicatriser plus vite. Elle trouva des camarades qu'Élodie invitait le jeudi dans la grande maison aux tuiles rouges, étudia de toutes ses forces pendant les trois années qui suivirent, jusqu'au brevet et le concours d'entrée à l'École normale. Elle avait seize ans, était grande et fine, brune avec des yeux verts, n'osait lever les yeux vers les hommes ni les garçons qu'elle croisait matin et soir sur le chemin de l'EPS. Sa tante Élodie lui avait expliqué ce qu'il fallait savoir à ce sujet. Elle s'efforçait d'imaginer à quoi ressemblerait son futur mari, mais elle n'y parvenait pas : quoi qu'elle fît, son mari ressemblait toujours à son père, et son père était mort. Il n'y avait pas d'issue de ce côté-là. Du moins pas encore. Ludovic était tout près d'elle, à Carcassonne aussi, mais elle ne le savait pas. Il s'approchait doucement, mais elle n'avait pas encore senti cette force, cette présence d'un homme sur qui s'appuyer, enfin se reposer, vivre dans la confiance.

Aujourd'hui, Ludovic Rouvière ne faisait plus confiance à personne, et surtout pas à ces officiers qui étaient restés de l'autre côté de la Meuse, bien à l'abri.

– Et si les boches profitaient de l'arrivée du jour pour venir nous déloger ? dit-il d'une voix qui vibrait de colère contenue.

– Je ne pense pas, répondit Pierre Desforest. Nos renforts ont dû arriver. Ils passeront l'eau dès qu'ils y verront un peu.

– De toute façon, on tiendra pas ici. Ils voient tout de là-haut. S'ils nous tombent dessus, on est faits comme des rats.

– L'agent de liaison ne va pas tarder. Quentin me l'a promis.

– Je sais ce que valent les promesses d'un capitaine.

– Allons ! fit le lieutenant. Il suffit de tenir encore quelques heures.

Il sentit bouger le soldat Pelletier, demanda :

– Qu'est-ce que tu fais ?

– J'ai faim, mon lieutenant, je cherche une boîte de singe.

– Attends un peu, la corvée va arriver.

– Vous croyez, mon lieutenant ? grinça le soldat Pelletier. On les a attendus en vain hier au soir.

Le souffle d'un obus de 120 monta dans le brouillard, et les trois soldats rentrèrent la tête dans les épaules. Il éclata un peu plus bas, sur les rives de la Meuse, puis les trois hommes se détendirent.

– Si seulement j'avais gardé mes biscuits, soupira le soldat Pelletier.

– Attends, répéta le lieutenant. Ils finiront bien par passer.

– Quand ?

– Dès qu'il fera jour.

Aucun des trois hommes n'y croyait. Au contraire, les questions de Jean Pelletier avaient réveillé la faim que le lieutenant Desforest avait tenté de repousser, pendant la nuit, autant que le froid. Il revit Sidonie sa grand-mère, Jérôme, Maria, comme au temps où il rentrait de l'école, faisait quatre-heures avec du pain et de la confiture l'été, avec des crêpes l'hiver, sur la grande table de la cuisine où Maria préparait le repas du soir. Ensuite, il montait dans sa chambre pour y faire ses devoirs, une chambre simple mais chaude qui sentait la cire d'abeille, mais où il ne s'attardait pas. Quelques minutes seulement lui suffisaient pour venir à bout de deux problèmes ou d'une récitation à apprendre par cœur, tant il avait de facilités – « étonnantes, disait le maître, je n'en ai jamais vu de pareilles chez un enfant de cet âge ».

Très tôt, il avait été convenu que Jérôme, puisqu'il était l'aîné, « ferait son droit » pour prendre la suite de l'étude, et que Pierre, lui, étudierait ce qu'il voudrait. Il avait acquiescé, mais il songeait seulement à reprendre la Nolie à son compte, et y vivre toujours ; ne rien, jamais, abandonner de ce bonheur qui l'enivrait, et dont quelque chose, cependant, lui disait qu'il était menacé. Aussi n'en avait-il pas perdu la moindre minute. Et cette vie-là, malgré toutes les horreurs qu'il avait vécues, était encore présente en lui, l'avait sans doute sauvé : au fond des tranchées, au bout du désespoir et de l'épuisement, il y avait eu, toujours, la conscience de ce refuge sûr dans lequel il emmènerait Juliette, pour tout oublier du monde et de ses malheurs, réapprendre à vivre, retrouver les odeurs, les couleurs, la sensation d'exister, le goût des omelettes aux cèpes de l'automne, quand tout à coup la campagne s'attendrit, délivrant ce parfum à nul autre pareil qui monte de dessous les fougères humides.

À cette époque de sa vie, même les obligations de l'église ne le rebutaient pas, et pourtant ce n'étaient que messes et vêpres, fêtes chantées, mois de Marie, processions de la Fête-Dieu, de l'Assomption, d'interminables heures volées à la liberté. Mais là aussi, Pierre trouvait son profit. Dans l'éclat des étoles, des surplis, des retables et des lustres, mais surtout dans les odeurs de buis, d'encens, de nef humide, de vieux velours, de fleurs fanées, dont étaient peuplés ces lieux, ces chemins, dans lesquels il se laissait porter par l'insouciance et la confiance d'une enfance où tout lui semblait aller de soi. Même le Bon Dieu allait de soi, puisque son père lui-même assistait à la messe du dimanche et que cet homme-là ne pouvait pas se tromper.

La seule chose qui l'étonnait, le contrariait alors, c'était la barrière que tentait de dresser sa mère entre ses fils et les autres enfants du village. Aussi bien ceux des commerçants et des artisans – aubergistes, forgerons, bourreliers, épiciers – que ceux des paysans, fussent-ils propriétaires et non pas métayers. Jérôme et lui étaient fils de notaire, et cette position, selon leur mère, leur conférait une sorte de supériorité que Pierre ne discernait pas. Il en souffrait au contraire, n'étant vraiment heureux que lorsqu'il courait dans les rues, dans les chemins en compagnie des garnements de son âge, s'efforçant de leur ressembler de toutes ses forces, s'accrochant volontairement aux ronces, sautant dans la boue, maculant son front avec ses mains sales, anormalement noires, car il prenait un malin plaisir à les souiller, à ne pas les laver suffisamment afin qu'elles demeurent marquées d'une empreinte coupable.

– Laisse-les donc ! conseillait son père, quand son épouse reprochait à ses fils de trop fréquenter les enfants des rues et des champs. De quoi vivrions-nous sans ces familles ?

Camille Desforest ne répondait pas, mais elle entretenait patiemment des relations plus conformes à ses aspirations avec les notaires des autres bourgades, les maîtres de forges, les receveurs d'enregistrement, les juges de paix, comme pour perpétuer une position qui semblait devoir être défendue depuis le temps où la Révolution avait mis en péril la noblesse terrienne.

Pour sa part, Pierre, pas plus que son frère, ne

s'en souciait. Il s'échappait chaque fois qu'il le pouvait, éprouvant dans son corps, son esprit, à quel point il était semblable à tous ceux qui vivaient dans ce monde où tout semblait avoir été créé pour le bonheur. Il s'était approprié cet univers patiemment mais opiniâtrement : les lavoirs, les moulins – si nombreux que les procès devenaient fréquents entre les propriétaires d'amont et d'aval, l'été, quand l'eau manquait –, les forges, aussi, de tradition dans la région, même si depuis quelques années elles avaient été mises en péril.

Pierre fréquentait surtout celle de Ladignac, car ses parents entretenaient des liens d'amitié avec les Roquemaure, qui la possédaient depuis toujours, et il lui était agréable de les suivre là-bas, le dimanche surtout, à l'occasion d'un grand repas d'où il s'échappait pour pêcher dans l'Auvézère dont les eaux reflétaient merveilleusement la lumière du ciel.

Depuis Lanouaille, on descendait doucement vers le fond de la vallée entre des pâtures éclairées de petits étangs bordés de joncs, des taillis de magnifiques châtaigniers, des hameaux tapis entre les chênes, des granges pleines de foin, des tas de fumier au coin des étables, d'où montaient des odeurs puissantes, chaudes comme la vie. En bas, au détour du chemin, apparaissaient d'abord le château, son corps massif et ses deux tours rondes, puis, entre le feuillage des arbres épaissi par la présence de l'eau, les bâtiments de la forge, le haut-fourneau, celui du minerai, la halle à charbon de bois, la roue à augets, le barrage d'où l'eau cascadait vers le canal avec des éclats de vitre brisée.

Pierre pénétrait là comme dans un monde clos sur lui-même, se sentait au cœur d'une ensorcelante bulle verte, où le mystère ajoutait du charme à l'insolite. Juliette était là, déjà, mais il ne lui accordait pas vraiment d'attention, trop occupé qu'il était à plonger dans les eaux de la rivière, à traquer les salamandres et les goujons, à s'enfoncer dans ce monde de verdure et de secrets. Quand ils rentraient, le soir, à la tombée de la nuit, il n'y avait plus un bruit sur la terre. Le ciel devenait vert à l'horizon, tandis que des souffles de vent léger apportaient des odeurs de paille, de soupe, de feuillages épanouis. Une fois à Lanouaille, ils mangeaient dans la paix béate des dimanches soir où rien ne presse, et même l'école du lendemain ne représentait pas pour Pierre une menace.

À propos de l'école, la seule chose qu'il regrettait, c'était de ne pas habiter loin du bourg, comme la majorité des élèves qui venaient des métairies isolées, ne pas avoir à parcourir chaque soir les sentiers bordés de châtaigniers, de ne pouvoir s'arrêter près des étangs pleins de grenouilles, de brochets, d'oiseaux, d'insectes de toutes les couleurs. Non, pour lui, il suffisait de cinq minutes pour gagner l'école qui se trouvait de l'autre côté de la grand-route reliant Limoges à Périgueux, mais qui, heureusement, à elle seule, autorisait de multiples rencontres et offrait de magnifiques surprises. C'est là qu'un matin Pierre avait aperçu la première voiture automobile conduite par un homme aux lunettes épaisses, vêtu d'une pelisse étrange, comme s'il venait du Grand Nord. Elle avait effrayé les volailles et les chevaux, s'en était allée dans un panache de fumée, laissant la population interdite, et Pierre persuadé que tout pouvait arriver dans la vie.

Autant que les sentiers et les chemins de campagne, cette grand-route était source d'émerveillement. Pierre et Jérôme ne la traversaient jamais sans s'y arrêter quelques instants, malgré les recommandations de leur mère :

– Surtout, ne vous attardez pas. Il y a du danger. Attention aux voitures.

Entre sa maison et l'école, Pierre rencontrait à peu près tous les métiers : un bourrelier, un cordonnier, un charron, un tonnelier, un tisserand, un tailleur, un sabotier, un tanneur, un forgeron, et surtout, de l'autre côté de la place où se trouvaient l'école et la mairie : le maréchal-ferrant qui aimantait tous les regards, y compris ceux des élèves, malgré la vigilance du maître, à travers les fenêtres ouvertes. Les longs après-midi étaient alors rythmés par les bruits de la maréchalerie, du marteau cognant sur les clous de ferrage, accompagnés par les cris du maréchal ou du commis, quand le cheval se montrait rétif.

Au-delà de ce monde animé et bruyant, l'école, pour Pierre, n'était qu'un enchantement : il avait soif d'apprendre et y parvenait dans la facilité. Qu'aurait-il pu souhaiter de plus ? Les pupitres de bois brut, le poêle Godin entouré de grillage blanc, son long tuyau à angle droit, les cartes de France accochées au mur, l'affiche dont le titre proclamait L'ALCOOLISME TUE LENTEMENT, les plumiers, les cartables de cuir, les ardoises composaient un univers dans lequel il n'y avait rien de redoutable. Il se répétait sans frayeur la chanson qui disait : « *Les écoliers laborieux vont avec joie à leur ouvrage, mais les élèves sans courage partent les larmes dans les yeux.* »

Non, nulle larme, jamais, n'avait assombri ces heures-là, même le jour où était tombée sur lui une punition, quand il avait renversé son sac de billes dans la classe. Car le maître de ce temps-là était d'une sévérité extrême. C'était un homme de grande taille, chauve, qui portait de fines lunettes, une moustache en guidon de bicyclette, une chemise blanche à col dur et un habit noir. Il aimait beaucoup Pierre mais, compte tenu de ses qualités, n'en était que plus sévère à son égard. Deux cents lignes à écrire pour le lendemain ! Pierre n'en n'avait pas souffert le moins du monde. Il les avait choisies dans un poème de Victor Hugo et ne les avait jamais oubliées, même au plus noir de la guerre, quand il était devenu un animal désespéré au fond de son trou, seulement préoccupé de respirer doucement, doucement, et de rester en vie : « *Oh que j'étais heureux ! Oh que j'étais candide ! En classe un banc de chêne uni, lustré, splendide, une table, un pupitre, un lourd encrier noir, une lampe humble sœur de l'étoile du soir. Les devoirs faits, légers comme de jeunes daims, nous fuyions à travers les immenses jardins, éclatant à la fois en cent propos contraires…* »

Non, Pierre n'avait rien oublié de ces heures-là, et il était persuadé aujourd'hui encore, ce 11 novembre

1918, dans ce trou sur lequel les obus s'acharnaient encore, que c'étaient elles qui l'avaient sauvé. C'est pourquoi il s'efforçait de récapituler dans sa mémoire toutes les images, les moindres souvenirs dans lesquels il avait puisé des forces, encore étonné de leur pouvoir, de leur puissance sur son corps épuisé : le bourdonnement des abeilles au-dehors quand tout se taisait, un cahier de composition où, sur la couverture, Vercingétorix jetait ses armes aux pieds de César, une chaîne d'arpenteur, un bocal qui contenait une vipère, les gamelles blanches posées sur le poêle par les enfants qui venaient de loin, un plumier dont le fermoir glissait avec un froissement très doux, une rosace dessinée au compas sur un cahier de brouillon ; rien vraiment, non, vraiment rien de très important, mais une immense force, pourtant, jaillie de ces dérisoires images, il n'avait jamais compris très bien pourquoi, sinon près de Juliette qui évoquait toujours en lui, depuis le début, cette douceur et cette force. Mais elle était si loin, et depuis si longtemps ! Que faisait-elle, à cette heure froide du matin ?

Juliette s'assit, trempa la plume dans son encrier de verre dont le couvercle formait une tête de chat, écrivit en en-tête : « Ladignac, 11 novembre 1918 ». Et, plus bas, aussitôt, traçant les lettres avec application :

« *Mon amour, il fait bien froid ce matin, j'espère que tu es bien couvert, si loin de moi, qui ne peux pas te réchauffer, qui le voudrais tant, cependant, comme je le faisais l'automne dernier lorsque tu étais là, encore, mon cœur, avec ton bras cassé, que j'embrassais en espérant qu'il ne guérirait pas, et que tu ne repartirais pas – j'ai même souhaité que tu le perdes, ce bras, je ne sais pas pourquoi je te dis cela, alors que cette guerre maudite va finir, enfin. »*

À la pensée du bras de Pierre, de ses mains vivantes, chaudes, des larmes lui vinrent et elle ferma les yeux, cessa d'écrire, s'efforça de ne plus penser qu'à la paix, à tout ce qui avait été sa vie, si heureuse, mon Dieu ! si heureuse avant tout ça, depuis toujours. Et tout allait recommencer auprès de Pierre, dès qu'il serait revenu, elle en était sûre aujourd'hui. Comment une vie pouvait-elle être bouleversée de la sorte ? Pourquoi ce Dieu qu'elle avait tant prié depuis son enfance permettait-il que des hommes et des femmes pussent tellement souffrir ? Elle n'avait pas été préparée à la souffrance, n'avait jamais cru qu'au bonheur, même au temps où les colères de son père dénonçaient la concurrence déloyale de la fonte au coke, en Lorraine, mettant en péril celle, au charbon de bois, du Périgord. Où était le péril quand le bonheur régnait partout autour d'elle ? Le monde entier était enclos dans le domaine, dans le château. Elle et Jules n'allaient même pas à l'école à Ladignac, mais recevaient à domicile les leçons d'un précepteur : Monsieur Maxime qui les entraînait à l'ombre des noisetiers dès le printemps pour leur enseigner *rosa* la rose ou les mathématiques. Elle ne pensait qu'à s'évader, courir avec Jules jusqu'aux rives de l'Auvézère et c'est là, elle s'en souvenait très bien, qu'elle s'était approchée de Pierre pour la première fois.

Elle devait avoir sept ou huit ans. C'était ses yeux, d'abord, qui l'avaient frappée. Si clairs, si lumineux, qu'elle avait eu l'impression d'être aspirée par eux, par cette profondeur qui – elle l'avait découvert un peu plus tard – n'avait d'égale que celle de son esprit. Pierre ! De ce jour elle n'avait cessé de penser à lui, de guetter dans les paroles de ses parents l'annonce de la visite des Desforest, et combien elle avait regretté, alors, de ne pas aller à l'école à Lanouaille ! Elle avait même osé en faire la demande à sa mère qui s'était affolée et avait répondu : « Tu as tout ce qu'il faut ici. Que jamais ton père n'entende une chose pareille. » Oh ! cette peur, toujours, dans les yeux de sa mère, comme elle l'avait détestée, et comme elle s'était juré de ne jamais vivre la même !

Elle avait compris d'instinct que la vie près de Pierre, si elle avait la chance – la volonté, se disait-elle – de la conquérir, ne serait pas celle de la peur mais celle du bonheur. Sa voix d'alors comme sa voix d'aujourd'hui, son intelligence, ses gestes, ses regards exprimaient tous, déjà, une douceur si inhabituelle en ces lieux qu'ils lui avaient donné le besoin fou de vivre près d'un tel être, de respirer le même air que lui, de partager chaque seconde de sa vie. Et pourtant elle n'était qu'une enfant, mais quelque chose au plus profond d'elle faisait chaque fois battre son cœur plus vite au seul nom de « Desforest », à la pensée du garçon dont les yeux la fascinaient, l'attiraient comme les fleurs attirent les abeilles.

Des shrapnells, en déchirant le brouillard, là-haut, arrachèrent les trois hommes à leurs souvenirs. Puis ce furent deux fusées éclairantes, comme si l'ennemi testait une nouvelle mire, et bientôt un obus de 75 fila en miaulant avant d'éclater entre la Meuse et les positions tenues par la compagnie.

– Voilà les 75, maintenant ! fit Jean Pelletier. On se demande ce qu'ils cherchent. Vous avez une idée, mon lieutenant ?

– Ils ont dû entendre du bruit en bas. Peut-être que les renforts commencent à passer la Meuse.

– Il serait temps, grogna Pelletier d'une voix qui, maintenant, exprimait plus d'exaspération que de fatigue.

Depuis qu'il était prisonnier dans cet entonnoir, il retrouvait bizarrement la sensation qu'il avait ressentie, le premier jour d'école, dans la rue Vicq-d'Azyr, sur son banc de bois : cette impossibilité de bouger, de se faire remarquer, la sensation d'un danger qui rôde, d'un œil qui vous guette. Il avait bien failli ne pas s'habituer. Le maître était d'une sévérité qui le paralysait. Et pourtant il fallait bien y aller, à l'école, pour ne pas avoir à transporter du charbon, plus tard, mais pour apprendre à lire et à écrire, et vivre mieux, peut-être même prendre ces bateaux qui s'en allaient vers d'autres villes, d'autres pays.

Jean, en écoutant sa mère, avait deviné cela. S'instruire, devenir savant, voilà qui changerait sa vie. La noirceur de son père, les yeux usés de sa mère l'avaient aidé à comprendre. Alors il avait chassé sa peur, s'était efforcé d'apprendre de son mieux, y était parvenu tant bien que mal. Il n'était pas un élève brillant, mais un élève appliqué. Pendant les récréations, il participait volontiers aux jeux des autres garçons entre les marronniers, était heureux d'avoir trouvé des camarades, lui qui avait été seul, couvé par sa mère, dans le petit logement de la rue des Chauffourniers. Il n'était d'ailleurs pas le dernier à participer aux batailles de clans, aux règlements de comptes dont il sortait parfois les vêtements déchirés.

Plus que le français ou le calcul, il aimait l'histoire, était sensible à la défaite de 1870, à l'image de l'empereur fait prisonnier à Sedan, à la nécessité évoquée chaque jour par le maître de reprendre l'Alsace et la Lorraine aux Allemands. Pour ses dix ans il avait reçu de ses parents le *Tour de France par deux enfants*. Il s'était réjoui des exploits d'André et de Julien Vogel, avait admiré leur courage à s'échapper de l'Alsace occupée pour rejoindre leur oncle en France, pays libre, et qui aurait sa revanche bientôt – comment aurait-il pu en être autrement, puisque le maître d'école l'affirmait ? D'ailleurs, sous son œil pour une fois indulgent, les enfants jouaient souvent, dans la cour, à la guerre, et pas un d'entre eux ne doutait de la victoire, un jour prochain, contre cet ennemi, toujours le même, qui s'était emparé par la force de deux provinces françaises, cette Alsace et cette Lorraine devenues les plus belles, les plus précieuses pour la France meurtrie.

Quand les jours grandissaient, à partir du printemps, sa mère lui donnait la permission de retrouver ses camarades sur les buttes, et ces escapades représentaient pour lui l'apprentissage de la liberté. Tous les jeudis il rejoignait ces lieux le plus souvent déserts où les gosses des quartiers environnants formaient des bandes qui s'affrontaient pour la possession d'un territoire. C'est là que Jean apprit vraiment à se battre, à maîtriser la peur, à se montrer solidaire de ses camarades. Il n'était pas très grand ni très fort, mais il montrait du courage dans l'affrontement, comprenant que l'on gagnait ainsi le respect de tous.

Sa mère tentait de le retenir près d'elle, mais il avait goûté à la liberté et ne pouvait plus s'en passer. Son père, lui, savait que son fils apprenait là l'essentiel : à savoir qu'il faut lutter dans la vie où rien ne vous est donné, et qu'il valait mieux que Jean profite d'un peu de liberté avant de trouver un emploi. Dès lors, ce serait fini : travail de l'aube jusqu'à la nuit, sauf le dimanche.

Ainsi, ces années-là avaient été des années heureuses, jusqu'à ce qu'il eût douze ans. Son père, alors, tomba sous son fardeau dans l'escalier d'une cave et se brisa les reins. On le ramena paralysé rue des Chauffourniers, et Jean dut quitter l'école pour travailler. Un ami de son père lui trouva une place d'apprenti dans une fabrique, et c'en fut fini pour lui des soirs et des jeudis de liberté, des courses folles dans les Buttes. Il avait quitté la lumière du jour pour un monde aussi noir que celui de son père, seulement traversé des éclairs des fours brusquement ouverts, dans un vacarme de chocs violents, ferraille contre ferraille, de cliquetis et de courses de courroies sans cesse en mouvement sous le plafond sombre que, d'en bas, on ne distinguait même pas.

Jean était chargé de ramasser la pièce brûlante qu'une énorme presse rejetait derrière elle. D'abord le chauffeur la saisissait rougeoyante dans le fourneau au moyen d'une pince, ensuite il la plaçait sur l'établi de la presse, puis le frappeur la prenait et la faisait glisser dans la cible. Il actionnait la presse qui s'abattait brutalement, puis expulsait le boulon sur une plaque de fer où il était censé refroidir. Le travail de Jean consistait à se saisir des pièces ainsi forgées et à les jeter dans une caisse, à proximité de la machine. Attention à ne pas se tromper, sans quoi les doigts lui cuisaient ! Il avait appris, heureusement, à reconnaître les pièces vraiment froides, qui ne le blesseraient pas. Mais, les premiers jours, il s'était brûlé cruellement.

– C'est le métier qui rentre ! avait négligemment jeté le contremaître, un homme énorme, tout noir, lippu, dont les sourcils broussailleux cachaient des yeux sombres, sans la moindre indulgence.

Ç'avait été le travail de Jean jusqu'à l'âge de quatorze ans. Son père, alors, était mort, davantage de désespoir que des séquelles de sa chute. Un soulagement pour sa mère qui avait dû s'occuper de son époux jour et nuit, et s'était épuisée à cette tâche. Elle lui survécut deux ans, reprenant son travail de couturière, reportant son affection sur son fils unique, minée par une faiblesse du cœur qui l'emporta un matin alors que Jean se trouvait à la fabrique. Il dut déménager, quitter la rue des Chauffourniers pour le quartier Saint-Paul, entre la Seine et la place de la Bastille, rue de la Cerisaie, exactement, où Émile, le frappeur avec lequel il travaillait, lui trouva une chambre dans le même immeuble que lui. Jean emporta les quelques meubles de ses parents, et emménagea sous les toits, dans un galetas en rapport avec son faible salaire : cinq francs par semaine. Heureusement il n'était plus apprenti mais chauffeur, c'est-à-dire qu'il saisissait avec une énorme pince les pièces dans les fours et les passait au frappeur.

Sa mère n'étant plus là, il chercha une laveuse dans le quartier pour ses vêtements noirs qui lui rappelaient ceux de son père. On lui en indiqua une rue Charlemagne, où il se rendit un dimanche matin. C'est là, dans la cour intérieure d'un vieil immeuble décrépit, qu'il rencontra Marie. Elle avait seize ans, et lui dix-sept. Sa mère était absente : elle faisait des courses. Marie gardait sa sœur plus jeune qu'elle. Elle avait les cheveux courts, un fichu sur les cheveux qui débordaient légèrement, un sourire si chaud, si limpide qu'il eut l'impression, tout de suite, qu'il n'était plus seul au monde. Elle portait une robe à manches courtes et sa peau, si blanche, l'avait ébloui tout en réveillant sa honte pour le paquet de vêtements qu'il portait.

Il avait tendu son paquet, demandé :

– Vous aussi vous lavez ?

– Bien sûr, j'aide ma mère.

De ce matin-là, sa vie avait changé. Il ne vit plus la noirceur de l'usine, n'entendit plus le fracas de la presse : il ne voyait que la peau blanche des bras de Marie, son sourire plein de vie, ses yeux gris, à peine bleutés, et n'entendait plus que sa voix cristalline, fragile, si fragile, qu'il n'avait plus songé qu'à la protéger.

Il fallait à peine cinq minutes pour aller de la rue de la Cerisaie à la rue Charlemagne. Jean s'y rendait presque chaque soir, portant aussi à laver des vêtements qui appartenaient à des camarades de travail, revenant les chercher, si bien que la mère de Marie ne fut pas dupe de ces visites si fréquentes. C'était une femme énergique, dont le mari était mort de tuberculose, mais qui ne s'était jamais laissé submerger par le désespoir. Elle lavait le linge de ses clients dans un lavoir installé rue de Jouy, depuis que l'on avait démoli les installations du quai des Célestins qui donnaient sur la Seine. Elle élevait ses deux filles dans son petit logement de la rue Charlemagne voisine du faubourg Saint-Antoine où elle était née, il y avait quarante ans de cela.

Jean ne lui déplaisait pas. Il semblait honnête, travailleur, et surtout, surtout, il ne buvait pas, du moins à ce qu'elle pouvait en juger. Elle finit par se convaincre qu'il ferait un bon mari pour sa fille et elle prit l'habitude de l'inviter le dimanche à midi, dans le deux pièces où elle avait souffert de l'absence d'homme, une absence qu'il comblait soudain, comme par miracle. Jean n'avait que dix-sept ans, mais le travail l'avait endurci, musclé, surtout des bras, et il était évident que son caractère avait été forgé à la dure réalité d'un pénible métier.

L'après-midi de ces dimanches-là, sa mère donnait à Marie la permission d'aller se promener avec Jean. Ils marchaient vers la Seine, s'asseyaient sur les quais, regardaient passer les bateaux, et si Jean parlait d'avenir, de mariage possible, Marie renversait la tête en arrière, riait, répondait qu'ils étaient trop jeunes.

– Alors, tu ne veux pas ? demandait-il.

– Que tu es bête, répondait-elle.

Il lui prenait le bras, n'osait pas l'embrasser. Il l'entraînait alors vers Notre-Dame, ils montaient les escaliers jusqu'en haut d'une tour et contemplaient Paris.

– C'est grand, si grand, murmurait Marie.

Ils redescendaient en se bousculant dans les escaliers étroits. En bas, sur la place, Jean achetait des beignets à la fleur d'acacia qu'un marchand ambulant vendait à l'entrée de la rue du Cloître, puis ils s'arrêtaient de nouveau en bas du pont, quai des Célestins, pour regarder passer les bateaux.

– Tu m'emmèneras, un jour ? demandait Marie.

– Pourquoi ? Tu n'es pas bien ici ?

– Si, si, disait-elle, très vite, comme pour dissimuler une envie coupable.

Là, un soir, au retour, pour la première fois il osa l'embrasser. On était en juin. Le ciel, d'un jaune orangé au-dessus des arbres, paraissait aussi doux que les lèvres de Marie qu'il sentait fondre sous les siennes. Après quoi, elle rit, renversant comme à son habitude la tête en arrière, puis elle dit, d'une voix qui lui serra le cœur :

– Mon chéri.

Elle n'était que gaieté, douceur et fragilité. Jean remarquait combien les hommes la convoitaient quand ils passaient près d'eux, et il se demandait si elle s'en rendait compte. Apparemment pas, car elle n'en paraissait pas gênée, ni émue. Un soir, pourtant, alors qu'ils rentraient un peu avant la nuit, ils se trouvèrent face à trois hommes pris de boisson.

– Hé, la demoiselle ! lança l'un d'eux, c'est pas avec lui qu'il faut rentrer se coucher, mais avec moi.

Il portait une casquette, un foulard rouge autour du cou, paraissait menaçant. Avec les deux autres, ils entourèrent les deux amoureux, et Jean frappa pour s'ouvrir un passage. Pas assez pour s'échapper, toutefois. Il était occupé à se battre contre deux d'entre eux, alors que le troisième, l'homme au foulard, attirait Marie à l'écart. Jean parvint à se libérer, se rua au secours de Marie retenue à dix mètres de là. Elle ne bougeait pas, ne criait pas, tandis que le foulard se penchait sur elle, tournant le dos à Jean. D'un seul élan, il parvint à dégager Marie et à l'entraîner en courant. Plus loin, quand ils s'arrêtèrent, à bout de souffle, il lui dit, le cœur encore battant :

– Il ne faut pas te laisser faire, il faut te défendre.

– Je ne peux pas, dit-elle, j'ai trop peur.

– Allons, quand même ! fit-il, et si je n'étais pas là !

Cette fragilité si évidente le fit souffrir quelque temps, et puis il l'oublia car la gaieté de Marie l'y aida. Jamais ils ne croisèrent d'autres voyous de quartier, ni sur le quai des Célestins, ni ailleurs. Jean ne repensa à la scène que lorsqu'il dut partir au service militaire, et laisser Marie seule dans la rue Saint-Paul où ils avaient emmenagé après leur mariage. Ce n'était pas de la jalousie, non. C'était la certitude qu'elle ne saurait pas faire face, seule, à un homme décidé à parvenir à ses fins. Et il avait dû vivre avec cette idée ancrée en lui, cette blessure qui l'avait obsédé chaque jour depuis qu'il était parti. Mais c'était fini, tout ça, il allait rentrer, retrouver Marie et la protéger comme il l'aurait fait sans cette maudite guerre, dans le quartier où ils avaient été heureux, là-bas, près de la Seine et de ses bateaux blancs.

Ayant fini de repasser, Marie songea à réveiller ses enfants qui dormaient dans le recoin où couchait sa mère, derrière un rideau, avant sa disparition. Louis avait six ans mais Marie ne se résignait pas à le mettre à l'école, car il lui semblait que ses deux fils constituaient son seul rempart contre le malheur. Elle mit à réchauffer du lait sur le fourneau, se retrouva subitement debout, au même endroit que le jour où Jean lui avait fait visiter ce logement de la rue Saint-Paul qui allait les accueillir. Elle avait été étonnée par le poêle et les meubles beaucoup plus beaux que ceux de sa mère. Elle avait regretté seulement de ne plus pouvoir contempler les toits de Paris, comme elle le faisait parfois dans la rue Charlemagne, mais elle s'était bien gardée de l'avouer à Jean. De grandes fenêtres éclairaient les deux pièces, et la fraîcheur était agréable en ce mois de septembre 1911, quelques jours avant le mariage exigé par la mère.

Un samedi, elle s'en souvenait très bien. Ils étaient huit, dans l'église Saint-Louis beaucoup trop grande pour eux : Jean, elle-même, sa mère, sa sœur, les témoins avec leurs conjoints. Trop grande et d'une austérité qui avait toujours mis Marie mal à l'aise, depuis le jour où, enfant, elle avait assisté à la messe du dimanche matin. Elle avait levé les yeux vers saint Louis qui trônait tout en haut dans la nef, avait décidé que le Bon Dieu c'était lui, qu'il saurait les protéger et lui avait confié Jean, ce jour-là, comme d'ailleurs tous les jours où, depuis, elle était venue prier pour qu'il reste vivant.

À la sortie, un soleil magnifique les avait accueillis sur les marches, et elle avait été éblouie par la lumière de 11 heures, tandis que sonnaient les cloches et que la rue Saint-Antoine bruissait comme à son habitude d'une foule dont les visages se tournaient vers eux, et souriaient. Ils étaient revenus lentement vers la rue Saint-Paul toute proche, félicités par les gens du quartier qui les connaissaient tous. Ensuite, pour la première fois de sa vie, Marie avait bu du vin de Champagne, et elle avait compris que l'alcool faisait tourner la tête. Quand ils s'étaient levés de table pour aller se promener sur les quais, elle avait eu besoin de s'accrocher au bras de Jean pour ne pas tomber, mais c'était si bon, ce bras, cette force, qu'elle en avait gémi et qu'une larme avait coulé de ses yeux. C'est alors qu'il avait demandé :

– Tu aurais voulu danser, peut-être ?

– Oh ! Oui, avait-elle répondu.

– Demain, je t'emmènerai à Nogent.

Elle l'avait remercié, du moins il le lui semblait. Elle ne se souvenait plus très bien du retour rue Charlemagne ni du repas du soir – elle se souvenait seulement du moment où, enfin seuls, ils étaient rentrés chez eux : il régnait dans les rues une odeur bouleversante de feuilles mortes qui faisait penser à des forêts lointaines, un ailleurs enfin accessible.

Une fois dans la chambre elle n'avait pas eu peur. Elle avait confiance en cet homme et s'était abandonnée à sa volonté dès qu'il avait posé la main sur elle, et puis plus tard, beaucoup plus tard, elle s'était endormie dans ses bras. Elle avait alors dormi comme jamais, se sentant pour la première fois vraiment protégée, certaine que dans ces bras-là il ne pouvait rien lui arriver de grave. Ceux d'un homme, en effet, bien différents de ceux de sa mère, qui lui avaient toujours manqué, elle l'avait compris en s'éveillant, ce matin-là, dans ces bras faits pour étreindre, serrer, ne pas lâcher, jamais, qui pouvaient vous hisser jusqu'au ciel ou vous tirer hors d'un puits. Elle avait eu du mal à s'en détacher. C'était lui qui avait dit :

– Dépêche-toi, nous allons à Nogent.

Elle avait oublié. Il était tard, déjà, alors ils avaient couru jusqu'à l'omnibus, s'étaient blottis l'un contre l'autre sur la banquette, avaient somnolé jusqu'au terminus. Là, ils avaient pris un chemin blanc entre les aulnes et les peupliers, croisé des hommes à bicyclette, des femmes qui s'abritaient du soleil sous des ombrelles, tandis qu'une lumière douce glissait entre les feuilles des arbres. Il était tard, midi passé, quand ils étaient arrivés à l'auberge du bord de Marne. Alors ils avaient déjeuné sous une tonnelle, en buvant du vin blanc. À la fin, la tête de Marie lui tournait un peu et elle s'était rafraîchi le visage avant d'embarquer dans le canot loué par Jean. Ils en croisaient d'autres dont les occupants les saluaient,

Jean jouait à éclabousser Marie avec les rames, et le soleil réverbérait sur l'eau sa lumière tremblante – ce devait être ça, le paradis, ou du moins le vrai bonheur, avait-elle songé, très vite, prise d'un vertige, soudain, à l'idée que peut-être elle ne serait jamais plus heureuse que ce jour-là.

– Qu'as-tu donc ? avait demandé Jean.

– La tête me tourne, c'est la chaleur, je crois.

– Attends, je vais trouver de l'ombre.

Il avait accosté dans une île, sous les épais feuillages qui commençaient à se teinter de jaune et d'or. Marie s'était allongée dans l'herbe près de lui, écrasant des menthes sauvages dont le parfum les avait enveloppés soudain, et elle avait fermé les yeux. Quand il l'avait caressée, elle avait consenti à tout, malgré sa peur d'être aperçue.

Comment aurait-elle pu oublier cet après-midi-là ? Aux heures les plus noires de sa vie, après le départ de Jean, la lumière douce de ce soleil entre les feuilles avait continué de la frôler, de lui faire espérer son retour. Elle se revoyait dansant avec lui à l'auberge, puis buvant un dernier verre de vin avant de prendre au retour le chemin blanc de poussière, accrochée à son bras, et il jouait à la porter, la soulevait, courait en riant, tombait avec elle sur le bas-côté, incapable de se relever soudain, le regard dans le ciel sans nuages, submergé de bonheur.

7 heures 30

La nuit, toujours, le brouillard et le froid.

– C'est pas encore aujourd'hui qu'on va manger chaud, soupira Jean Pelletier. Il fait encore plus froid qu'au milieu de la nuit. Trouvez pas mon lieutenant ?

Il remua, se tourna de l'autre côté, et le lieutenant demanda :

– Qu'est-ce que tu fais ? Encore tes poux ? Je croyais que tu t'en étais débarrassé.

Jean Pelletier ne répondit pas. Les poux, il y était habitué, et, comme ses camarades, il avait pris l'habitude de vivre avec. Non, ce matin, il avait les mains gelées. Aussi s'était-il dégrafé pour uriner sur elles et les réchauffer, au moins pendant quelques minutes. Pierre Desforest le comprit, n'insista pas. Il avait fait pire, lui, un hiver, dans une tranchée prise aux Allemands, et dans laquelle lui et ses hommes n'avaient pu être atteints par les renforts pendant huit jours : n'ayant plus rien à boire, il avait bu son urine pour ne pas mourir de déshydratation. Mais cela n'était rien à côté de la souffrance provoquée par le froid. Et Pierre l'avait constaté souvent : il faisait toujours plus froid juste avant le jour. Comme le soldat Pelletier, il lui semblait qu'il ne se réchaufferait jamais, que le soleil avait disparu pour toujours.

Il n'y avait plus que dans ses souvenirs qu'il faisait beau, des souvenirs dans lesquels brillait toujours ce soleil magnifique des étés sur les champs et les prés, quand il s'étendait à l'ombre douce des bois de châtaigniers. Le jeudi, il trouvait le prétexte de capturer des oiseaux ou des animaux pour les leçons de choses du maître, afin de s'enfuir avec Jérôme dès le petit matin. Aidés par les enfants des Malaurie, ils cherchaient à piéger les écureuils, les mulots, les couleuvres, toutes sortes d'oiseaux – verdiers, bouvreuils, mésanges à tête noire –, ils fabriquaient des pièges qui ne marchaient jamais, et, de guerre lasse, s'armaient de frondes, taillaient des sifflets de saule ou des pétoires dans les sureaux.

Une seule fois, lui semblait-il, il avait neigé. Un hiver d'une blancheur extrême, tout s'était arrêté, un silence glacé au-dehors, mais ils sortaient quand même avec Jérôme pour courir vers l'eau gelée de la Loue, glissaient des heures et des heures dans le vent qui mordait la peau découverte, puis ils rentraient frigorifiés, se réfugiaient devant la grande cheminée près de laquelle était assise Sidonie la grand-mère, dont le regard était aussi clair que la lumière du dehors – c'était d'elle, sans doute, qu'il tenait l'éclat fragile de ses yeux. Mais dans les yeux de Sidonie, alors, passaient des aveux de défaite, déjà de mort prochaine. Pierre, en ce temps-là, ne les devinait pas. Il ne savait rien de la mort, se contentait d'apprendre la vie.

Cet hiver-là, la neige avait mis huit jours à fondre, et il en était resté comme orphelin, s'étonnant, à la fin, de la couleur revenue des prés et des champs, regrettant ce blanc, vers lequel les hivers du Nord, de Champagne et d'Artois, l'avaient renvoyé, vingt ans plus tard, mais sans parvenir à briser cette sorte de charme de la neige trop rare, des heures suspendues dans un silence d'étoupe – même la forge s'était tue.

Plus tard, à Paris, en étudiant la littérature anglo-saxonne, il avait été incroyablement remué par cette phrase de Shakespeare qui disait : « Que devient le blanc quand la neige fond ? » Et même aux pires heures de la guerre, quand les obus et les mitrailleuses continuaient de s'acharner sur les lignes alors que la neige avait recouvert le front, cette phrase avait continué de l'obséder. « Que devient le blanc quand la neige fond ? » Cela devait signifier sans doute : que devient la vie quand le bonheur a disparu ? – ou quelque chose de ce genre. Une fois, même, il était sorti des parallèles d'assaut pour une attaque-suicide, en se répétant ces mots qui n'avaient plus de sens, sinon celui de le relier encore, fragilement, au mince fil de sa vie d'alors, et c'était encore une manière de se croire vivant quand tout n'était que mort et destruction autour de lui.

La mort, il l'avait découverte à dix ans, quand Sidonie s'était éteinte, une nuit, dans son sommeil. Sa mère, Camille, était venue le chercher à l'école, alors que la classe commençait à peine – il n'entendait que le crissement de la craie au tableau et le bourdonnement du poêle. Elle avait murmuré quelques mots devant le maître qui était venu à sa rencontre, dès qu'elle avait frappé aux carreaux. Il les avait libérés, Jérôme et lui, avec une sorte de geste affectueux, une main un bref instant posée sur leur épaule, un regard différent, comme s'il devinait que le monde, pour les deux enfants, ne serait plus jamais le même. Effectivement, ce fut le cas. Pierre ne s'était jamais vraiment rendu compte de la place que tenait sa grand-mère dans la maison. Dès qu'il entrait, c'était pourtant elle qu'il apercevait : toute noire mais toujours bien mise, bien coiffée, très droite, et toujours ce regard qu'il captait encore dans les miroirs, puisque c'était aussi le sien.

Beaucoup de monde était venu à ce moment-là dans la grande maison : des parents, des amis, des connaissances lointaines dont la familiarité l'avait étonné. Il n'avait pas voulu s'approcher de la disparue, comme s'il y avait là, dans ce lit trop grand, quelque chose d'inacceptable, de contraire à ce qu'il vivait depuis dix ans, près d'elle ou loin d'elle, un élan de la vie qu'il avait crue impérissable. Il n'avait pénétré dans la chambre qu'une fois la défunte enfermée dans la boîte de bois blanc, mais il y avait tant de monde encore, près d'elle, qu'il ne s'était pas bien rendu compte de ce qui se passait. Ce fut après le cimetière qu'il se heurta à un silence, une absence, un vide étrange et douloureux.

Plus tard, il avait ressenti la même impression la première fois où l'un de ses camarades était tombé près de lui, lors d'une offensive sous la mitraille. Il courait, il courait, il entendait le martèlement des chaussures à ses côtés, puis, tout à coup, à sa droite, il y avait eu comme un souffle de vent, une absence, un trou dans le monde hostile dans lequel il avait pénétré. Il ne s'était pas arrêté, avait continué de courir pour se mettre à l'abri, de la même manière qu'il avait continué de courir, enfant, quand sa grand-mère avait disparu : le besoin de se sauver, probablement, de ne pas consentir à ce qui pouvait le tuer.

Restait Maria, heureusement, qui prolongeait la tendresse de ces femmes dévouées aux enfants, aux familles, et dont les robes noires ressemblaient à celles des grand-mères, qui sentait le savon de Marseille, la cannelle, les fleurs des champs, et qu'il accompagnait au lavoir, l'été, à un kilomètre du village, sur la Loue dont l'eau claire cascadait entre des rochers gris. Il s'asseyait contre le mur du fond, observait le fin nuage de savon dérivant vers l'aval, écoutait le battoir, le frottement du linge contre les aspérités du « banchou » sur lequel la vieille femme était penchée, relevant de temps en temps une mèche de cheveux, lui parlant sans même se retourner, tandis qu'il laissait les libellules bleues se poser sur son bras, incapable de bouger, soudain, prisonnier de cette fraîcheur verte, dévasté à l'idée qu'un jour il faudrait quitter ça.

Ce n'était pas une menace : c'était inéluctable. À douze ans il faudrait partir chez les frères, à Périgueux. Il deviendrait pensionnaire, ne sortirait que tous les mois. Mais c'était loin encore, du moins semblait-il à Pierre, même si Jérôme était parti, déjà, le laissant seul dans le vaste monde d'un inoubliable bonheur, tout près de Juliette.

Penchée sur son secrétaire, elle se mit à écrire :

« Ce matin, mon cœur, je suis sûre que la guerre va finir, et que nous pourrons oublier tout ça. Elle va finir dans la victoire que nous avons tellement appelée dans nos prières. Nous nous installerons à la Nolie avec Julien, notre fils qui te ressemble, puisque tu l'as tellement rêvé. Je pense de toutes mes forces à cet instant où tu réapparaîtras, où je pourrai te serrer dans mes bras. Je sais qu'il est proche et j'espère que là où tu te trouves, tu le sais aussi pour garder le courage nécessaire à la vie qui nous attend… »

Attendre, attendre ! Elle n'avait fait que cela, pendant des années, avait occulté tout le reste. C'est à peine si Juliette avait souffert du changement de vie qu'avait représenté son entrée chez les Visitandines à Périgueux, et pourtant le choc avait été rude cet automne-là. On avait juste fini de vendanger dans les métairies et dans la réserve. C'était un automne chaud, lourd, gorgé de parfums de futailles, de l'odeur du charbon de bois qui s'échappait des forêts en prévision de la saison de fonte. Son père avait tenu à ce que Juliette allume le haut-fourneau avant de partir. Elle n'avait pas ressenti la même émotion que lorsqu'elle était enfant, mais elle n'en n'avait pas été meurtrie, au contraire : elle n'était plus une enfant, tout simplement, et elle était persuadée que ce changement la rapprochait de Pierre.

Elle partit sans illusion sur la vie qui l'attendait à Périgueux. Sa mère, qui avait fréquenté l'institution, lui en avait révélé l'essentiel : messes, études, prières, chapelets, chemins de croix, confessions, génuflexions, vêpres et complies le dimanche suffiraient à occuper les journées et même une partie des nuits. Ce fut le cas. Elle en souffrit juste le temps de s'apercevoir qu'il lui suffisait de fermer les yeux pour se retrouver dans la cour du château envahie par les femmes et les enfants des hommes employés à la forge, sur les rives de l'Auvézère dans laquelle elle se baignait parfois, lorsqu'il faisait très chaud, en cachette de ses parents, avec des frissons délicieux.

Un jour, en septembre, elle avait fait en sorte d'éloigner Jules afin de se retrouver seule avec Pierre. Elle devait avoir treize ou quatorze ans. C'était la première fois qu'ils se trouvaient vraiment seuls tous les deux. Après avoir marché sur la rive ombreuse, ils s'étaient assis sous des aulnes épais qui sentaient bon la feuille et l'écorce. Là, il lui avait confirmé ce qu'elle avait appris de ses parents : à savoir qu'il allait partir étudier à Paris. Elle avait rêvé de ce moment, de cette solitude tout près de lui, chaque soir, avant de s'endormir. La nouvelle de ce départ l'avait un moment ébranlée, mais elle s'était juré de mettre à profit la moindre seconde, la moindre minute pour lui faire comprendre tout ce qu'il représentait pour elle. Et quand il lui avait répondu que, comme elle, il ne se sentait jamais mieux qu'ici, elle n'en avait pas été surprise, persuadée qu'il ne pouvait pas avoir d'autres goûts, d'autres désirs qu'elle. Elle s'était alors enhardie en lui demandant s'il reviendrait la voir – pas tout à fait, elle n'avait pas osé employer ces mots-là : seulement s'il reviendrait vite. « Bien sûr », avait-il répondu. Et sa voix contenait déjà tant de promesses qu'elle l'avait remercié, certaine d'avoir deviné dans cette réponse hâtive l'écho qu'elle espérait. Durant l'après-midi, elle avait regardé les femmes jouer au jacquet et s'était trouvée éloignée de Pierre, mais elle avait réussi à croiser son regard à de nombreuses reprises, et elle avait su qu'il était à elle, que personne, jamais, ne le lui prendrait.

Dans ses souvenirs, le temps qui avait passé ensuite n'avait été qu'une interminable attente, sans le moindre événement digne d'importance, sinon les vacances, l'espoir de le revoir, même sans lui parler, comme lors de ce jour de Noël où ils s'étaient rendus à Lanouaille et qu'il ne s'était pas assis face à elle, mais à côté, et que son bras, parfois, touchait le sien – cette douceur à travers le tissu de sa robe, comment l'aurait-elle oubliée ?

Au château, les affaires allaient de plus en plus mal.

M. Roquemaure était obligé d'acheter de la fonte ailleurs, notamment à Pauillac, en Gironde, car le minerai qui était en exploitation à proximité de Ladignac contenait trop de phosphore. Les ouvriers puddleurs – ceux qui étaient chargés de brasser la fonte pour réduire ce phosphore et la transformer en fer – n'y parvenaient pas, ou au prix d'un épuisement qui les laissait sur le flanc malgré leur courage. Il aurait fallu faire construire un four à puddler, comme on en avait installé un à Savignac, pas loin de là, mais c'était pour M. Roquemaure un investissement trop important. De toute façon, quoi que l'on fît, désormais, la fonte au coke reviendrait toujours moins cher que la fonte au charbon de bois. Et c'était là, pourtant, en Dordogne, toute sa justification puisque les maîtres de forges disposaient sur leur domaine aussi bien du minerai que du bois. Ils n'avaient besoin d'acheter ni l'un ni l'autre. Ils avaient toujours vécu de la sorte, en économie fermée, et depuis quelques années ils se trouvaient face à une concurrence contre laquelle ils ne pouvaient lutter.

– S'adapter ! S'adapter ! criait M. Roquemaure, mais je ne fais que ça depuis trente ans ! Si je m'écoutais, je fermerais le haut-fourneau, et je me consacrerais à l'affinage.

– Et que ferions-nous des bûcherons, des charbonniers, des charretiers, des chargeurs, des gardeurs de feu, de tous ceux qui travaillent pour nous ? demandait Jules.

– Ils retourneront à la terre, c'est-à-dire d'où ils

viennent ! s'exclamait M. Roquemaure. De toute façon, bientôt, nous n'aurons plus le choix.

– C'est pour cette raison que vous m'avez demandé de prendre votre suite ?

– À nous deux, nous serons plus forts. Je t'ai fait donner de l'instruction afin que tu trouves les solutions techniques qui nous sauveront.

Juliette assistait à ces conversations sans y prendre part. Son père avait toujours pesté devant la difficulté des affaires, soupiré devant sa solitude à porter le poids d'énormes responsabilités sur ses épaules. Elle n'était pas vraiment inquiète, car même si le haut-fourneau s'arrêtait, le domaine était assez vaste – métairie et réserve comprises – pour leur permettre de vivre. Non, ses craintes se situaient ailleurs : elle redoutait que Paris ne fît changer Pierre et qu'il l'oubliât. Alors elle lui écrivait en cachette, postait ses lettres lors des rares promenades du dimanche, au risque de se faire surprendre, et, même si elle ne pouvait recevoir de réponse, elle acquérait jour après jour la conviction de tisser un lien suffisamment fort pour résister à l'épreuve du temps et de l'éloignement.

Heureusement, au bout d'interminables semaines de séparation arrivaient les vacances – Noël, Pâques, et celles des beaux étés – qu'elle avait attendues avec tellement d'impatience que sa vie avait été comme mise en sommeil. Elle n'avait pas une amie à qui se confier. Elle vivait à l'écart des autres pensionnaires, tendue vers un seul but, une seule perspective : profiter des longues heures pour étudier, afin de se montrer digne de celui avec qui elle ferait sa vie et dont les succès scolaires ne faisaient que confirmer combien il était exemplaire, brillant, incroyablement différent de tous les hommes qu'elle avait côtoyés, excepté Jules qui volait lui aussi de succès en succès et obtiendrait bientôt son diplôme d'ingénieur.

Le mois de juillet, ses ciels d'un bleu de dragée et ses longues soirées si douces au bord de l'eau la faisaient renaître à la vie. Elle retrouvait tous les parfums oubliés chez les Visitandines : celui des chênes, des châtaigniers, du chèvrefeuille, des foins étendus dans les prés, et elle savait que Pierre ne tarderait pas. Lors de leurs promenades, il disait « nous » maintenant, plutôt que « je », et elle n'avait pas été surprise, à la mi-septembre de l'année 1908, quand il lui avait demandé si elle voudrait bien partager sa vie plus tard.

– Je ne pense qu'à ça, avait-elle répondu.

Et elle avait ajouté aussitôt :

– Depuis toujours.

Pierre allait rentrer au lycée Lakanal pour préparer l'École normale supérieure. Tous deux avaient dix-huit ans, et Juliette allait enfin quitter les Visitandines pour revenir au château, après avoir reçu une éducation suffisante aux yeux de son père. Elle aurait bien voulu poursuivre des études supérieures à Paris, mais il s'y était formellement opposé.

– Tu en sais suffisamment, avait-il décrété. Il n'est

pas bon qu'une femme soit plus instruite que son mari.

Elle avait été persuadée que ses parents étaient au courant de ses projets avec Pierre – et d'ailleurs, comment ne l'eussent-ils pas été ? Elle eut même la conviction qu'ils s'étaient toujours rapprochés de la famille Desforest dans le but d'unir un jour leurs enfants.

Elle ne s'était pas révoltée, même si la perspective de vivre à Paris, chaque fois qu'elle y songeait, faisait battre son cœur plus vite. Tout le monde, et surtout les femmes, devait plier devant la volonté du maître de forges. C'était ainsi. Juliette n'en avait pas vraiment souffert, car elle savait que l'essentiel était préservé : elle attendrait Pierre au sein du monde qui avait toujours été le leur, mais bien décidée à ne pas totalement capituler devant son père, comme l'avait fait sa mère tout au long de sa vie.

Un galop précipité, sur la droite de Pierre, le fit sursauter. Un homme sauta dans l'entonnoir, les paralysant de terreur.

– C'est moi, mon lieutenant, fit une voix essoufflée.

– Tu nous as fait peur, fit Pierre Desforest.

C'était le caporal Saulnier, venu aux nouvelles d'un entonnoir voisin. Il était maigre, tout noir, agité de tics, paraissait à bout de forces.

– Vous avez eu le capitaine, mon lieutenant ? demanda-t-il.

– Non, pas encore, mais ne t'inquiète pas, le coureur va passer.

– On va pas tenir comme ça longtemps, insista Saulnier. Si ça se trouve, dès qu'il fera jour, ils vont nous charger à la baïonnette.

– Ne t'en fais pas : le 53e est à Dom-le-Mesnil, il va franchir la Meuse à l'écluse, d'ailleurs il a déjà commencé.

– Moi je vous dis qu'ils vont charger dès qu'il fera jour, répéta le caporal.

– Avec ce qui leur tombe dessus, ça m'étonnerait, observa le sergent Rouvière.

Ces quelques mots parurent apaiser le caporal. Durant toute la nuit, l'artillerie française, qui avait pris position sur les collines de la rive opposée de la Meuse, s'était acharnée sur le signal de l'Épine.

– Et la roulante ? Elle va passer la roulante ? Ça fait quarante-huit heures qu'on bouffe du singe. Même pas un bidon de vin. Les hommes sont à bout.

– Je sais, dit Pierre Desforest, il faut tenir encore un peu, après tout sera fini.

– Ça m'étonnerait, grinça le caporal.

– Allez rejoindre vos hommes, Saulnier ! ordonna le sergent Rouvière. Combien sont-ils dans votre trou ?

– Six.

– Dès le lever du jour, remplissez des sacs de terre pour vous protéger. Exécution !

– Évitez de prendre des risques, ajouta Pierre Desforest. Ce n'était pas la peine de venir jusqu'ici. Attendez le coureur.

Le caporal maugréa, mais il s'exécuta et disparut dans la nuit, provoquant le déchaînement des mitrailleuses en haut de la colline.

Le soldat Pelletier, lui, avait à peine écouté l'échange entre le caporal et les officiers. Ce n'était pas au danger immédiat qu'il pensait, mais à la fin de la guerre promise par le lieutenant. Les yeux clos, il imaginait Marie, la voyait exactement semblable à celle qu'elle était le jour de leur mariage, au mois de septembre de l'année 1911. C'est la mère qui les avait poussés à hâter les choses. Il n'avait que dix-huit ans, et elle dix-sept, mais il n'était pas raisonnable, disait-elle, de vivre si près l'un de l'autre sans être mariés. Jean ne souhaitait que cela. Marie riait. Elle avait confiance, elle, dans la vie, dans l'avenir, même si elle travaillait dur. De toute façon, elle travaillait depuis toujours auprès de sa mère – depuis, en fait, le premier jour où elle l'avait accompagnée au lavoir. Aussi les rares moments de loisir qu'elle passait avec Jean représentaient-ils pour elle un vrai bonheur, et elle n'en demandait pas davantage.

Le jour du mariage, on n'était pas allés au restaurant mais on avait pris un repas un peu plus conséquent qu'à l'ordinaire arrosé de vin de Champagne dans la plus grande des pièces de la rue Charlemagne : bouchées à la reine, gigot aux haricots blancs, fromage et tarte aux pommes. Il y avait là la famille de Marie, son témoin qui était une amie de sa mère ; le témoin de Jean était le frappeur Émile avec lequel il travaillait. Tout ce monde pouvait à peine bouger dans la pièce : on avait tiré le rideau devant l'alcôve où dormait la mère de Marie. La femme d'Émile avait chanté au dessert, et elle avait regretté de ne pouvoir danser. À la fin, vers 5 heures, tout le monde était allé se promener sur les quais, dans la fin d'un après-midi d'une grande douceur, où l'air portait encore des souffles chauds de l'été.

Le soir, ils dînèrent des restes du repas de midi, puis Jean et Marie partirent vers leur logement de la rue Saint-Paul. C'était une rue étroite peuplée d'échoppes diverses, d'immeubles bas à façades grises, de cours intérieures pavées ; durant tout le jour, elle était encombrée de fiacres, de charrettes, d'ouvriers en blouse, de blanchisseuses, de marchandes de quatre-saisons, agitée de va-et-vient incessants et de rumeurs sourdes, de fumées âcres qui s'échappaient des estaminets, nombreux de chaque côté.

Le logement de deux pièces se trouvait au rez-de-chaussée, au fond d'une cour où habitaient surtout des ouvriers et des artisans. Il comprenait une chambre pas très grande mais une pièce plus importante où Jean avait installé la table, les trois chaises et le buffet de ses parents. Le lit était neuf. Il n'avait pas voulu emporter celui dans lequel étaient morts son père et sa mère : il l'avait vendu à un tailleur de la rue des Chauffourniers.

Ainsi, Marie, qui ne possédait rien, était en ménage. Jean lui avait fait visiter son futur logement avant le mariage, et elle s'était émerveillée du fourneau sur lequel elle ferait la cuisine. Elle avait frissonné, ce soir-là, en entrant dans le logement. Jean avait été aussi doux qu'il l'avait pu après avoir si longtemps désiré cette peau blanche, cette jeune femme si belle, si aimante. Il avait été bouleversé par la façon qu'elle avait eue de s'abandonner, dès qu'il avait posé la main sur elle. Il n'avait jamais cru que l'on pouvait être heureux à ce point, surtout lorsqu'elle s'était endormie dans ses bras. Alors il l'avait tenue étroitement serrée contre lui, éprouvant sous sa paume le contact de la peau tiède et lisse, l'écoutant respirer, de temps en temps pousser de petits soupirs, comme une enfant consolée d'un chagrin.

Le lendemain, fidèle à sa promesse, il l'avait emmenée à Nogent, sur la Marne, et cette journée avait été la plus belle de sa vie, du moins jusqu'à ce jour : il se rappelait le canot, la lumière à travers les feuilles des arbres, l'île couverte de fleurs, la polka à l'auberge, le retour dans le soir qui tombait doucement, le murmure des feuillages, et toute cette vie qu'ils avaient devant eux, ce bonheur à portée de la main.

« Mon Dieu ! Ce que c'est que la vie ! » soupira mentalement Marie en versant le lait dans le bol de ses fils. Puis, à voix haute, avec un geste d'impatience pour le retard qu'elle avait pris :

– Dépêchez-vous ! J'ai du linge à livrer ce soir.

Pendant que ses enfants déjeunaient, elle ouvrit le rideau pour faire le lit où ils dormaient tous les deux, et, tout en tirant les draps, elle partit dans le souvenir du seul hiver lumineux de sa vie : celui qui avait suivi son mariage. Elle s'était rendu compte qu'elle attendait un enfant en novembre exactement, et elle l'avait aussitôt annoncé à Jean. La surprise passée, ils n'avaient jamais eu froid dans leur logement devenu un refuge où le poêle ronflait joyeusement. À l'époque, on n'avait pas de peine à trouver du charbon. Il y avait eu un Noël merveilleux, un Noël d'espoir pour cet enfant qui allait naître, même si Jean avait évoqué son départ au service militaire.

Pour tout dire, Marie n'y croyait pas. Ou du moins, elle faisait tout pour éloigner de son esprit cette perspective qu'elle jugeait impossible. Elle s'efforçait de penser qu'il allait se passer quelque chose, que Jean ne partirait pas, que le Bon Dieu, qu'elle allait prier dans l'église Saint-Louis chaque fois qu'elle passait devant, empêcherait ce départ. Mais Jean en parlait chaque jour, s'inquiétait de la laisser seule, l'implorait de revenir habiter avec sa mère. Elle s'y refusait chaque fois, ayant souffert de ne jamais dormir seule, d'être dépendante de sa mère et de sa sœur, de n'avoir jamais eu un coin à elle, pour y cacher ses secrets.

En outre, elle se refusait à partager cet enfant qui allait naître, et dont elle devinait très bien ce qu'il représentait pour une femme : une vie qu'elle aurait portée neuf mois et qui demeurerait sans doute un peu la sienne. Elle avait envie de ce bonheur solitaire qui s'annonçait, ne le redoutait pas, sachant que de toute façon sa mère habitait à trois minutes de la rue Saint-Paul, qu'en cas de difficulté elle ne lui refuserait pas son secours, bien au contraire.

Elle s'inquiéta seulement au printemps du retard que mettait Jean à rentrer, le soir, quelquefois, quand il prenait un verre rue de la Cerisaie avec Émile, même si elle comprenait que l'approche de son départ l'ébranlait. Mais il ne rentrait pas trop tard et lui parlait de ce syndicat qu'Émile était en train de monter.

– Tu n'iras pas, au moins ! s'inquiétait-elle.

Elle avait peur, en effet, de ces groupements d'hommes qui représentaient pour elle une force brute capable de tout contester, y compris l'autorité des patrons qui leur donnaient du travail. Or le travail, pour Marie, c'était le bien premier, ce qui permettait de vivre, de manger, de se chauffer, d'avoir un toit. Comme tous les êtres qui avaient grandi dans la pauvreté, elle se sentait faible par rapport à des puissances dont elle discernait mal les pouvoirs, mais dont elle se savait dépendante. Sa mère avait joué un rôle important dans cette soumission à un ordre supérieur, tant elle avait fait de concessions aux femmes qui lui confiaient leur linge. Elle avait été capable de repasser toute une nuit pour tenir sa promesse de remettre des chemises le lendemain matin, et ainsi, ne pas perdre une cliente, fût-elle trop exigeante. C'est pourquoi Marie avait grandi dans cette conviction que l'on doit les plus grands égards à ceux qui vous font vivre, et le syndicat d'Émile lui semblait représenter une grave menace.

Elle redoutait aussi que dans son désarroi Jean ne prît l'habitude de boire. De fait, il revint ivre une ou deux fois, mais il ne se montra jamais violent. Pourtant, l'approche de son départ résonna presque en elle comme une délivrance : là-bas, au moins, il n'aurait plus l'occasion de boire. Elle s'en voulut de concevoir de telles pensées, mais elle avait tellement vu de misères à cause de l'alcool que le départ de Jean lui fut moins douloureux qu'elle ne l'avait redouté.

Il partit sans qu'elle l'accompagne à la gare, car sa grossesse de six mois commençait à la fatiguer. Elle aidait sa mère quand même, ne se plaignait de rien, même si, en rentrant le soir dans son logement, les deux pièces lui paraissaient terriblement vides. Alors elle mesura vraiment ce que Jean représentait pour elle et elle se mit à souffrir de son absence comme d'une maladie. Surtout à partir du moment où, à un mois de la délivrance, elle dut rester chez elle, ne pouvant plus se servir du battoir sans risquer de perdre son enfant. Là, elle relisait les lettres de Jean, s'appliquait à lui répondre, cherchant à le rassurer sur son état, lui promettant que tout se passerait bien.

Ce fut en fait plus difficile et plus douloureux qu'elle ne l'avait imaginé. Elle ressentit en effet les premières douleurs dans la nuit du 8 au 9 juillet et n'accoucha qu'en fin de matinée. La sage-femme dut appeler le médecin du quartier pour qu'il emploie les fers, ce qui, heureusement, ne fut pas nécessaire. Après six heures de souffrance, Marie donna le jour à un garçon, qu'elle appela Louis, comme ils en avaient décidé avec Jean. Et le surlendemain, après avoir voyagé de nuit, il arriva, s'émerveilla de ce fils dont il cherchait à deviner la couleur des yeux, tandis qu'elle lui donnait le sein. Marie lui permit de venir dans le lit près d'elle, et les deux heures qu'il y demeura, sommeillant de temps en temps contre elle, représentèrent pour elle comme pour lui deux heures de répit inespéré.

Ce fut seulement dans l'après-midi qu'ils retrouvèrent le sens de la réalité : il devait repartir le soir même. Marie n'aima pas que de nouveau il lui demandât d'aller habiter chez sa mère. Elle avait déjà remarqué à quel point il était jaloux, elle était persuadée qu'il ne lui faisait pas confiance alors qu'elle ne voyait personne en dehors de lui, que jamais son regard ne se portait sur un autre homme, qu'il lui bouchait l'horizon. Elle en souffrait sans qu'il s'en doute, ne comprenant pas qu'il la croyait fragile, et cherchait seulement à la protéger. Or elle ne se sentait pas fragile, au contraire : elle avait toujours travaillé, avait fait face, auprès de sa mère, à tous les problèmes quotidiens ; elle avait élevé sa sœur, elle gagnait sa vie et elle n'avait jamais songé à tromper Jean, pas même dans ses rêves les plus secrets.

Cet après-midi-là, elle se fâcha tant il insistait, et elle lui en voulut de gâcher ainsi le peu de temps qu'ils avaient à passer ensemble. Jusqu'à 10 heures du soir, ils tentèrent d'oublier cette dispute en parlant de leur fils, de la mère de Marie qui était passée après le travail et qui avait recommandé à Jean de ne pas s'inquiéter. Pourtant il repartit à peine rassuré, à l'instant de la laisser seule dans le logement, même si pour quelques jours la sœur de Marie y dormirait aussi.

De sa relative solitude Marie n'avait pas souffert. Son fils avait peuplé sa vie de la manière la plus heureuse qui soit. Au reste, la journée au lavoir suffisait à lui faire apprécier la tranquillité de la rue Saint-Paul, le soir, quand elle se retrouvait chez elle, pensait à Jean, lui écrivait, relisait ses lettres. Son fils, et plus tard le deuxième, avaient envahi son univers jusqu'à l'incarner totalement, comme ce matin, alors qu'ils finissaient de déjeuner, et qu'elle s'était assise un instant face à eux, s'étonnant encore d'avoir été capable de donner la vie à deux garçons, dont l'aîné lui ressemblait autant que le second ressemblait à Jean.

– Sergent ! s'exclama Jean Pelletier.

– Qu'est-ce que tu veux ? demanda Rouvière.

– Vous m'avez promis, sergent.

– Je t'ai promis quoi ?

– De passer chez moi, à Paris, quand tout sera fini.

– Je sais, je te l'ai promis.

– Vous aussi, mon lieutenant.

– Moi aussi, répondit Pierre Desforest.

– Jurez-le-moi, reprit le soldat. Jurez-moi que vous viendrez voir Marie et mes deux petits.

– Pas besoin de jurer, fit le sergent. Je tiens toujours mes promesses.

Ludovic Rouvière entendit à peine Jean Pelletier évoquer la rue Saint-Paul. Cette promesse à tenir lui fit penser à celui qui avait si bien tenu la sienne à son égard, là-bas, à Tuchan, quand il en avait eu besoin. Ce maître d'école qui avait su deviner ce qu'il y avait de volonté, d'énergie, chez cet élève hors du commun, reçu premier du canton au certificat d'études. Le maître n'en avait pas été étonné, mais heureux de montrer à l'ensemble de ses collègues que les hautes Corbières n'étaient pas seulement un repaire de sangliers. Fort de cette indiscutable victoire, il suivit son élève jusqu'au mas, un soir de juin, l'année des douze ans de Ludovic. Il savait qu'il aurait affaire à forte partie, s'y était préparé. Il fut écouté avec le respect qui lui était dû, goûta le vin, attendit une réponse qui ne vint pas. Le père Rouvière faisait semblant de n'avoir pas compris. L'EPS ? Narbonne ? Qu'est-ce que c'était que cette histoire ? Le maître d'école recommença à expliquer, se fit plus précis. Le père et la mère Rouvière le dévisageaient avec des yeux de plus en plus contrariés : le fils aîné était au service, ils avaient besoin de Ludovic. Le maître d'école plaida en vain. Dans la famille, on avait toujours travaillé la vigne, il n'y avait pas de raison pour que cela change.

– Votre aîné va revenir, insista le maître. Il se mariera. Il n'y a pas la place pour deux ici.

Le père Rouvière se leva :

– Tout le monde a toujours mangé, chez nous, gronda-t-il. Personne n'est mort de faim.

– Bien sûr. Il n'est pas question de cela.

– Il est question de quoi, alors ?

– Que votre fils devienne maître d'école.

– Parce qu'il a honte de nous ?

– Mais non, parce qu'il a toutes les qualités pour réussir.

– Alors aussi pour travailler la vigne.

– Ce n'est pas ce qu'il veut, lui.

Les yeux du père Rouvière glissèrent vers son fils qui ne cilla pas.

– Nous réglerons ça en famille, dit-il d'une voix blanche.

Le maître comprit qu'il devait partir. Il se leva, eut un geste accablé à l'intention de Ludovic, salua poliment le père et la mère, puis il s'éloigna, tête basse, sur le chemin blanc de poussière. Alors Ludovic se retrouva seul face au châtiment.

– Tu nous as fait du tort, petit, dit le père d'une voix lourde de colère. Tu sais que nous ne pouvons pas payer des études. Pourquoi as-tu voulu nous faire honte ?

– Je veux étudier, répondit Ludovic. Et de toute façon, un jour j'étudierai.

Il avait très bien vu son père dénouer sa ceinture de cuir, mais n'avait pas baissé les yeux ni poussé le moindre gémissement quand elle s'était abattue. Une fois que l'homme eut passé sa colère, l'enfant avait demandé d'une voix qui ne tremblait pas :

– Ça y est ? C'est fini ? Alors je m'en vais.

Il était parti, s'était réfugié dans une petite grotte au fond d'une ravine, y avait passé dix jours en buvant l'eau d'une lavogne, mangeant des baies et le gibier des pièges qu'il tendait. Pas l'ombre d'un remords ni d'un regret. Il était patient. Il saurait attendre.

C'est sa mère qui le trouva. Elle ne leva pas la main sur lui, dit seulement en le prenant par le bras :

– Viens !

Il la suivit sans crainte, ayant compris qu'il avait gagné. La semaine précédente, elle était descendue à Tuchan, avait renoué le contact avec le maître qui lui avait appris que l'EPS ne coûterait rien, que son fils obtiendrait des bourses, et que d'ailleurs lui-même avait une sœur à Narbonne qui, s'il le fallait, s'occuperait de l'enfant.

– Alors, pas un sou ? avait demandé la mère.

– Rien, je vous dis.

Elle était remontée dans ses collines, avait parlé au père Rouvière : bientôt l'aîné allait revenir, il se marierait un jour, la maison deviendrait trop petite. Les études ne coûteraient rien. Le petit pourrait faire sa vie ailleurs, le maître d'école avait raison. Il fallait l'écouter. C'était une femme tout en os, maigre à faire peur, aux yeux de braise, mais qui n'avait plié ni sous l'autorité de son mari ni sous la rudesse de ses conditions d'existence. Le père Rouvière ne voulut pas céder tout de suite. Il laissa passer trois jours puis il lui dit un soir, alors qu'ils prenaient leur repas face à face, sans un mot :

– C'est entendu.

Restait à retrouver le gosse, en espérant qu'il ne lui serait pas arrivé malheur. Elle n'était pas très inquiète, en fait, connaissant sa résistance à toute épreuve. Pour tout dire, ce qui l'avait réellement déterminée à agir, c'était qu'elle redoutait pour plus tard un affrontement catastrophique entre le père et son fils. Elle avait perçu très tôt que Ludovic avait hérité non seulement de la force de son géniteur mais aussi de la sienne : elle était née à mi-chemin de Peyrepertuse et de Quéribus, derniers bastions cathares à tomber sous l'emprise des « Français ». Lui, Rouvière, était né au mas qu'ils habitaient, y vivait depuis toujours, fils unique ayant hérité de ses parents, vignerons comme lui, et de leur caractère.

Quand la mère et l'enfant arrivèrent au mas, il n'y eut ni un mot ni un regard de la part du père. La rentrée n'était qu'en octobre. Le travail pressait. Ludovic s'y absorba sans mesurer sa peine, le père ne montra pas de rancune. Nul, là-haut, ne sut à quelles difficultés le maître d'école, qui s'appelait M. Vigouroux, dut faire face pour obtenir des bourses complètes et une place à l'EPS de Narbonne alors que la destination des élèves de Tuchan était plutôt Limoux. C'était son affaire. Il s'y était engagé. Sa sœur, qui était célibataire et habitait dans le centre-ville sur la promenade des Barques, l'y aida volontiers. Bien que travaillant chez un avocat de la ville haute, elle s'ennuyait, se désolait de n'avoir pas trouvé l'époux qui lui aurait donné cet enfant qu'elle avait tant espéré, qu'elle aurait tant aimé.

Elle s'était engagée à prendre en pension Ludovic chaque soir, mais aussi le samedi après-midi et le dimanche. Elle ne savait pas ce qui l'attendait. Ludovic non plus. Mais il ne s'en souciait guère. Cet été-là était caniculaire et pas le moindre souffle de vent n'agitait les cyprès. Jamais il n'avait fait aussi chaud. Dans l'esprit de Ludovic Rouvière, cette chaleur était demeurée associée à sa première grande victoire : celle d'une liberté proche.

C'était M. Vigouroux qui avait emmené Ludovic à Narbonne à la fin du mois de septembre. La mère avait bouclé hâtivement une malle retrouvée au grenier – vestige d'un aïeul revenu par miracle de la guerre de Crimée –, y avait glissé le peu de linge de rechange que possédait son fils, deux draps et une couverture, c'était déjà beaucoup. Ludovic y avait placé des livres, son seul véritable trésor, et la mère l'avait conduit à Tuchan en charrette. Le père Rouvière, jusqu'au bout, avait voulu marquer sa réprobation pour ce qu'il considérait, tout compte fait, comme une trahison.

Qu'importe ! La mère et l'enfant étaient partis un matin au lever du jour, la mère toute de noir vêtue, très droite, déterminée, tenant les rênes ; Ludovic à côté d'elle sans le moindre regret, sans se retourner. De tout le trajet elle n'avait pas prononcé un mot. Peu avant d'arriver, le soleil avait fait crépiter la garrigue, et montait dans l'air épais le parfum des cyprès, des lauriers-tins et des pierres chaudes. C'était pour Ludovic un parfum familier. Il ne se sentait pas en danger, n'avait aucune appréhension pour ce qui l'attendait.

Peu avant les maisons de Tuchan la mère avait arrêté le cheval, s'était tournée vers son fils, avait dit d'une voix qui ne tremblait pas :

– Je suis sûre que tu nous feras honneur.

Il avait hoché la tête, puis l'avait détournée, manifestant de l'impatience et non de l'émotion. La mère avait remis le cheval au pas, n'avait plus parlé. Une fois à l'école, elle avait rapidement descendu la malle, remercié le maître, effleuré de ses lèvres la joue de son fils, puis elle était remontée sur la charrette et était repartie. Ludovic s'était retrouvé seul, à moins de douze ans, devant un destin dont il ignorait l'essentiel, à plus forte raison que ce départ était le premier pas sur un chemin qui le conduisait droit vers Louise.

Assise au bureau qui avait été celui de Ludovic, Louise pensait à Carcassonne, aux deux Écoles normales qui étaient éloignées l'une de l'autre : celle des garçons sur la route de Montréal, celle des filles, à l'opposé, sur la route de Narbonne. Les promenades du jeudi ou du dimanche n'empruntaient pas les mêmes itinéraires. En outre, la directrice de l'École des filles recommandait à sa surveillante de ne pas s'approcher des garçons, si par hasard leurs routes se croisaient. Mais Louise, à cette époque, avait d'autres préoccupations : les affaires d'Édouard allaient très mal et il avait perdu son sourire. Il avait fallu effectuer une demande de bourse qui avait été refusée, n'ayant pas été déposée dans les délais. Louise rentrait chaque fin de semaine dans la maison aux tuiles rouges, travaillait beaucoup, car elle savait que le temps lui était compté. Depuis l'École normale, qui était un grand bâtiment en forme de U dont la partie centrale était surmontée d'un clocheton portant une horloge ronde, elle apercevait les murailles de la Cité qui se détachaient sous un ciel souvent bleu, les collines vertes, jamais blanches, des premiers contreforts des Corbières, et s'étonnait de se trouver si loin de son plateau natal, se demandait si elle avait imaginé sa vie d'avant où si elle avait vraiment existé. Les tuiles canal, si différentes des grandes lauzes grises du plateau, dominaient un monde qu'elle s'appropriait peu à peu, avec précaution, en dehors de l'école. Mais il lui semblait qu'au contraire du plateau il n'y avait là aucune menace – aucune menace mortelle en tout cas. Il n'y avait dans ces rues, cette cité du Midi, qu'une passion pour le soleil et pour la vie.

Elle préférait la physique et les mathématiques au français, à l'histoire ou la géographie. Elle étudiait aussi le chant, la morale, la sociologie, la philosophie et la pédagogie, cette dernière matière étant enseignée par la directrice elle-même. Elle ne souffrait pas du tout de la nourriture dont l'essentiel était composé de soupe, de pommes de terre, de bas quartiers de viande, ni du froid qui régnait dans les salles. Le froid, elle connaissait pour l'avoir ressenti mieux que quiconque lors de ses allées et venues à l'école de Meymac, et même dans la maison de ses parents, toujours humide et si difficile à chauffer.

Non, ce qui lui manquait le plus, c'était la présence d'un homme sur qui se reposer, à qui faire confiance. Depuis la mort de son père, elle se sentait fragile, avait besoin d'être rassurée, et ce n'était pas Édouard, toujours absent, qui pouvait remplir ce rôle. De plus, maintenant, elle ne vivait que parmi les femmes, côtoyait seulement le professeur de mathématiques qui approchait de la retraite et ne personnifiait pas ce qu'elle recherchait secrètement. La blessure de la mort de son père ne s'était jamais vraiment refermée. Elle demeurait fragile, même si elle ne le montrait pas, sa volonté de réussir demeurant étroitement liée à cette disparition qui les avait mises en péril, elle et sa mère, les ébranlant profondément.

Elle réussit, pourtant, d'abord au brevet supérieur, puis à l'examen de dernière année qui donnait accès au poste de maîtresse d'école. Il était temps : Édouard venait de faire faillite. Élodie pleurait, en était désespérée. Louise les aida de son mieux pendant l'été, en attendant sa première nomination qu'elle reçut en septembre : le petit village de Saint-Julien, dans le haut Minervois, un poste unique dont on lui signifiait, sur la lettre de l'inspection d'académie, qu'il était provisoire.

Elle le chercha avec Élodie et Édouard sur une carte d'état-major et découvrit qu'il se situait à proximité de Ferrals-les-Montagnes, ce qui lui fit redouter de retrouver là-haut le froid et la neige. Édouard la rassura : les collines du Minervois n'avaient rien à voir avec le plateau de Millevaches. Ce fut lui qui la conduisit vers sa destination sur des routes étroites qui traversaient des massifs rocailleux où poussait une végétation rabougrie, où dominaient les chênes et les kermès. Il repartit après l'avoir aidée à s'installer dans un petit logement sans eau courante ni commodités, au-dessus de la salle de classe : trois rangées de pupitres et un poêle dont le tuyau décrivait un coude bizarre. Deux cartes murales, une chaîne d'arpenteur, des bûchettes pour apprendre à compter, des livres en mauvais état, c'était là tout le trésor de cette école rurale dont le registre de l'année passée ne comportait que vingt noms.

C'est pourtant là que Louise apprit vraiment son métier, dans cette classe qui accueillait ensemble les plus petits et les plus grands, soutenue par le maire qui l'aidait de son mieux. C'était un paysan veuf qui avait dépassé la soixantaine mais qui croyait aux vertus de l'enseignement. Il avait une fille qui était devenue professeur à Marseille, et dont il parlait sans cesse, car elle était tout ce qui lui restait de sa vie, disait-il en fermant les yeux, comme pour mieux la convoquer dans sa mémoire. Mais elle ne revenait pas souvent au village et il en souffrait. Aussi se rapprochait-il de Louise qui la lui rappelait, bien qu'elle fût plus jeune, et l'aidait-il en lui portant du bois l'hiver, en renouvelant les livres de l'école ou en ne tarissant pas d'éloges à son sujet lors de la visite de l'inspecteur et du délégué cantonal.

Louise se sentait seule, pourtant, le soir, dans son logement en corrigeant ses cahiers. Les parents des élèves n'étaient pas liants. Sur ces terres rudes, ils avaient d'autres soucis que de s'occuper des études de leurs enfants et les retenaient souvent pour de menus travaux. L'absentéisme était important. Louise luttait de son mieux mais se sentait impuissante à combattre des comportements qu'elle devinait âpres et proches de la survie. Elle s'en remettait au maire pour rappeler à ses administrés que l'école était obligatoire et elle s'efforçait de se consacrer à son enseignement. Mais elle n'oubliait pas la lettre de l'Académie qui lui avait signifié, lors de sa nomination, qu'elle était provisoire. Elle le fut, effectivement, même si elle dura deux ans. Et ce fut à Carcassonne, où elle passait toutes ses vacances, qu'elle reçut en septembre 1909 la nouvelle de sa nomination à Saint-André-de-Roquelongue, dans les basses Corbières, sur un poste double, pour la rentrée d'octobre.

Ce matin du 11 novembre, neuf ans plus tard, elle se souvenait de son arrivée dans ce village, du maire qui lui avait présenté son collègue : il s'appelait Ludovic Rouvière. Elle l'avait rencontré dans la cour, et tout de suite, dès que les yeux noirs s'étaient posés sur elle, elle avait senti qu'il y avait en eux la force dont elle avait besoin. Pourquoi, ce matin du 11 novembre, repensait-elle à ce début d'après-midi où elle l'avait aperçu pour la première fois ? Parce qu'il était menacé plus que de coutume ? Parce qu'elle avait l'intuition que cette guerre ne durerait plus longtemps ? Elle ne savait pas précisément, mais, ce matin, l'espoir se mêlait à de l'angoisse et elle se sentait très mal.

8 heures

Les trois hommes ne bougeaient plus, ne parlaient plus. Les obus piochaient la terre autour d'eux, qui s'efforçaient de faire corps avec elle, de ne pas laisser dépasser la moindre parcelle de chair. À un moment donné, il y eut une explosion toute proche, à moins de dix mètres, et ils sentirent dégringoler quelque chose sur leur tête, entre les mottes de terre. Tous les trois, d'un même mouvement, y portèrent leurs mains, les retirèrent pleines de sang et crurent qu'ils étaient blessés. Ce fut le sergent Rouvière qui comprit le premier, en tâtonnant à ses pieds :

– Il n'en reste pas grand-chose, dit-il. Cette fois, c'est pas passé loin.

Les deux autres comprirent qu'il parlait d'un corps déchiqueté qui avait été projeté dans leur entonnoir par l'explosion d'un obus. Ils avaient tellement vu de camarades ainsi frappés, mutilés, soudain méconnaissables, qu'ils ne firent pas d'autre commentaire. Le sergent Rouvière, du pied, fit rouler le corps au fond du trou, puis reprit sa position première.

– Tu as vu qui c'était ? demanda seulement le lieutenant.

– Non. Il est trop amoché.

Deux minutes passèrent durant lesquelles ils ne parlèrent pas. Tous les trois savaient que la seule manière d'oublier ces éclats de fer, de chair et de feu était de penser aux moments de leur vie les plus heureux, les plus éloignés de cet enfer d'un matin comme il y en avait eu tant d'autres. Et pour Pierre Desforest, ces moments heureux c'étaient les deux ans de liberté qu'il avait vécus avant son départ au collège. Il en avait si bien profité que ses résultats scolaires en avaient souffert. Pas suffisamment toutefois pour lui attirer les foudres de sa mère, encore moins celles de son père qui avait compris à quel point cet enfant possédait des qualités de cœur et d'esprit. Abel Desforest s'était seulement inquiété, un été, quand Pierre avait participé aux foins et aux moissons de la Nolie, maniant la fourche et le fléau à la grande désolation de sa mère, pour qui se conduire ainsi était se commettre. Pierre s'était alors rebellé pour la première fois de sa vie, mais avec un tel désespoir qu'elle s'en était remise à son époux, lequel, de mauvaise grâce, avait convoqué son fils dans son bureau.

– Est-ce bien raisonnable ? avait demandé le notaire, d'une voix sans véritable colère.

– Les autres enfants travaillent de la sorte, avait répondu Pierre. Pourquoi pas moi ?

– Ils ne sont pas fils de notaire, mais fils de métayer.

– Ces terres sont à nous. Je ne fais que m'y intéresser, en prendre soin.

– Ce n'est pas ta place, petit.

– J'en ai besoin.

Il y avait eu une telle conviction, une telle force dans ces quelques mots qu'Abel Desforest avait battu en retraite, s'en remettant à l'espoir que la découverte de la ville, bientôt, mettrait un terme à ces divagations. Dès lors, Pierre avait eu le champ libre, et il avait même pu participer à la fête de la gerbebaude après les battages, sous les chênes de la métairie, une nuit merveilleuse sous le couvert des étoiles si proches qu'elles semblaient éclore des arbres. Là, il avait mangé, bu, ri, chanté près des frères Malaurie avec lesquels il se sentait souvent mieux qu'avec sa propre famille. Ils étaient deux : Joseph, l'aîné, âgé de quatorze ans, et Eugène qui avait l'âge de Pierre, mais ne venaient pas tous les jours à l'école, tant il y avait à faire à la Nolie. Pierre les côtoyait depuis toujours, et le départ de Jérôme l'avait poussé davantage encore vers les garçons du métayer qui le considéraient comme un frère.

Ils se ressemblaient : bruns, les cheveux crépus, trapus, vaillants, francs comme l'or, et sans jamais d'arrière-pensée à l'égard de Pierre, bien qu'il fût le fils des propriétaires et destiné à mener une autre vie que la leur. Mais y avait-il une autre vie possible que celle que l'on menait dans ces campagnes du Périgord, entre semailles et moissons, sur une terre non pas hostile mais aimable, capable de nourrir n'importe quelle famille ? Eugène et Joseph ne l'imaginaient pas : ils paraissaient heureux, même quand leur père, Philéas Malaurie, les contraignait à se lever à quatre heures du matin pour traire avant de partir à l'école.

Pierre les enviait. Il imaginait secrètement qu'il ne quitterait jamais la Nolie, qu'il habiterait plus tard la grande demeure à tourelle, et mènerait la même existence qu'eux, ou presque, sur ces terres où les jours n'étaient que lumière et douceur, où le temps ne passait jamais aussi vite qu'ailleurs, où les mots et les gestes ne portaient pas le même sens qu'à Lanouaille mais le rapprochaient du monde, de la terre lourde et chaude comme une bête endormie.

Il se sentait plus proche d'Eugène que de Joseph, car Eugène était de son âge. « De la même classe », dirait-on plus tard, à l'époque où tous les deux deviendraient des conscrits. C'est avec lui que Pierre allait braconner dans la Loue et qu'il s'était fait prendre un jour, par le garde d'Excideuil. Une affaire dont Pierre avait souffert, à cause de l'opprobre qu'elle jetait sur la famille Desforest, c'est du moins ce que lui avait affirmé son père avant de faire jouer ses relations – le juge de paix dînait quelquefois à Lanouaille. On lui avait suggéré de faire porter toute la responsabilité du délit sur Eugène, mais Pierre s'y était refusé. Finalement,

Abel Desforest avait payé pour arrêter la plainte, mais Pierre avait gardé de cette malheureuse affaire une extrême méfiance vis-à-vis des gens de loi. Pour lui, il n'y avait pas de quoi fouetter un chat. Quelques truites de plus ou de moins dans la Loue n'allaient pas empêcher le monde de tourner. Les adultes lui étaient apparus tout à coup redoutables, même son père qui, pourtant, n'agissait que poussé par sa femme, et Pierre avait décidé de ne plus jamais se laisser prendre dans les mailles de leurs filets.

La tempête une fois éloignée, il n'en avait pas moins continué à fréquenter Eugène et Joseph, avait appris à ruser, bien que cela ne lui fût pas naturel. Ainsi avait-il pratiqué tous les travaux des champs, persuadé que cela lui servirait plus tard, quand, devenu un homme, il annoncerait sa décision de s'installer à la Nolie, certain de devenir assez fort pour choisir sa vie, même contre cette mère qui le souhaitait différent alors qu'il se savait semblable à ceux qui travaillaient la terre, et, comme eux, l'aimait infiniment.

Semailles, foins, moissons, battages, rien ne lui demeura étranger. En revanche, il n'assistait jamais au partage des sacs de blé entre Philéas Malaurie et son père, dans la cour de la métairie, ayant l'impression qu'il y avait là une injustice faite à l'homme qui travaillait le plus dur. Prélever cinquante pour cent d'une récolte alors que l'on n'y avait pas participé lui semblait indéfendable. Il souffrait pour le père Malaurie, mais aussi pour Joseph et pour Eugène, leur mère Solange, maigre et noire à faire peur, qui besognait comme un homme quelle que fût la saison.

Mais le soir, dans la bouche de son père, plus que les modalités du partage, il guettait les mots qui annonceraient un repas chez les Roquemaure.

Elle l'avait attendu patiemment, pendant des années, cherchant à s'occuper pour que le temps passe plus vite. Sa mère veillant jalousement sur le train de maison, Jules et son père étant occupés par le haut-fourneau et la forge, elle prit à cette époque-là l'habitude de parcourir le domaine pour visiter les métairies afin de procurer aux familles une aide souvent nécessaire. Elle y apportait ce qui manquait le plus : du savon, des pansements, du bouillon, quand parfois un enfant était malade, surtout l'hiver, à l'époque où les brumes recouvraient les bois et les champs. Elle tentait d'apprendre aux femmes les rudiments de la médecine, et plus simplement ceux de la propreté, qui auraient évité aux enfants bien des maux. Car le fumier se trouvait à proximité immédiate des maisons, et la volaille et les chiens, après l'avoir piétiné, entraient dans la pièce principale, souvent de terre battue, apportant avec eux les déjections que l'on ne songeait guère à nettoyer. Comme ces familles, à cause du manque d'argent, hésitaient à faire venir le médecin de Ladignac lorsqu'un enfant ou un aïeul était souffrant, Juliette s'en occupait elle-même, ce qui lui valait les reproches acerbes de son père :

– Ils nous volent déjà sur les récoltes et le bétail ! s'exclamait-il, ce n'est pas la peine de leur faire, en plus, des cadeaux !

– C'est chez les Visitandines où vous m'avez envoyée que j'ai appris la charité, répondit-elle un soir. Ne me le reprochez donc pas. D'ailleurs, si vos métayers sont en bonne santé ils travailleront mieux.

Pour la première fois, ce soir-là, il l'avait considérée différemment, avec une sorte d'intérêt, de surprise, même, comme s'il découvrait qu'il avait devant lui un adversaire à sa hauteur. Par la suite, il n'y revint pas, sinon, un jour, pour lui demander de se rendre à la Bertrandie où l'homme, victime d'une pneumonie, était alité depuis huit jours.

Ainsi, elle passait ses journées au-dehors, rêvant à Pierre le long des chemins, s'arrêtant parfois auprès d'une mare ou de l'Auvézère, regardant couler l'eau en s'imaginant que coulaient aussi vite les jours qui la séparaient de lui. Elle aurait bien voulu aider les métayers ou les paysans de la réserve lors des foins ou des moissons, mais elle savait que son père ne l'eût pas toléré. Pour ceux du château, il y avait des limites à ne pas franchir, afin de préserver l'autorité indispensable à la gestion d'un domaine où se côtoyaient plus de deux cents hommes, femmes et enfants.

Un soir, alors qu'elle rentrait peu avant la nuit, le régisseur l'appela dès qu'elle pénétra dans la cour. Il y avait eu un accident, en bas, dans la halle de coulée : quatre ou cinq hommes étaient gravement brûlés, et l'on n'avait pas trouvé le médecin de Ladignac qui était en tournée. Juliette se rendit dans la « bédière », cette pièce attenante à la halle de coulée où se reposaient à tour de rôle les gardeurs de feu et les puddleurs. Ils étaient quatre, allongés devant elle, torse nu, qui s'étaient fait prendre par des éclats de la fonte mal maîtrisée. Son père se trouvait à Lanouaille pour affaires et Jules sur le lieu d'extraction du minerai, à trois kilomètres du château.

Les quatre hommes, deux vieux et deux jeunes, gémissaient à peine, mais la douleur traçait sur leur visage des sillons de sueur et déformaient leurs traits.

– Il y a longtemps que c'est arrivé ? demanda Juliette au régisseur, qui avait plus l'habitude de s'occuper des problèmes du domaine que de la forge.

– Un quart d'heure, m'a dit le maître gardeur.

– Où est-il ?

– C'est le grand, là, derrière vous.

Juliette se retourna et aperçut, groupés derrière celui que lui avait désigné le régisseur, tous les hommes qui s'étaient rassemblés dans la halle de coulée, même ceux de la forge et de la tréfilerie. Ils la considéraient d'un air sévère, et, lui sembla-t-il, vaguement menaçant. Elle n'avait pour seul recours que sa sacoche dans laquelle elle portait des pommades, des onguents, des pansements, tout ce qui était nécessaire aux premiers soins dans les métairies, où les coupures, les fêlures, les plaies infectées étaient chose courante. Cela lui paraissait tout à fait dérisoire en comparaison des boursouflures effrayantes sur le torse et les bras des blessés, mais elle sentit qu'elle devait agir, au moins en attendant le retour de son père que le régisseur avait fait prévenir.

Il y avait comme une prière muette dans les yeux des blessés. Pourtant durs au mal, ils devaient souffrir atrocement.

– Il me faut des cataplasmes, dit-elle, je vais au château et je reviens tout de suite.

Elle se fraya difficilement un passage entre les ouvriers qui s'écartèrent avec réticence, sur un signe tardif du maître gardeur dont elle avait soutenu le regard sombre et violent, puis elle se hâta de se rendre au château en priant pour que Jules ou son père arrive vite. Car il y avait plus que de l'hostilité dans les yeux de ces hommes qui travaillaient dans des conditions difficiles, souvent douze heures d'affilée : une sorte de colère vis-à-vis de ces maîtres qui étaient censés les protéger – par habitude ils attendaient tout d'eux, y compris le secours nécessaire lorsqu'ils étaient dans le malheur.

Munie de ses cataplasmes et d'une bassine d'eau tiède, Juliette revint le plus vite possible dans la halle de coulée où les hommes étaient toujours là, immobiles, discutant entre eux, mais s'arrêtant dès qu'elle apparut. Sa mère n'avait pas voulu l'accompagner. Elle ne descendait jamais vers le haut-fourneau, comme si flambaient là-bas tous les feux de l'enfer.

Il fallut à Juliette près d'une demi-heure pour

appliquer les cataplasmes tièdes, enduits d'un onguent à base de carotte sauvage et de bardane, sur les brûlures des quatre hommes qui parurent un peu soulagés. Durant tout ce temps, elle ne se retourna pas une seule fois, mais elle savait que les ouvriers étaient toujours derrière elle, attentifs à ce qu'elle faisait, et surtout le maître gardeur. Près d'eux, le régisseur n'osait pas leur donner l'ordre de reprendre le travail. Seul le maître de forges aurait pu le faire, ou Jules, son second, mais ni l'un ni l'autre ne se trouvait là. Quand Juliette se redressa enfin, le front couvert de sueur, le maître gardeur avait disparu et le regard des ouvriers avait changé : maintenant brillait dans leurs yeux une sorte de reconnaissance assez semblable à celle qu'elle découvrait dans les métairies, après avoir soigné un aïeul ou un enfant, et cette lumière-là la gratifiait d'un bonheur qui la délivrait pour quelque temps de ses angoisses en pensant au fait que Pierre pouvait être couché comme les ouvriers, loin d'elle, dans la souffrance et la douleur.

Ce souvenir, comme chaque fois, la ramena vers lui avec un spasme de panique, mais elle songea que la guerre allait finir et qu'elle allait pouvoir tout oublier de ces vagues d'épouvante qui rendaient son cœur fou, surtout la nuit, quand elle s'éveillait brusquement, avec la sensation de tomber dans un gouffre, cherchant la main de Pierre.

« Oui, mon cœur, tout ça va finir enfin, écrivit-elle. Le Bon Dieu n'a pas souhaité nous séparer sur cette terre, et je l'en remercie tous les jours. Je posterai cette lettre ce soir,

en espérant que lorsque tu la recevras nous serons en paix. Non, je ne l'espère pas, j'en suis certaine. Garde courage pour ces quelques jours encore, et reviens-moi vite, mon cœur, puisque Dieu nous l'a permis. »

– À quoi penses-tu donc ? demanda Ludovic Rouvière.

Pierre sourit, demeura pensif un instant, puis expliqua :

– Je pensais au moulin de Bramefond, où l'on apportait les sacs de blé à la fin du mois d'août. J'attendais ces deux journées, tu ne peux pas savoir. Le chemin creux descendait en pente douce vers le moulin situé à un kilomètre de la Nolie. J'y allais avec Eugène, qui, malgré son âge, était capable de porter un sac sur ses épaules jusqu'à la remise du meunier.

Pierre soupira, reprit :

– Ce meunier était un colosse blanc. Dépassant de son bonnet, ses cheveux couverts de farine le faisaient croire vieux alors qu'il n'avait pas quarante ans. Il s'appelait Constantin Charissou, dit Cent Sous, et il vivait avec sa fille, Adélaïde, une grande et belle créature qui était aussi noire que son père était blanc.

– Ah ! fit le sergent Rouvière, une belle créature.

– Oui, fit Pierre, une belle créature. Elle ne s'approchait jamais du moulin, elle se contentait de régner sur la maison attenante et veillait farouchement sur son père depuis la mort de sa mère, qui, disait-on, s'était jetée dans la Loue par désespoir. J'avais demandé à Eugène s'il en connaissait la raison, mais il s'était contenté de hausser les épaules, et ce mystère avait continué de me hanter parce que je ne comprenais pas que l'on se donne la mort en un lieu aussi paisible. J'avais entendu dire que la belle Adélaïde avait refusé plusieurs partis, pour rester au moulin. Elle était grande, fine, brune, avec des longues boucles qui descendaient sur ses épaules, des yeux de charbon brûlant et c'était à cause d'elle que tous les jeunes de la région se portaient volontaires pour descendre les sacs au moulin.

– Toi le premier, si je comprends bien, fit le sergent.

– Je n'y étais pas insensible, mais elle me semblait tellement inaccessible que je préférais me réfugier dans le moulin afin de sentir le parfum de la farine, d'écouter le murmure feutré des mécanismes de bois polis par les ans. Pendant que les Malaurie déchargeaient les sacs, je regardais couler la farine blanche sous le trémis, je respirais l'odeur douceâtre du son, les différentes moutures dans lesquelles les paysans feraient leur choix au moment de cuire leur pain ou de les porter chez le boulanger de Lanouaille.

– Je comprends bien, fit le sergent Rouvière, amusé : tu voudrais nous faire croire que tu préférais la farine à la belle créature.

– Mon lieutenant, sauf votre respect, peut-être

que votre créature sentait la farine, fit observer le soldat Pelletier.

– Je me demande bien pourquoi je vous raconte tout ça, soupira Pierre Desforest.

– À cause de la farine, fit le sergent en souriant.

Des fusées vertes et blanches montèrent dans le ciel, stoppant net la conversation des trois hommes.

– Qu'est-ce qu'ils cherchent, mon lieutenant ? demanda Jean Pelletier.

– Ils ont dû entendre quelque chose sur la Meuse. Les renforts doivent passer.

Jean Pelletier sentait le froid remonter de la terre humide, évitait de remuer, sachant qu'il était là, tapi en lui, qu'il n'y aurait pas de café tant que les obus continueraient de tomber. Il n'arrivait pas à croire que tout ça allait se terminer. Il voulut en avoir le cœur net, croyant qu'il avait rêvé les paroles entendues la veille.

– Mon lieutenant ! fit-il.

– Oui.

– Est-ce que vous croyez que ça va vraiment finir ?

– J'en suis sûr. C'est seulement une question d'heures.

Il ne se sentait pas vraiment en danger, Jean Pelletier, entre le sergent et le lieutenant. Malgré le froid, ces deux corps, près de lui, le rassuraient.

– Mon lieutenant, dit-il, vous vous rendez compte qu'on va bientôt dormir dans des draps !

– J'ai oublié ce que c'est que des draps, fit le lieutenant.

– Moi, c'est ma femme qui les lave, les draps,

reprit Jean Pelletier. Vous pouvez pas savoir comme ils sont doux à la peau.

– Mais si, fit le lieutenant.

– Oui, mais vous, mon lieutenant, c'est pas votre femme qui les lave.

– Non, concéda le lieutenant avec un sourire, ce n'est pas ma femme.

– Et vous, sergent ? demanda le soldat.

– Non plus.

– Alors vous pouvez pas savoir ce que c'est que de dormir dans des draps lavés par sa propre femme.

– Non, fit le lieutenant, et nous le regrettons tous les deux. Pas vrai sergent ?

– C'est vrai.

– Quand vous verrez Marie, vous comprendrez ce que je veux dire.

– Je comprends, dit le lieutenant, ne t'inquiète pas, Pelletier, je comprends.

Il y eut un bref silence, puis le soldat reprit, un ton plus bas :

– Marie, elle a la peau encore plus douce que ses draps.

Ni le sergent ni le lieutenant ne répondirent. Ils se mirent à penser à leur épouse, à ce qu'ils avaient vécu près d'elle dans des draps, et Jean Pelletier se sentit seul, de nouveau, dans cette attente qu'il trouvait maintenant insupportable, après avoir voyagé dans un proche avenir de bonheur magnifique. Il pensa à sa première nuit avec Marie, à son éblouissement d'alors, mais aussi au surlendemain, quand il avait dû reprendre le travail. L'atelier lui avait paru moins sombre, comme éclairé par une présence qui lui donnait du courage. Il ne rentrait pas à midi, l'usine se trouvant trop loin du quartier Saint-Paul, mais le soir, à 7 heures, il se hâtait de regagner son nid, où Marie avait préparé le repas avec économie, mais toujours en faisant preuve de goût : un petit morceau de lard maigre dans la soupe ou de salé dans les lentilles. Il se lavait dehors avec l'eau d'un seau, changeait de vêtements dès l'entrée, mais il ne parvenait pas à débarrasser ses mains de la noirceur de la ferraille, et il hésitait à toucher Marie. C'était elle qui les lui prenait, les posait sur sa peau, et il lui semblait qu'elle aimait ce contraste, en était émue. Elle lui racontait son travail avec sa mère, les caprices de sa sœur, lui demandait comment s'était passée sa journée.

Assis face à elle, de l'autre côté de la table, Jean racontait en observant les mains blanches, délavées par le savon, l'eau de Javel, le bicarbonate de soude, et il lui semblait qu'il y avait là une insulte faite à Marie : être si propre, avoir une telle peau, et vivre avec un homme si noir, aux mains jamais nettes, éternellement souillées par la ferraille.

– C'est pas la couleur qui compte, plaisantait-elle quand il s'en désolait, c'est la manière de s'en servir.

Elle riait, comme à son habitude, alors il se levait, passait de l'autre côté de la table, la prenait dans ses bras et la portait dans la chambre.

Ils se plaisaient dans l'univers clos de la grande cour intérieure sans cesse animée par les clients des petits commerces, les artisans, les ménages des étages supérieurs, les enfants qui jouaient là, sur les pavés, où les cris et les rires fusaient joyeusement. Il y avait un puits à l'extrémité, où les femmes se retrouvaient matin et soir pour remplir leur seau tout en faisant la conversation. Le matin, l'un des derniers fermiers installés près des barrières, au-delà de la place de la Bastille, à l'endroit où, derrière les remparts, on trouvait encore de l'herbe, livrait le lait.

Ce n'était pas dans cette direction que marchaient Jean et Marie le dimanche, mais toujours dans la direction opposée, c'est-à-dire vers la Seine. Parfois ils remontaient de l'autre côté vers le Panthéon, mais alors, aussitôt, ils se sentaient écrasés par la majesté des lieux et redescendaient très vite vers Notre-Dame.

– Crois-tu qu'elles vont loin ? demandait Marie en montrant les péniches.

– Oui, très loin, répondait-il.

– Jusqu'à la mer ?

– C'est possible, disait Jean.

Alors elle fermait un instant les yeux, imaginant sans doute ces voyages qu'elle ne ferait jamais. Il n'aimait pas ces moments-là, croyant qu'elle n'était pas heureuse, que la vie qu'elle menait ne lui suffisait pas.

– Bien sûr que je suis heureuse, affirmait-elle, mais ça n'empêche pas.

L'année de leur mariage, l'hiver arriva brutalement dès la fin du mois de novembre. Le fourneau suffisait à peine à chauffer les deux pièces très froides, où remontait l'humidité du sol. Ils n'en souffraient pas vraiment, car ils se couchaient tôt. La journée, Marie se réchauffait dans la vapeur moite du lavoir et les seaux d'eau chaude, et Jean, lui, face à l'ouverture des fours où les pièces de fer rougeoyantes délivraient de délicieuses bouffées.

Une semaine avant la Noël, Marie lui annonça qu'elle attendait un enfant.

– Un enfant ! s'étonna-t-il, peu au fait des mystères de la féminité, est-ce possible ?

– Et pourquoi ce ne serait pas possible ?

– Tu en es sûre ?

– Ce sera, je pense, pour le mois de juin.

Et lui qui devait partir au service militaire au printemps ! Comment allait-elle se débrouiller toute seule ?

– Comme toutes les femmes, lui dit-elle, je lui donnerai le sein.

– Et pour le travail ?

– Je l'emmènerai au lavoir, comme l'a fait ma mère avec moi.

Il en fut quelques jours désespéré, se sentant coupable d'une faute mystérieuse, puis il se rassura en comprenant que Marie était capable d'assumer l'événement, même en son absence.

– J'ai mis trois cents francs de côté, lui dit-il, et j'espère bien en avoir quatre cents avant de partir.

– Ne t'inquiète pas, fit-elle, ma mère n'est pas loin. On a l'habitude de se suffire, tu sais.

Cette année-là, la Noël fut très gaie, malgré la neige qui s'était mise à tomber le 21, feutrant les bruits de la rue, modifiant l'atmosphère de la ville où les déplacements devenaient plus difficiles. Au retour de la messe dans l'église Saint-Louis, ils réveillonnèrent chez eux avec la mère et la sœur de Marie, puis ils se couchèrent très vite pour se réchauffer, car il faisait très froid dans les deux pièces du rez-de-chaussée.

– Je comprends pourquoi le loyer est si faible, dit Jean, le matin de Noël, en allumant le poêle, à peine réveillé.

– Restons au lit, dit Marie, nous avons bien le temps.

Il y avait de la glace sur les vitres, mais ils ne la voyaient même pas. Ils faillirent oublier que la mère de Marie les attendait pour le repas de midi, coururent sur les pavés glissants de la rue, faillirent tomber, continuèrent en riant.

L'après-midi, groupés autour du poêle de la rue Charlemagne, ils parlèrent de cet enfant qui allait naître au cours de l'année à venir.

– Oui, l'année prochaine nous serons cinq, ici, fit observer la mère.

– Non, rectifia Jean, quatre, comme aujourd'hui, car je ne serai pas là, mais au service militaire.

Cette remarque les attrista un moment, mais Marie servit à chacun un peu de vin mousseux, et l'après-midi passa si rapidement que l'on ne se rendit pas compte que la nuit tombait. Jean et Marie repartirent chez eux, serrés l'un contre l'autre, et se couchèrent sans manger. Aujourd'hui, Marie se trouvait loin de lui, et pourtant il n'avait rien oublié de cette douce chaleur, de ces heures passées près d'elle dans le lit.

– Allez ! Il faut y aller, dit Marie.

Les enfants reposèrent leur bol de lait, et, habitués qu'ils étaient à aider leur mère, sortirent pour approcher le chariot dans lequel Marie portait son linge. Le jour n'arrivait pas à percer le brouillard du matin. Elle le constata avec désagrément en installant ses deux corbeilles, mais ne s'attarda pas sur cette pensée. Elle devait se hâter, ayant sans doute du travail pour toute la matinée. Ils traversèrent la cour, Louis, devant elle, donnant la main à Baptiste qui, seulement âgé de trois ans, trébuchait sur les pavés. Ils prirent la direction de la rue de Jouy qui se trouvait de l'autre côté de la rue Charlemagne. Ils passèrent devant l'immeuble qu'elle avait longtemps habité avec sa mère et sa sœur, mais Marie ne leva pas la tête vers la fenêtre du haut de laquelle, il y avait mille ans, elle contemplait les toits de Paris. Il s'était passé trop de choses depuis ce temps-là : la mort de sa mère, les disputes avec sa sœur, l'absence interminable de Jean dont elle avait tellement besoin.

Dans la rue, elle eut du mal à se frayer un passage entre les passants, les charrettes, les voitures de toutes sortes qui l'encombraient. Si bien qu'il lui fallut plus de temps que d'habitude pour arriver au lavoir où le gardien qu'elle n'aimait pas lui donna une autre place que celle qu'elle occupait d'ordinaire.

Elle en fut contrariée, mais elle ne s'y attarda pas et s'en fut chercher ses deux seaux d'eau chaude et sa lessive, tandis que ses enfants surveillaient le linge. Dès qu'elle regagna sa place, insensible aux discours de ses voisines, elle étala un drap sur sa planche, le savonna et commença à le battre, retrouvant ainsi des gestes habituels qui lui permettaient de laisser vagabonder ses pensées.

Elle se demanda à partir de quel moment elle avait deviné que la vie – sa vie – ne serait pas aussi simple, aussi heureuse qu'elle l'avait imaginé. Sans doute à partir du jour où sa mère était tombée malade. Non, pas tout à fait. Plus probablement à partir du jour où elle avait entendu au lavoir parler de la loi des trois ans. Elle s'en était inquiétée par lettre auprès de Jean qui lui avait répondu qu'il n'y avait pas lieu de s'alarmer. Ce devait être en mai ou en juin 1913. Peu après, la mère, rentrant du travail en sueur sous un orage, avait pris froid, avait dû s'aliter, et le médecin avait diagnostiqué une double pneumonie. Elle était restée huit jours entre la vie et la mort, avait perdu toutes ses forces. Les médicaments coûtaient cher, mais Marie n'hésitait pas à payer avec l'argent que lui avait laissé Jean.

À la mi-juillet, un matin, à 8 heures, alors qu'elle s'installait au lavoir, une grosse femme à moustache qui savonnait son linge à côté d'elle avait dit :

– Alors, ma pauvre, votre homme ne reviendra pas l'année prochaine !

– Et pourquoi donc ? avait demandé Marie en sentant une pince froide se refermer sur son cœur.

– Ils ont voté la loi des trois ans.

– Quand donc ?

– Il y a deux jours.

Et la mégère ajouta, réalisant la cruauté de ses propos :

– Ils sont capables d'en voter une autre d'ici là. Allez ! Ne vous inquiétez pas.

Marie ne répondit pas. Son cœur cognait dans sa poitrine, et son front s'était couvert de sueur. Louis, près d'elle, s'était mis à pleurer dans son panier, comme s'il avait ressenti la douleur de sa mère. Souvent, comptant les jours et les semaines, elle s'était accrochée à l'idée que le temps, malgré les difficultés, de toute façon passait et la rapprochait du retour de Jean. Et voilà que tout d'un coup, c'était comme si l'année écoulée depuis son départ n'avait servi à rien. Il fallait tout recommencer : deux ans à attendre, de nouveau. Jamais elle ne s'était sentie si abattue. Elle ne verrait donc jamais le bout de ce tunnel ? De rage, elle frappait le linge avec son battoir, ravalant ses larmes, inaccessible aux rires et aux paroles des laveuses, près d'elle, qui trouvaient moyen de plaisanter sur l'absence des hommes retenus un an de plus par l'armée.

Elle avait eu beaucoup de mal à se faire à cette idée que Jean ne reviendrait pas au printemps, puis d'autres soucis étaient apparus, fortifiant sa conviction qu'avec la maladie de sa mère s'était déréglée la marche du monde, et donc celle de sa vie. Cet été-là, sa sœur avait commencé à fuguer pour ne pas travailler. Elle prétendait détester ce lavoir où elle vivait, disait-elle, depuis sa naissance, et se refusait à exercer le même métier que sa mère et Marie. Ces fugues de plus en plus fréquentes désespéraient la mère qui suppliait Marie de retrouver sa sœur. Alors, le soir, même si elle était épuisée par sa journée de travail, Marie partait dans les rues du côté de la place de la République après avoir confié son fils à sa mère. Ce monde de la nuit, qu'elle ne connaissait pas, l'effrayait. Une foule interlope errait sur la place, depuis les terrasses des cafés jusqu'aux rues perpendiculaires, et plus d'une fois elle fut accostée par des hommes qui cherchaient à l'entraîner dans un recoin ou derrière une porte.

À la fin du mois d'août sa sœur ne reparut plus du tout, sa mère, au bout du désespoir, l'ayant frappée lors de sa dernière apparition. Marie continua de la chercher encore une quinzaine de jours, tout en cachant soigneusement à Jean ses errances nocturnes, mais ce fut en vain. Cette disparition acheva de miner la mère qui rechuta et dut de nouveau s'aliter. Pour gagner du temps et la soigner plus facilement, Marie l'installa dans son logement. Quand elle partait au travail, la journée, si elle s'absentait pour une ou deux heures, Marie confiait quelquefois son fils à sa mère. Ce fut dans ces conditions de vie que les trouva Jean, venu en permission pour trois jours, en novembre de cette année 1913. Il les convainquit facilement de libérer le logement de la rue Charlemagne : ainsi, elles n'auraient plus qu'un loyer à payer.

– Alors tu es content, tu as gagné ! lui dit Marie

quand ils eurent transporté les deux meubles, un lit et une table, qui appartenaient à la mère.

– Je préfère ne pas te savoir seule la nuit, tu le sais bien.

– Tu as toujours été jaloux sans raison.

– C'est parce que tu es trop belle.

Marie n'insista pas, car elle comprit que cette situation nouvelle le rassurait, l'aidait à repartir.

Durant les semaines et les mois qui suivirent elle n'eut d'ailleurs pas le loisir de le regretter, car elle se trouvait seule, désormais, pour accomplir le travail qu'elles réalisaient auparavant à deux, et elle fut obligée d'en refuser. Aussi passait-elle dix heures par jour au lavoir, revenant de temps en temps rue Saint-Paul pour donner le sein à son fils et préparer un plat à sa mère. Elle s'épuisait ainsi à la tâche, mais au moins le temps lui semblait passer plus vite.

À la Noël, Jean ne revint pas. Il écrivit qu'il comptait bien obtenir une permission au printemps, mais Marie n'avait plus le cœur à compter les jours. Elle travaillait sans cesse, sachant que désormais sa mère et son fils dépendaient de son travail. Car il ne lui restait presque rien des économies de Jean : les médicaments coûtaient trop cher. Heureusement qu'il n'y avait plus qu'un seul loyer à payer, par ailleurs moins élevé que celui de la rue Charlemagne. Mais il fallait aussi acheter le charbon d'un hiver très froid, dont le vent du nord glaçait Marie quand elle pénétrait dans la rue Saint-Paul et ensuite dans la cour intérieure qui ne voyait jamais le soleil. Ce fut effectivement un hiver interminable, éreintant, qu'elle traversa sans la moindre joie, la moindre satisfaction.

Le printemps raviva soudainement sa gaieté naturelle, dès qu'il fit jour, un matin, au moment où elle saisissait les brancards de son petit chariot. La lumière du soleil l'aida à retrouver un peu d'optimisme, au moins le plaisir de se lever, de rire au lavoir en écoutant les plaisanteries des femmes, de rentrer dans son foyer où sa mère allait un peu mieux. Cette lumière indispensable à sa vie lui faisait toujours penser à celle qui les avait accompagnés, avec Jean, le jour où ils étaient allés à Nogent. C'était celle d'un bonheur lointain, mais qui, malgré tout, demeurait encore possible. Un jour. Bientôt.

De nouveau elle sentit la vie bouillonner en elle, et elle partagea cette énergie toute neuve avec Jean revenu en mai pour cinq jours, oubliant l'hiver, sa mère toujours souffrante, et le travail qui pressait. En outre, elle avait retrouvé les sensations merveilleuses que lui donnait le corps de son homme, et qui, songeait-elle, étonnée, représentait peut-être ce qui lui manquait le plus. Ces cinq jours et ces quatre nuits la transportèrent du côté de la joie, de la vie. À peine si elle remarqua les silences songeurs de Jean, par moments, mais elle ne s'y attarda pas.

Quand il repartit, elle l'accompagna à la gare. Elle était devenue une femme épanouie, que le chagrin de la séparation rendait plus belle encore, ou du moins plus attirante. Elle songeait maintenant qu'il ne restait plus qu'un an avant qu'ils soient de nouveau réunis. Elle se persuadait que tous ses soucis alors disparaîtraient, que Jean l'emmènerait de nouveau à Nogent, dans l'île, là où pour la première fois de sa vie elle avait compris ce qu'était le bonheur.

Jean sursauta. Il venait d'être poussé par le sergent Rouvière qui étirait ses jambes ankylosées, comme s'il voulait se lever.

– Qu'est-ce que tu fais ? demanda le lieutenant.

– Il faut commencer à remplir des sacs de terre. À mon avis, les marmites vont tomber encore plus dru dès qu'il fera jour.

– Attendons plutôt l'agent de liaison. Si ça se trouve, on va enfin se replier.

– Ça m'étonnerait.

– Le coureur ne va plus tarder.

– Tu crois ?

– Mais oui, ils ne peuvent pas nous laisser sans ordres. Il va passer avec les renforts. Attends encore un peu, va.

Le sergent Rouvière se rencogna, ne bougea plus. Son envie de mouvement et d'espace lui fit penser au jour où son instituteur l'avait emmené à Narbonne pour son premier voyage hors des collines. Il avait loué une voiture : un cabriolet tiré par un alezan qui avait paru à Ludovic bien plus agile que le cheval du mas.

– Allons-y, bonhomme ! avait-il dit, il faut que je sois revenu avant la nuit.

Ils avaient pris la route de Durban qui serpentait entre des rochers mangés par des arbustes rabougris, des cyprès, des broussailles rousses. M. Vigouroux s'était mis alors à lui parler de ce qui l'attendait à Narbonne. Ludovic écoutait de toutes ses oreilles, n'en perdait pas un mot. Après Durban, toutefois, son attention diminua à mesure que le paysage changeait. Comme il n'avait jamais quitté Tuchan, il ne savait rien de la plaine et des rivières. Or, là, maintenant, il y en avait toujours une qui coulait d'un côté ou de l'autre de la route, avec peu d'eau mais suffisamment de mystère pour l'attirer. Ce fut encore plus différent quand ils eurent passé Portel-des-Corbières, et que la grande plaine côtière s'étira devant eux, assoupie dans le bleu du ciel. Ensuite, peu avant Sigean, ils trouvèrent la grand-route et, aussitôt, la mer apparut de l'autre côté des étangs.

– Regarde ! dit le maître : la Méditerranée.

Ludovic était paralysé sur son siège. Tout ce qu'il avait imaginé en fait, se trouvait déjà là : un autre monde, plus beau, tellement différent qu'il en tremblait, de satisfaction autant que d'émotion. Il ne s'était pas trompé. Il avait eu raison de se battre, de faire confiance aux livres. Il tourna deux ou trois fois la tête vers le maître qui souriait.

– Tu vas voir ce qu'est une grande ville, lui dit-il. Bien autre chose que les hautes Corbières.

Pour le moment, Ludovic n'avait pas assez de ses yeux pour s'approprier l'immense étendue d'eau qui miroitait sur sa droite, se mêlait au bleu du ciel, là-bas, à l'horizon, disparaissait parfois derrière un tertre vert, puis surgissait de nouveau, comme par miracle. Des automobiles, des voitures tirées par des chevaux, des charrettes les escortaient à présent sur la grand-route, à l'approche de la ville.

– Regarde ! lui dit le maître, les tours de la cathédrale Saint-Just.

Puis, désignant une haute colline du doigt :

– Là-bas, au loin, c'est la montagne de la Clape.

Ludovic ne répondait pas. Il lui tardait d'arriver maintenant, car il se demandait si la grande cité romaine ressemblerait à ce qu'il avait imaginé.

Ce fut le cas, ou à peu près. Il n'avait pu deviner qu'un canal traversait les rues, passait même sous les maisons : le canal de la Robine, qui reliait le canal du Midi à la mer, via les étangs, et coulait devant les grands immeubles de la promenade des Barques où habitait Rose Vigouroux. C'était une femme de belle prestance, grande et mince, aux yeux d'un vert très pâle, jeune encore, vêtue d'une robe longue de couleur grise, et peignée en chignon. Ludovic fut très étonné de la douceur qui émanait d'elle, n'ayant jamais connu la pareille. L'appartement était au premier étage, porte de droite, avec un parquet qui sentait la cire d'abeille, des meubles cossus, des portraits aux cadres dorés, des lampes d'opaline, des tapis d'Orient, des cheminées au fronton de marbre, de la vaisselle en porcelaine. En comparaison avec le mas de Tuchan : un palais. Ludovic en fut ébranlé, tandis qu'ils déjeunaient dans la salle à manger avec des couverts d'argent et des serviettes brodées. Ébranlé et, en même temps, plein de reconnaissance pour ce maître et cette femme qui l'accueillaient comme s'il était leur propre enfant. Il n'osait bouger, parvenait difficilement à manger, écoutait la conversation qui s'était établie entre le frère et la sœur, les recommandations du premier, les approbations de Rose dont les gestes délicats donnaient à Ludovic l'impression qu'elle effleurait les objets au lieu de s'en saisir.

Le maître lui expliqua qu'il prendrait son repas de midi à l'école, et qu'il rentrerait tous les soirs à l'appartement où il passerait également le samedi après-midi et le dimanche. Il ferait ses devoirs dans la petite chambre qu'il lui avait montrée au bout du couloir, et Rose les contrôlerait. Il n'avait pas à s'inquiéter, elle s'occuperait de tout. Il sembla à Ludovic que M. Vigouroux avait du mal à repartir. Le maître s'y décida après avoir consulté sa montre, il embrassa sa sœur, serra la main de l'enfant qui voulut le suivre jusqu'à la voiture.

– Merci, monsieur, dit Ludovic, merci beaucoup.

– De rien, mon petit. Tout ira bien, tu verras.

Ludovic hocha la tête, regarda s'éloigner la voiture qui disparut bientôt, à l'angle de la rue. Une main se posa sur son épaule : celle de Rose, dont il sentit le léger parfum de violette. Ils rentrèrent, se retrouvèrent seuls dans le salon, timides et décontenancés, et elle lui dit qu'il pouvait aller dans sa chambre pour se reposer. Se reposer ? Il ne savait pas ce que cela voulait dire. Il se mit à tourner en rond, cherchant quelque chose à faire, n'étant pas habitué à rester inactif. Elle le comprit, lui proposa une promenade pour lui faire découvrir la ville et lui montrer où se trouvait l'école primaire supérieure.

Le moment le plus délicat de la journée fut le repas du soir. L'enfant sauvage des collines se trouvait pour la première fois face à une femme élégante qui ne comprenait pas toutes ses réactions, ni les quelques mots qu'il prononçait quand elle lui posait des questions. Ils s'apprivoisaient lentement, avec précaution, soucieux de ne pas se déplaire, attentifs l'un à l'autre, intimidés par leur différence mais fous d'amour déjà l'un pour l'autre, Rose parce qu'elle avait trouvé l'enfant qu'elle espérait depuis toujours, Ludovic parce qu'il découvrait une douceur étrange, dont il n'aurait jamais cru qu'elle pût exister. Il ignorait encore que la douceur de Rose le préparait à la douceur de Louise.

Louise soupira, se leva, monta à l'étage pour prendre son petit déjeuner avant de réveiller ses enfants. Elle fit chauffer du lait, coupa un peu de pain, se mit à manger en pensant que depuis quatre ans personne ne mangeait en face d'elle, sinon ses enfants. Cette lourde absence, ce silence lui firent penser au soir où, pour la première fois, Ludovic s'était assis en face d'elle, à Saint-André. Il y avait neuf ans. Elle se souvenait parfaitement de la manière dont cela s'était passé, s'étonnait encore aujourd'hui d'avoir osé lui dire, dès le lendemain de leur rencontre : « Si vous le voulez, nous pouvons prendre nos repas ensemble. Ça n'engage à rien et ainsi nous pourrons parler de nos élèves. » Elle l'avait regretté aussitôt, craignant qu'il ne se méprenne, s'était enfuie pour qu'il ne la voie pas rougir. Louise sourit à ce souvenir, encore étonnée d'avoir pris cette initiative, poussée par une intuition qu'elle n'avait jamais regrettée.

Pourtant, pendant les minutes qui avaient précédé ce premier repas avec Ludovic, elle avait voulu disparaître, persuadée qu'il l'avait mal jugée. Elle avait même souhaité qu'il ne frappe pas à sa porte, qu'il renonce à partager ce repas du soir. Comment avait-elle pu proposer une chose pareille ? Et quand les pas de Ludovic Rouvière avaient retenti dans le couloir, Louise avait cru que ses jambes ne la porteraient pas jusqu'à la porte. Elle avait ouvert, cependant, et elle avait été étonnée de la place qu'il tenait dans l'encadrement, puis sur la chaise qu'elle lui avait désignée d'un geste, sans pouvoir parler. Cherchant les mots qui se refusaient à elle, elle avait dit simplement :

– J'ai fait un peu de soupe et une omelette.

Ils avaient commencé à manger sans oser lever les yeux, puis leurs regards s'étaient croisés et elle avait souri alors qu'il demeurait grave, incapable d'avouer ce qu'elle représentait pour lui : une Rose jeune, aussi fragile qu'elle, aussi belle, une femme à respecter comme il avait respecté – admiré – la sœur d'André Vigouroux. Louise n'avait pas compris que la douceur le décontenançait, ébranlait même cette force immense qui l'avait aidé à vaincre tous les obstacles dressés devant lui. Il savait que la présence d'une femme provoquait en lui une faiblesse, une faille, et il s'y refusait. Non par la raison, mais d'instinct. Il n'avait prononcé que quelques mots ce soir-là, des mots de remerciement maladroits, en prenant congé rapidement, comme s'il se sentait pris en défaut de vigilance.

Il lui avait fallu du temps pour l'apprivoiser. Elle devinait que cet homme n'avait jamais vécu comme les autres hommes, qu'il y avait en lui quelque chose de fort et de grand, qui, parfois, la submergeait. Elle lui parlait de son enfance sur le plateau mais lui ne disait rien de la sienne. Il se montrait franc avec elle, mais ne la laissait pas approcher de ces frontières au-delà desquelles il se retranchait farouchement. Elle s'en désespérait, ne sachant comment atteindre le cœur de cet être qu'elle devinait immense. Elle comprit peu à peu, au fil des jours et des mois, qu'il ne parlerait pas. C'était à elle de le faire. Elle attendit l'occasion qui se présenta seulement au moment de se séparer pour les grandes vacances.

– Elles vont être longues, les vacances sans vous, avait-elle dit sans oser le regarder.

Il n'avait pas répondu tout de suite, évaluant sans doute le poids et la gravité de cet aveu. Alors il lui avait proposé de les passer ensemble, mais cela ne lui avait pas suffi tout à coup : elle voulait plus, elle le voulait, cet homme, chaque jour de sa vie, elle voulait tout de lui, tout ce qu'il lui cachait, tout ce qu'elle devinait, elle ne pensait plus qu'à lui, le jour et la nuit, elle savait qu'elle ne pourrait plus vivre sans lui. Alors elle avait demandé, levant cette fois sur lui des yeux qui ne cillaient pas :

– Seulement les vacances ?

– Non. Toute la vie.

Et il avait ajouté d'une voix calme, si calme qu'elle avait eu envie de se jeter dans ses bras :

– Si vous le voulez, Louise.

Et comme elle se sentait submergée par une vague d'une extrême douceur, elle avait demandé encore, trouvant la force de sourire :

– Et depuis quand avez-vous conçu ce projet ?

– Depuis le premier jour.

Ce soir-là avait été le plus beau, le plus heureux qu'elle ait jamais vécu. Encore aujourd'hui, en se le remémorant, quelque chose de chaud et de sacré remuait dans son cœur.

8 heures 30

L'égrenoir des mitrailleuses allemandes fit brusquement sursauter Ludovic Rouvière.

– Sur quoi tirent-ils ? Ils n'y voient rien, fit-il, exaspéré par ce saut dans le temps et dans l'espace qui venait le priver brutalement de ses souvenirs.

– Ça passe en bas, répondit le lieutenant Desforest. Tu penses bien qu'ils entendent.

Aussitôt, les quelques mitrailleurs français qui avaient pu franchir la Meuse la veille lâchèrent des rafales aussi nerveuses qu'inutiles, puis le silence retomba durant quelques instants. Des fusées montèrent, éclairant le bas de la colline, et les obus, de nouveau, se succédèrent. Mais ceux de l'artillerie française paraissaient plus serrés que ceux de l'ennemi, qui semblait maintenant un peu à court de munitions ou alors attendait le jour pour mieux cibler l'adversaire.

– Dans une demi-heure on y verra mieux, dit Ludovic Rouvière.

– Avec ce brouillard, ça m'étonnerait, fit le soldat Pelletier.

– Mais si. On n'est qu'en novembre, tout de même.

Ils se turent. Les obus, à présent, passaient plus haut, cherchant sans doute l'artillerie française, à plus de deux kilomètres, de l'autre côté de la Meuse.

Sans doute à cause de cette impression désagréable qu'il ressentait, d'une décision qui ne lui appartenait pas mais qui engageait sa vie tout entière, le lieutenant Desforest pensa brusquement à l'année de ses douze ans : l'année du grand départ. L'état-major et ses parents se confondaient bizarrement dans son esprit. Sentant l'échéance approcher, il avait tenté de parlementer, de faire comprendre à ses parents à quel point il se refusait à cette déchirure, mais il y avait trop longtemps que son père et sa mère attendaient ce moment, certains que leur fils, dans son intérêt, oublierait l'univers de son enfance, ce coin de campagne où, pour lui, il n'y avait pas d'avenir.

Il dut se soumettre et partit donc, avec la promesse consentie par son père de le laisser revenir chaque mois si les résultats scolaires étaient satisfaisants. Ce jour-là, il eut à peine le temps de découvrir la grande ville, la cathédrale Saint-Front et les allées Tourny de Périgueux, avant que les portes du collège religieux ne se referment sur lui. C'était un mois d'octobre humide et frais, avec des journées pleines d'odeurs de champignons, de châtaignes, de gibier. Il les emporta avec lui par la fenêtre ouverte de la voiture, tenta de se persuader qu'il les retrouverait bientôt, qu'elles n'étaient pas définitivement perdues. Pendant les vacances qui venaient de passer, Jérôme lui avait parlé de ce qui l'attendait là-bas, mais Pierre n'avait pas voulu l'entendre. Il n'était que refus de cette vie recluse, cherchait déjà comment y échapper alors qu'il ne l'avait pas encore approchée.

Ce fut bien pis que tout ce qu'il avait imaginé : lever à 5 heures du matin, messe, réfectoire, étude, puis cours : latin, grec, instruction religieuse, prières, courtes récréations, prières de nouveau, des cours encore, puis une nouvelle étude, lectures pieuses, une ultime messe enfin, avant d'aller se coucher dans un dortoir sans chauffage à 10 heures du soir. Il en perdit l'appétit et le sommeil, implora la clémence de ses parents lors de sa première sortie, mais ceux-ci ne cédèrent pas.

– Tu nous remercieras plus tard, décréta sa mère, bien décidée à faire le bonheur de son fils malgré lui.

Pour moins souffrir de l'ennui, il travailla et devint le meilleur élève de sa classe, ce qui lui valut la faveur de sortir tous les quinze jours. Dès lors, il s'habitua, ou fit semblant, persuadé qu'il valait mieux composer que se rebeller – d'ailleurs il n'en avait pas la force. Son confesseur, le père Paret, devint pour lui un conseiller, un guide qui prétendait comprendre sa soif de liberté et son amour du monde.

– Si tu pries Dieu comme il le faut, assurait le prêtre, il te rendra un jour ce que tu as perdu. Avec moi, il est le seul à connaître le fond de ton cœur. Ne te détourne jamais de lui. Fais-lui confiance, aime-le comme il le mérite, et tu seras heureux.

Pierre avait obéi. À force de prières, de chants, de jeûnes et de communions, il avait peu à peu trouvé une sorte de secours, de bien-être. La foi avait grandi en lui, fortifiée par la beauté du monde, qui ne pouvait être que l'œuvre de ce Dieu créateur de toutes choses.

Même au début de la guerre, dans les premières tranchées, il avait prié, consenti à ce qu'il vivait, comme si cette nouvelle épreuve lui avait été justement infligée pour l'affermir davantage dans sa foi. Et puis un jour, une nuit, plutôt, sous les obus qui tombaient sans discontinuer, tous ses camarades étant morts à côté de lui, déchiquetés, il avait cessé de prier. Où était Dieu, dans ce carnage, ces tueries, cette boue, ce malheur, cette souffrance insensée ? Ce matin-là, dans son trou près de Vrigne-Meuse, la colère ressentie durant cette nuit d'apocalypse vibrait encore en lui et il se demandait s'il n'avait pas rêvé sa vie d'avant, si le Pierre Desforest d'avant la guerre avait vraiment existé.

Il referma les yeux, repartit dans ses songes, revit alors ces bancs du collège sur lesquels il lui avait semblé que le temps ne coulait plus, se souvint des versions et des thèmes latins, des Classiques français, de Racine, Corneille, Chateaubriand, Lamartine, tous ceux qui l'avaient entraîné dans un monde de rêve et d'imagination qui lui avait permis d'échapper par l'esprit à la prison du collège. Il avait fini par prendre goût aux longues heures d'étude, à s'habituer tout à fait, s'efforçant de ne pas trop penser à la Nolie, à Lanouaille, à Eugène et à Joseph, mais demeurant bien décidé à profiter de la moindre minute des vacances prochaines.

Elles finissaient par arriver ces vacances tellement espérées, et alors le monde, de nouveau, s'ouvrait devant lui, il avait l'impression de renaître, de se réconcilier avec la meilleure part de lui-même : sa vérité. Les foins, les moissons, les battages l'occupaient dès la fin du mois de juin jusqu'au mois d'août, sa mère se désolait de ne pas le voir, au contraire de Jérôme qui, désormais, aidait son père à l'étude en recherchant les origines de propriété des actes en cours d'élaboration. Eugène, lui, était de moins en moins disponible. Il y avait tellement à faire sur les terres de la métairie que trois hommes n'y suffisaient pas. Pierre les aidait de son mieux et profitait des heures chaudes de l'après-midi, traditionnellement réservées à la sieste, pour descendre en compagnie d'Eugène sur les rives de la Loue, près du moulin. Ils s'allongeaient les pieds dans l'eau, sommeillaient sous la fraîcheur des feuilles, s'aspergeaient de temps en temps les bras et le visage, écoutaient le murmure de l'eau sur laquelle venaient mourir des éphémères aux ailes grises.

Les mois passaient, entrecoupés de vacances heureuses entre deux périodes d'exil. Les dimanches, tous les quinze jours, aidaient Pierre à supporter les deux longues semaines durant lesquelles il se consacrait entièrement aux études pour ne pas encourir de privation de sortie. De temps en temps, cependant, à partir du printemps affluaient par la fenêtre ouverte qui donnait sur la cour des parfums venus de la campagne lointaine. La ville s'effaçait alors – une ville qu'il refusait de toutes ses forces, qu'il s'évertuait à ne pas voir même lors des promenades du jeudi après-midi – et, fermant les yeux, il s'échappait de Lanouaille pour courir vers la Nolie où il savait que les arbres mettaient leurs feuilles, les cerisiers sauvages d'abord, puis les arbres fruitiers, les châtaigniers, les frênes, les chênes, tandis que les fougères corrompues par l'hiver se redressaient enfin, nourries par la rosée des nuits.

Il se mit à lire beaucoup, le plus souvent en cachette, car la censure était stricte, au collège, et la surveillance permanente. Mais de nombreux livres circulaient sous le manteau, et de toute façon il pouvait lire en toute liberté à Lanouaille. London, Kipling, Daudet, Balzac, Maupassant, bien d'autres s'ajoutèrent à tous ceux qui étaient autorisés à Périgueux, et dont l'étude, dès le début, avait passionné Pierre. D'autant que son professeur de lettres était également son confesseur : le père Paret, lequel avait décelé chez son élève des qualités peu ordinaires. À tel point qu'il tenta de l'influencer, lui suggérant que le grand séminaire lui permettrait d'effectuer de brillantes études dans lesquelles il trouverait l'épanouissement auquel il aspirait.

Pierre eut l'intelligence de ne pas heurter son confesseur, mais il n'avait pas la vocation. En outre, il était hostile de tout son être à ce milieu clos sur lui-même qui interdisait la perception du monde sensible, un monde qui lui était aussi nécessaire que l'air qu'il respirait. Il devina que demeurer chez les frères était un piège qui pouvait se refermer sur lui, et il demanda à ses parents de l'inscrire au lycée après le brevet supérieur. Ils refusèrent. Pour eux, un enfant de notaire ne pouvait pas fréquenter un établissement qui ne fût pas religieux. Comme Pierre s'obstinait, son père lui mit en main un marché cruel : il acceptait de l'inscrire dans un lycée laïque à condition que ce fût à Paris, où il logerait chez son frère, Philippe Desforest, qui était devenu avocat après ses études à Bordeaux, s'y était marié et habitait boulevard Saint-Germain. Cela équivalait à éloigner Pierre définitivement, ou presque, de Lanouaille, puisqu'il ne reviendrait qu'aux vacances. Le père Paret, mis au courant par Abel Desforest, s'indigna, parla de trahison, de gâchis, de sacrilège, et cela avec une telle souffrance, si sincère, si émouvante, que Pierre prit peur : il fallait vraiment qu'il parte, sans quoi il tomberait définitivement sous le pouvoir d'un homme intègre, certes, mais possessif, et qui, parfois, au terme d'interminables conversations, parvenait à le contraindre totalement à sa volonté.

Restait à se faire à l'idée de s'éloigner de

Lanouaille, et ce n'était pas le plus facile. Pierre se dit que l'essentiel était de fortifier en lui la certitude qu'il y vivrait un jour. Une fois qu'il serait devenu majeur et indépendant, capable de subvenir à ses besoins : peut-être en devenant professeur, s'il trouvait un poste à Périgueux, ou même en renonçant à la moindre carrière, puisqu'il était convenu que Jérôme hériterait de l'étude, de la maison de Lanouaille, et lui, Pierre, des terres et de la métairie. Qui l'empêcherait alors de s'y installer ?

Il donna donc son accord à son père et à sa mère qui s'en montrèrent satisfaits. Ils pensaient avoir réussi à l'éloigner de la Nolie, à le couper d'un monde indigne de lui. Cet été-là, Pierre constata que les choses changeaient, dans ce petit univers, comme changeait son existence. Il avait longtemps cru que la vie, ici, demeurerait la même et il s'apercevait que ce n'était pas vrai : le temps qui passait faisait son œuvre, modifiait tout, y compris à la Nolie, où Joseph n'était plus là et où Eugène avait grandi, comme lui, était devenu un homme. Pierre en souffrait mais ne pouvait en parler à personne. Aussi tentait-il de trouver dans les livres une consolation à la fragilité du monde qui l'entourait, de recréer à travers eux une réalité plus conforme à ses souhaits, plus apte à lui rendre ce qu'il avait perdu. Il lui semblait que tout, soudain, autour de lui, s'effritait, se délitait, le laissant seul face à un avenir inconnu, où il n'y aurait plus de repères paisibles, plus rien de ce bonheur qui avait fait de lui un enfant libre et heureux.

À la fin du mois d'août, un dimanche, ses parents lui demandèrent de les accompagner à la forge de Ladignac où il n'était pas revenu depuis longtemps, les relations entre les Desforest et les Roquemaure s'étant un peu distendues. Un projet d'acte de transformation de l'entreprise en société avait suffi à les rapprocher de nouveau. Pierre ne se fit pas prier : il avait toujours aimé ce lieu qui lui rappelait le moulin, et où, sous les ombrages, l'Auvézère chantait entre des rochers moussus. Ce dimanche-là, il reconnut à peine Juliette qu'il n'avait pas vue depuis quatre ans, et qui était entre-temps devenue une jeune fille. Il se fit la remarque qu'elle ressemblait à Adélaïde et cette constatation le troubla étrangement. Grande, brune, les cheveux noirs bouclés, elle porta sur lui, lui sembla-t-il, un regard où l'enfance avait fondu sous l'empreinte d'une force, d'une acuité farouches. Mais il y avait dans ce regard plus que de la curiosité : quelque chose déjà, qui avouait une blessure, une faille dont, en dehors de sa présence, elle n'était pas coutumière.

Après le repas, ils s'éloignèrent sur la rive droite de la rivière, marchèrent sans un mot sur près d'un kilomètre et s'arrêtèrent sous un couvert d'aulnes épais dont les feuilles viraient au jaune paille. Ils s'assirent l'un près de l'autre, séparés par un mètre, distance que leur imposaient les usages et leur timidité. Ce fut elle qui brisa le silence en demandant doucement :

– Alors tu vas partir à Paris ?

– Oui, fit-il, dès la mi-septembre.

– Tu en as de la chance ! soupira-t-elle.

Et elle ajouta, tout de suite, avant qu'il ait eu le temps de répondre :

– Non, je ne sais pas.

Dans la voiture, les parents de Pierre lui avaient appris qu'elle étudiait à Périgueux, chez les Visitandines, et qu'elle n'était pas destinée à rester à la forge, son frère Jules devant bientôt seconder son père avant, probablement, de lui succéder.

– En fait, soupira-t-elle, je ne suis jamais mieux qu'ici.

À ces mots, Pierre se tourna vers elle, étonné de les entendre dans une autre bouche que la sienne. Elle ne le regardait pas, feignait d'observer une libellule sur l'eau verte, une esquisse de sourire sur ses lèvres.

– Moi aussi, dit-il, je ne suis jamais mieux qu'ici, et pourtant je vais partir.

– Mais tu reviendras ?

Il y avait eu une sorte d'angoise dans cette question posée trop vite, et il se demanda s'il avait bien compris ce qu'elle suggérait.

– Je reviendrai chaque fois que je le pourrai.

– Ah, bon ! fit-elle.

C'était pour elle, il le sentit, comme un soulagement. Ils ne parlaient plus maintenant, observaient les rayons du soleil qui transperçaient par endroits les feuillages, se réfléchissaient sur l'eau, attirant les libellules et les papillons dont le vol hésitant, syncopé, trahissait la fragilité de la courte vie. Un profond silence habitait cette grotte de verdure où

Pierre sentait monter une sorte de promesse. Mais Juliette jugea sans doute que les convenances exigeaient de ne pas rester plus longtemps seule avec lui et elle se leva brusquement, prenant aussitôt la direction du château.

Peu avant d'arriver, elle se retourna, et demanda une nouvelle fois, avec une fêlure dans la voix :

– Tu reviendras vite ?

Elle n'avait pas osé prononcer les mots que lui soufflait son cœur : « Tu reviendras me voir ? »

– Bien sûr, dit-il.

– Merci, Pierre, fit-elle.

Et elle ne se retourna plus jusqu'au château où l'on avait installé des tables dans la cour, pour y jouer aux cartes.

Ni les Desforest ni les Roquemaure ne parurent accorder d'importance à la disparition puis à la réapparition de Pierre et de Juliette. Il y avait là, Pierre le devina, une autorisation tacite, et, un instant, il se demanda même si ce repas à la forge n'avait pas été organisé dans ce but. Mais non, ce n'était pas possible, puisqu'il allait partir pour Paris, s'éloigner de Ladignac et de l'Auvézère. À cette idée, cependant, quelque chose se noua en lui et le poussa à se rapprocher de Juliette, qui s'était assise au bout d'une table où les femmes jouaient au jacquet et ne paraissait plus s'intéresser à lui. Ce n'était qu'une fausse impression : de temps en temps le regard de la jeune fille se levait sur lui, une ou deux secondes, pas plus, mais suffisamment pour qu'il le croise et perçoive ce qu'il espérait. Dès lors, tout au long de l'après-midi, ce fut comme si toutes les autres personnes avaient disparu. En rentrant le soir, sur le chemin escorté de noisetiers et de prunelliers, il emporta avec lui la lueur entrevue où se mêlaient l'innocence, la sincérité, mais aussi la détermination, et il fut persuadé qu'il ne l'oublierait pas.

Juliette cacheta l'enveloppe, sortit de sa chambre et descendit déjeuner. En bas, dans la grande salle de réception aux tentures de velours couleur bordeaux, son père, qui ne dormait plus, était assis dans son fauteuil, face à la cheminée, et regardait les flammes. Elle passa devant la porte sans s'arrêter, puis elle fit demi-tour et entra car il y avait longtemps qu'elle voulait lui parler. Elle n'en pouvait plus de le voir ainsi accablé, résigné, alors qu'il avait été si actif, si entreprenant. Elle s'assit dans un fauteuil de velours vert, à côté de lui, et murmura :

– À quoi cela sert-il de vous morfondre ainsi ? Cela ne fera pas revenir nos morts. Vous allez sombrer tout à fait si vous continuez de la sorte.

Il leva vers elle un regard dénué de la moindre énergie, soupira mais ne répondit pas.

– Cette maudite guerre va finir, reprit-elle. Le haut-fourneau et le domaine auront besoin de vous.

Il la dévisagea un instant, souffla d'une voix morne, presque éteinte :

– C'est fini, tout cela. J'ai tenu pour mon fils, dans l'espoir qu'il reprendrait le flambeau, qu'il me succéderait, et aujourd'hui il est mort.

Juliette laissa passer quelques secondes et s'entendit répondre :

– Et vous n'avez jamais pensé que votre fille puisse vous succéder ?

Une lueur étonnée s'alluma dans les yeux du maître de forges.

Elle ajouta, surprise elle-même par ses propres paroles, mais consciente du fait qu'elle se sentait capable de tout, plutôt que de voir cet homme aussi désespéré.

– Rappelez-vous comment nous avons tous les deux tenté de relancer le fourneau en 1916.

– Et nous n'avons pas réussi, observa-t-il.

– C'était la guerre, nous manquions d'hommes, mais une fois la paix revenue, qu'est-ce qui nous empêchera de recommencer ?

Il hésita quelques secondes, puis répondit :

– Le peu d'or que je possédais, je l'ai donné pour la victoire. Je n'ai plus rien. En tout cas plus les moyens de réaliser les investissements nécessaires, ce four à puddler qui nous a si cruellement fait défaut.

Il balaya ses propos d'un geste las, murmura :

– À quoi bon, d'ailleurs ? Depuis la concurrence des aciers de Lorraine, je sais que c'est fini pour nous. Un monde vient de s'écrouler. Rien ne sera plus jamais comme avant.

– Et le domaine ? fit Juliette. La réserve, les métairies ?

– Elles nous laisseront toujours assez pour vivre. À ma mort, tu en feras bien ce que tu voudras.

– Avec Jules, vous seriez reparti, tout de même ! Alors pourquoi pas avec moi ?

– Parce que c'est un métier d'homme et qu'il y faut de la force, de la violence même. Le feu, le fer, la forge n'appartiendront jamais aux femmes.

– Vous le pensez vraiment ?

Il hocha la tête d'un air buté, vaguement agressif. Elle le retrouvait tel qu'il était depuis toujours, le détestait soudain, et elle ne put s'empêcher de lancer :

– Si la faiblesse est le privilège des femmes, pourquoi en usez-vous aujourd'hui ?

Les yeux du maître de forges flambèrent et il se redressa, comme piqué par un fer rouge.

– Je t'interdis de me parler ainsi !

– Vous n'avez plus rien à m'interdire, rétorqua-t-elle. Du moins quand vous vous comporterez de la sorte.

Elle se leva et sortit de la pièce aux larges dalles polies par les ans. Elle se sentait satisfaite, car elle espérait avoir réussi à le faire réagir. Sa mère, elle, se murait dans le chagrin avec la même résignation qu'elle avait manifestée durant toute sa vie. Et Juliette portait seule, avec courage, le poids de ces deux vies frappées à mort, comme tant de femmes, dans le pays, qui avaient perdu un mari, un enfant, ou un frère.

Elle savait qu'elle tenait uniquement grâce à la pensée de Pierre. Sans lui, mon Dieu ! qu'aurait-elle fait ? Aurait-elle eu la force de continuer à vivre ? Pour son fils, certes, mais à quel prix, et dans quelle détresse ? Combien de fois, la nuit, avait-elle été réveillée par le cauchemar de Pierre blessé, seul, quelque part, et qui l'appelait à l'aide ? Elle s'asseyait sur son lit, lui parlait, tentait de lui insuffler un peu de sa force.

La conversation avec son père lui avait coupé l'appétit. Au lieu d'aller déjeuner, elle remonta à l'étage et regagna sa chambre où elle eut l'impression que sa lettre était trop courte, qu'elle n'avait pas su donner à Pierre le courage nécessaire pour franchir le peu de temps qui les séparait encore. Elle décacheta l'enveloppe et chercha longtemps d'autres mots, comme si, tout à coup, à cause de son père, elle n'en possédait plus suffisamment.

C'est à peine si les trois hommes entendirent le souffle d'un 75 qui s'écrasa devant l'entonnoir, projetant des flots de terre qui retombèrent en gerbes dans le trou où ils s'abritaient. Ils se retrouvèrent ensevelis en un instant sous une couche dont ils ne connaissaient pas l'épaisseur. Ils avaient dans le même temps été projetés au fond de l'entonnoir et ils ne savaient plus où se trouvaient le haut et le bas. Leur premier réflexe fut de remuer les bras et les jambes, mais ce n'était pas facile. Puis leurs membres se touchèrent, et, en unissant leurs efforts, ils retrouvèrent la lumière du jour en une dizaine de secondes. Soulagés, ils réussirent à se dégager, s'ébrouèrent, le visage souillé, au milieu duquel les yeux, qui s'étaient fermés au moment de l'impact, faisaient comme deux auréoles pâles. Ils se palpèrent, se rassurèrent en vérifiant qu'ils n'avaient rien de cassé.

– Ça va ? demanda le lieutenant.

– Ça va, répondit le sergent qui, des mains, déjà, déblayait la terre autour d'eux, et, des pieds, la faisait s'ébouler pour libérer ses jambes.

Les deux autres l'aidèrent, et très vite ils retrouvèrent une position à peu près identique à celle qu'ils occupaient avant que ne retombent les gerbes de terre. Ils avaient à peine eu le temps d'avoir peur. Combien de fois n'avaient-ils pas été ensevelis de la sorte ? Ils savaient en même temps qu'ils étaient tranquilles pour un moment, car deux obus tombaient rarement au même endroit. Seul Ludovic Rouvière marmonnait des imprécations dont les deux autres ne savaient à qui elles s'adressaient.

– Mon lieutenant ! fit Jean Pelletier dont les mains tremblaient.

– Qu'est-ce que tu veux ?

– Je peux allumer une cigarette ?

– Allons ! Voyons ! Tu peux bien attendre un peu.

– Ça risque rien avec ce brouillard, mon lieutenant.

– Et pourquoi pas monter un bivouac, fit le sergent Rouvière, dont la colère ne tombait pas.

Jean Pelletier soupira mais se résigna. Attendre, attendre, ne pas bouger ! Il y avait eu des moments où Jean eût préféré partir à l'attaque plutôt que de moisir dans les tranchées, et cela malgré les risques.

Lui qui avait toujours travaillé avait eu beaucoup de mal à demeurer inactif, sauf à graisser les armes, et alors parfois l'odeur du fer revenait en lui, le renvoyant vers l'usine, ce printemps au cours duquel il était miné par l'idée de laisser Marie seule.

Les beaux jours étaient arrivés dès la mi-avril, balayant d'un souffle tiède les dernières froidures de l'hiver. Jean avait reçu sa feuille de route le 24, appris sa destination avec incrédulité : il devait être le 8 mai à Perpignan, dans les Pyrénées orientales, très loin de Paris. Il lui restait quinze jours avant de partir. Il finit le mois à l'usine, mais ne reprit pas le travail au début de mai, afin de profiter des derniers jours avec Marie. Elle était au septième mois de sa grossesse et se déplaçait difficilement. À part quelques promenades sur les quais de la Seine, ils faisaient des courses rue Saint-Paul et passaient le plus clair de leur temps dans leur petit logement. Là, Jean ne cessait de lui prodiguer des recommandations, l'aidait de son mieux, prévenait ses envies, lui avançait sa chaise, exigeait de la voir assise pendant les repas.

– Tout de même, je ne suis pas malade ! s'exclamait-elle, je suis seulement enceinte.

– Quand je serai parti, disait-il, ne reviens pas au lavoir avant la délivrance.

– Oh ! fit-elle en riant, quelques chemises à savonner, ce n'est pas si terrible.

Ces recommandations empressées cachaient en fait une inquiétude plus souterraine : celle de la savoir seule, jeune et si belle, aux prises avec les hommes du quartier.

Aussi insista-t-il jusqu'au dernier moment :

– Reviens habiter avec ta mère ! Fais-moi plaisir. J'aurais trop d'inquiétude sans cela.

– Je t'ai déjà dit que c'était trop petit, là-bas, surtout avec l'enfant.

– Juste le temps que je revienne.

– Alors tu es jaloux ? Tu n'as pas confiance ?

– En toi, oui ; dans les autres, non.

Elle ne voulut pas céder car elle avait trop souffert de la promiscuité, n'ayant jamais eu de lit pour elle seule, ayant toujours dormi avec sa sœur.

Le jour du départ, il ne voulut pas qu'elle l'accompagne à la gare. Il l'embrassa sur le seuil en lui disant :

– Surtout, quand l'enfant sera né, écris-moi vite : j'aurai sans doute une permission.

Il la contempla une dernière fois pour bien incruster en lui son visage rond, ses yeux, sa bouche, ses épaules blanches et son sourire qui lui fit se demander si elle comprenait vraiment ce qui se passait, ce qui l'attendait : la première séparation après tant de jours passés ensemble. Dès lors, une fois qu'il l'eut quittée, il ne fut plus que douleur, et le long voyage en train vers Toulouse lui parut un cauchemar, car les minutes qui s'écoulaient ne faisaient que l'éloigner davantage du seul endroit au monde où il avait été heureux.

Deux fusées vertes éclatèrent juste au-dessus de la Meuse. Leur lumière fragile, étrange, eut du mal à percer le brouillard.

– Ils demandent un barrage, fit Jean Pelletier tout excité, ça veut dire que ça passe en bas.

Aussitôt quatre shrapnells éclatèrent en gerbe rouge en dessous des trois hommes, au pied de la colline de l'autre rive où étaient cantonnés les 53e et 142e régiments d'infanterie. Puis les obus se mirent à pleuvoir à moins de cent mètres avant de se déplacer vers l'ouest.

– Eh bien, on n'est pas sortis ! fit le soldat Pelletier.

Ni le lieutenant ni le sergent ne lui répondirent. Comme lui, ils s'habituèrent en quelques minutes au changement de rythme et de direction des tirs, et le sergent Rouvière se tourna face au ciel qui pâlissait en rosissant. Aussitôt il pensa à celle qui l'avait si maternellement accueilli à Narbonne, à son plaisir de pouvoir étudier en disposant de tout le temps nécessaire, alors qu'il en avait toujours manqué. Les résultats ne s'étaient pas fait attendre, à la grande satisfaction de Rose qui tenait régulièrement son frère au courant. Dans l'appartement, Ludovic se montrait toujours aussi farouche, et elle ne le brusquait pas, respectait l'espace qui lui était nécessaire. Il ne se rendait pas compte que Rose avait peur de lui. Elle aussi avait deviné la force de ce garçon, et elle craignait, sans le laisser paraître, sa réaction le jour où elle devrait montrer de l'autorité, s'en sachant d'avance incapable vis-à-vis de cet enfant tombé du ciel.

Lui, il s'efforçait de ne jamais rien demander d'autre que ce qui lui avait été accordé, sachant que, de toute façon, il avait obtenu beaucoup plus qu'il n'avait jamais espéré. Les contraintes de l'école lui apparaissaient dérisoires en comparaison de celles qu'il avait subies depuis son enfance. Il ne rencontrait aucun problème avec ses camarades, pas davantage avec ses maîtres. La seule chose qui lui manquait, c'était l'espace. Rose le comprit. Elle lui permit de sortir seul, le samedi après-midi, et il ne s'en priva pas, parcourant les rues de la ville depuis la gare jusqu'à la route de la mer, depuis la ville haute jusqu'aux quartiers les plus éloignés, au-dessus de l'Hôtel-Dieu. Mais ce qui le fascinait le plus, c'étaient les péniches et les petits bateaux de pêche du canal, l'activité incessante qui régnait sur les rives inclinées jusqu'aux quais, les barquiers qui venaient de loin : Toulouse, Sète ou Port-la-Nouvelle, situé entre les étangs et la mer. Il rêvait d'en prendre un, n'osait pas encore. Un jour, bientôt, il s'embarquerait, il se le promettait, car ce domaine de l'eau si différent de celui des collines lui paraissait ouvert sur une vie incomparablement plus aventureuse que celle qu'il avait menée jusqu'alors.

Il pensait rarement à ses parents. Les deux univers, en effet, n'étaient dans son esprit absolument pas superposables. Il n'eût pas renié son père et sa mère, non, c'était autre chose : il les pensait totalement imperméables à d'autres idées, d'autres convictions, d'autres coutumes que celles auxquelles ils étaient habitués. Il les protégeait, en fait, persuadé qu'ailleurs ils eussent été malheureux, désarmés. Quand il revenait au mas, à Noël, à Pâques et aux grandes vacances, il se remettait au travail à leurs côtés, ne parlait ni de Narbonne ni de ses succès scolaires. Il serrait de nouveau dans ses mains le manche des outils, besognait près de son frère qui ne s'était toujours pas marié, taillait la vigne, aidait aux vendanges, et cela sans soupir. Ensuite il repartait vers sa vraie vie, sans rancune envers ceux qui avaient besoin de lui. Rose, alors, l'accueillait avec une émotion qu'elle dissimulait mal, se montrait plus proche, attentive à ses moindres souhaits, mais il n'en abusait jamais. Sur son chemin, il s'était arrêté à Tuchan, avait rendu visite à son maître qui l'avait encouragé à poursuivre ses efforts dont les résultats étaient si remarquables. Ne l'eût-il pas fait que Ludovic se fût comporté de la même manière. Il n'aurait jamais lâché la bouée qu'on lui avait lancée et qui l'amarrait si bien à la vie dont il avait rêvé.

Quatre ans avaient passé, trop vite, beaucoup trop vite, alors que les quatre ans de guerre lui semblaient aujourd'hui avoir duré une éternité. Le temps est une notion bien relative, songeait Ludovic, ce matin-là, dans le froid de Vrigne-Meuse, mais il ne s'attarda pas sur cette pensée. Il avait toujours eu la faculté de convoquer en lui celles qui lui permettaient de survivre, d'avancer, de conduire sa vie plutôt que de la subir. Même dans les moments les plus périlleux de la guerre, quand il n'y avait plus rien à espérer, que les obus cherchaient les hommes inlassablement. Il se réfugiait dans ces années qui avaient concrétisé sa conquête d'une autre vie, là où il n'avait subi aucune défaite. Il mesurait sa force à l'aune des heures patientes qui l'avaient conduit vers le succès.

Succès, par exemple, la même année, à seize ans, au brevet et au concours d'entrée à l'École normale de Carcassonne. Il se souvenait des larmes de Rose, de la poignée de main d'André Vigouroux, du départ de l'appartement qui donnait sur la promenade des Barques. Fidèle à la promesse qu'il s'était faite, il s'embarqua pour huit jours vers les étangs comme manœuvre, avant de regagner le mas pour les grandes vacances. Huit jours de soleil et d'eau salée, d'horizon ouvert, de lumière changeante. Pour lui, huit jours de rêve avant de regagner les vignes des collines. De retour de la mer, il eut beaucoup de mal à quitter Rose, cette femme si douce dont il ne savait à quel point elle s'était attachée à lui. Elle s'était en effet interdit de le lui montrer, redoutant qu'il ne renonce à Carcassonne. Et c'était vrai que ces quatre années avaient creusé dans Ludovic un sillon de tendresse sur lequel il n'aimait pas s'attarder. Il devinait qu'il y avait là une faille qui pouvait menacer la suite de l'aventure.

Ce matin-là, ils étaient restés un long moment face à face dans le petit salon en attendant André. Ni l'un ni l'autre ne pouvait parler. Qu'y avait-il à dire qu'ils ne sachent déjà ? Que les heures et les mois partagés l'avaient été dans la plus parfaite harmonie ? Qu'elle lui avait donné tout l'amour qu'elle n'avait pu donner à d'autres et que de son départ elle risquait de mourir ? Qu'il se sentait plein de reconnaissance pour cette femme qui l'avait accueilli chez elle sans le connaître, l'avait aidé à grandir, lui avait appris tout ce que l'on ne pouvait apprendre dans les collines, y compris à se servir d'une fourchette ou d'un couteau ? Non, d'ailleurs, c'était bien autre chose qui les avait liés : une complicité, un respect toujours tus, jamais avoués, envers quelque chose qui les dépassait et dont ils avaient peur. Ils avaient compris que ce serait désormais entre eux à la vie à la mort, qu'il serait capable, comme elle, de couvrir des milliers de kilomètres pour voler à son secours.

Il partit donc, puisqu'il le fallait, mais bien décidé à ne rien oublier de ces quatre années qui l'avaient aidé à devenir un homme. Pour la première fois, les vacances de cet été-là lui avaient paru amères. Il s'était aperçu pendant les huits jours passés près des barquiers qu'il aurait pu gagner de l'argent en travaillant pendant trois mois. Au mas, il était nourri et logé, mais pas payé, évidemment. Il décida alors que ce serait la dernière fois, car il avait mesuré à quel point quelques francs pouvaient l'aider à ressembler davantage à ses camarades ou, du moins, lui permettre d'acheter ces livres qu'il avait découverts dans une vitrine de Narbonne, et auxquels il avait dû renoncer. D'autant que le père et la mère vieillissaient dans une hargne muette et que le combat, là-haut, demeurait le même : c'était toujours de survie qu'il était question, y compris pour son frère qu'aucune femme ne voulait épouser – deux ou trois avaient fait le voyage et s'étaient enfuies devant la sinistre perspective qu'elles venaient de frôler.

Ce fut avec soulagement que Ludovic partit pour Carcassonne après les vendanges, son devoir accompli. Là, ni la majesté sombre de l'imposant bâtiment de la route de Montréal, ni l'autorité tyrannique du directeur, ni les conditions d'existence spartiates – nourriture insuffisante et sans saveur, dortoir gelé en hiver – ne parvinrent à l'ébranler le moins du monde. Il avait vécu dans de bien pires conditions. Rien n'aurait pu l'arrêter. Le directeur, au demeurant, malgré son expérience et son autorité excessive, mesura rapidement à quel point Ludovic Rouvière était inébranlable. Même à seize ans, quelque chose en lui arrêtait le regard : cette force, justement, cette énergie farouche qui émanait de ses moindres gestes, de ses moindres mots. Il ne prononçait que ceux qui lui étaient strictement nécessaires. On le sentait capable d'on ne savait quoi au juste, mais d'attitudes, de paroles qui eussent fait mouche et renvoyé un imprudent dans son coin, sonné pour le compte. Car Ludovic ne se servait pas que de son regard. Son corps était déjà celui d'un homme, à force de coltiner les barriques pleines, les cuves de sulfate, les manches d'outils. Même les élèves de troisième année ne s'approchaient pas. On l'appelait « le sauvage » mais il ne s'en formalisait pas : il avançait, c'était tout ce qui comptait pour lui.

Mais que tout ça était loin aujourd'hui ! Et si loin Louise, dans son souvenir, dont il ne parvenait plus à distinguer les traits ; Louise qui, à cette heure, devait préparer les leçons du jour, assise à son bureau, dans la salle qu'il n'aurait, lui, jamais dû quitter sans cette maudite guerre qui n'en finissait pas, ce matin du 11, l'exposant au danger alors que le cessez-le-feu était signé.

Louise se leva, quitta la salle de classe, monta dans le logement pour réveiller ses enfants, les fit déjeuner, les prépara, puis redescendit avec eux. À sept ans, Aline allait en classe avec la jeune collègue de Louise, prénommée Suzanne, dans la salle d'à côté, avec les plus petits. Germain, bien qu'âgé de quatre ans seulement, la suivait, et s'asseyait au fond, près du poêle. Louise discuta quelques instants avec Suzanne, puis elle repassa dans sa classe où elle écrivit en haut du tableau, à la craie blanche : *Lundi 11 novembre 1918* et, dessous, les problèmes destinés à la classe du certificat d'études. Dans la cour, les enfants arrivaient, jouaient à se poursuivre pour se réchauffer. Revenue à son bureau, Louise les regardait sans les voir, se demandant pourquoi ce lundi elle n'avait pas la tête à faire la classe comme elle l'aurait dû. À cause, sans doute, de cette impression de solitude qui ne la quittait plus depuis quatre ans et que la proximité de l'hiver, depuis quelque temps, exacerbait.

D'ailleurs, tout ce qu'elle avait vécu de meilleur, dans sa vie, lui était arrivé aux beaux jours. Son mariage avec Ludovic, d'abord, en septembre, dans l'odeur des raisins chauds, des moûts, des cuves pleines : un mariage simple, avec neuf invités, mais la lumière du soleil au sortir de l'église ne lui avait jamais paru si belle. Puis le soleil des jours merveilleux durant lesquels elle avait passé son temps à apprivoiser Ludovic, à se rapprocher de lui, devinant peu à peu d'où il venait et quels obstacles il avait dû surmonter pour arriver jusque-là. Il parlait toujours aussi peu, mais elle s'y était habituée, et c'était elle, toujours, qui faisait le premier pas. Dans leurs moments d'intimité, il s'efforçait d'être tendre, de s'adoucir, mais la force qui était en lui finissait toujours par déborder sa volonté. C'était ainsi, elle le savait, n'en souffrait pas, au contraire : il y avait là une présence si chaude, si rassurante, qu'elle comblait nuit et jour le désert dans lequel l'avait précipitée la mort de son père.

Quand elle avait compris qu'elle attendait un enfant, au mois de décembre de l'année 1910, elle l'avait annoncé à Ludovic un soir, tout en redoutant sa réaction, elle ne savait pourquoi. Ils avaient fini de manger, et Ludovic demeurait pensif, accoudé à la table. Une fois qu'elle eut parlé, pour la première fois elle vit passer dans les yeux noirs qui s'étaient levés vers elle une lueur de fragilité si étonnante qu'elle en avait été bouleversée.

– Un enfant ? avait-il demandé en se redressant.

– Oui, un enfant, ce sera pour le mois d'août.

Il s'était approché d'elle, l'avait serrée dans ses bras, d'abord doucement, puis si fort qu'elle avait eu l'impression qu'il allait la briser. Enfin il l'avait lâchée, s'était assis de nouveau, mais son regard ne l'avait plus quittée et ce qu'elle y avait lu l'avait délivrée à jamais de la moindre amertume de la vie. À partir de ce jour, il ne l'avait plus touchée, comme s'il avait peur de lui faire mal, et avait paru embarrassé de ses mains. Et pourtant, bizarrement, il s'était montré plus proche, plus attentif que jamais, prévenant, même, comme s'il la croyait en danger. Ce fut durant ces mois-là qu'elle comprit à quel point, sans jamais pouvoir le dire, il l'aimait. Elle en fut transformée, devint aussi forte que lui, ne redouta plus l'accouchement qui approchait.

Elle donna le jour à sa fille chez elle, assistée seulement de la sage-femme du village, comme c'était la coutume. Elle oublia la souffrance dès que Ludovic entra dans la chambre. D'abord il l'embrassa puis il se tourna vers le petit lit où dormait sa fille et se pencha vers elle. Une larme tomba, une seule, venue d'on ne savait où, mais que Louise fit mine de ne pas avoir vue. Quand il se redressa, il souriait, et c'était si rare qu'elle ne put s'empêcher de le remercier.

– De quoi donc ? demanda-t-il.

– Pour tout. Pour elle, pour nous.

– Allons donc, fit-il, tu sais bien que c'est toi qui me donnes, et depuis le premier jour.

Il n'en dit pas plus, sortit, mais elle n'oublia jamais la lumière qui avait brillé dans ses yeux ce soir-là.

9 heures

– Bon, maintenant, on y va ! fit Ludovic Rouvière en sortant sa pelle-bêche. On y voit assez.

Ils se trouvaient au fond d'un entonnoir moins profond que celui de la nuit, depuis que les gerbes de terre les avaient ensevelis. La terre, trop meuble, ne cessait de s'ébouler. Ils ne pouvaient travailler qu'à deux.

– Ouvre ce sac ! ordonna le sergent à Jean Pelletier.

Et il se mit à le remplir, retrouvant avec plaisir ces manches d'outils qui lui étaient familiers.

– Il nous en faut six, expliqua-t-il : deux de chaque côté et deux par-dessus.

– Je te remplacerai, dit Pierre Desforest.

– C'est pas la peine, fit Rouvière, ça réchauffe.

Le lieutenant reprit sa position, couché sur le côté droit, emmitouflé dans son caoutchouc qui n'avait pas pu protéger sa capote de la bruine qui avait commencé à tomber. Il frissonna, referma les yeux, songeant à cet automne pluvieux où il était entré au lycée Henri-IV, grâce à ses notes brillantes et à l'intervention de son oncle Philippe. Lui qui n'avait jamais quitté le Périgord, il s'était trouvé du jour au lendemain dans un milieu étranger, vaguement hostile, auquel il avait eu du mal à s'habituer. Les boulevards, encombrés de fiacres, de cabriolets, de camions de livraison, d'automobiles, d'autobus à impériale, de toutes sortes de véhicules mais aussi d'hommes et de femmes pressés, lui étaient apparus redoutables. Il s'y était habitué, pourtant, de même qu'au lycée, à la foule des élèves qui tournaient en dérision son accent mais finirent par le respecter en raison de ses brillants résultats. La vie quotidienne, les horaires, les contraintes n'étaient pas plus pénibles à supporter qu'à Périgueux, au contraire. Il quittait le lycée à 5 heures, rentrait par la rue du Cardinal-Lemoine vers le boulevard Saint-Germain et retrouvait le calme et la liberté dans sa petite chambre qui donnait sur une arrière-cour sans le moindre horizon.

Son oncle et sa tante habitaient à l'extrémité du boulevard, dans un vieil immeuble au plafond très haut, orné de frises et de moulures, tout près de la Seine. Philippe rentrait tard, le soir, et sa femme, qu'il avait connue à Bordeaux, au cours de ses études, ne travaillait pas. Elle se prénommait Irène, était petite, brune, portait les cheveux courts, et paraissait pleine d'énergie. Elle fréquentait les cercles de la meilleure société, courait les magasins toute la journée, laissant à Marthe, la servante, le soin d'entretenir son appartement. Le soir, elle sortait avec Philippe pour des dîners mondains, si bien que Pierre se trouvait souvent seul. Il s'enfermait pour étudier dans sa chambre qui sentait l'encaustique, dont Marthe usait plus que de raison. C'était une Bretonne de cinquante ans, célibataire, forte, trapue, qui dormait dans une chambre sous les toits, parlait peu mais se montrait aux petits soins pour Pierre qu'elle admirait. Il trouva en elle une alliée, une confidente, même, qui l'entretenait de la campagne bretonne dont elle était originaire et lui avouait combien elle lui manquait.

Ce qui lui manquait, à lui, c'était la verdure des prairies du Périgord, les rives de la Loue et de l'Auvézère, les greniers pleins de foins, l'odeur chaude des moissons, la grand-place de Lanouaille où résonnaient les coups de marteau du maréchal-ferrant. Il savait qu'il était en train de payer le prix d'une liberté future, qu'il la payait cher, mais qu'il devait y consacrer tous ses efforts. Dans quelques années, personne ne pourrait plus décider de sa vie.

Heureusement, ses capacités lui permettaient d'apprendre sans grande difficulté, et, comme il travaillait beaucoup, il figurait parmi les premiers de ce qui était une sorte d'élite de la jeunesse parisienne. Loin des messes et des pressions morales de Périgueux, il s'épanouissait dans des exercices élevés de l'esprit où son intelligence faisait merveille. Ses professeurs n'avaient que louanges à la bouche, ses camarades l'appréciaient pour sa franchise, sa serviabilité, la pertinence de sa pensée.

À l'issue de son premier trimestre parisien, il revint à Noël à Lanouaille et trouva le bourg bien petit, bien silencieux dans le froid qui enserrait les branches nues sous une gangue de gel d'un blanc de cristal. Il courut à la Nolie où Eugène le reçut près de la grande cheminée dont le fronton était constitué par une énorme poutre de chêne, et Pierre se chauffa délicieusement près des landiers de bronze en buvant du vin chaud. Eugène était occupé à faire cuire des grives sur une broche installée au-dessus du foyer. Il expliqua à Pierre qu'en raison du froid, il n'était pas possible de travailler au-dehors, la terre étant gelée depuis trois jours. Alors il passait son temps à la chasse et posait des pièges pour capturer des grives et des merles. Pierre le suivit pendant l'après-midi dans les champs qu'un pâle soleil dégelait, et il retrouva avec un vrai plaisir les sensations de son enfance : le froid mordant sur sa peau, le goût de l'air glacé sur ses lèvres, l'éclat du ciel, l'odeur des feuilles déchues prises par le gel, celle de la terre où subsistaient des nielles d'eau glacée, le long des haies.

Malgré les protestations de sa mère, il retourna à la Nolie tous les jours jusqu'à la veille de Noël. Alors, seulement, il consentit à aider aux préparatifs du réveillon qu'ils prendraient au retour de la messe de minuit, en compagnie des amis proches, invités pour l'occasion. Pierre apprit sans la moindre surprise que les Roquemaure, eux, viendraient déjeuner le jour de Noël, à midi. La veillée avant la messe, la messe elle-même dans la belle église de Lanouaille tout illuminée de ses lustres d'argent, le réveilllon de boudins aux châtaignes et de confits d'oie qui suivit contribuèrent à restituer à Pierre ce qui avait embelli son enfance, et il se laissa porter dans une sorte de bien-être où Paris, quand il y pensait, lui paraissait très loin, comme étranger à ce qui avait toujours été sa vie. Il regretta le temps où il attendait impatiemment le matin pour découvrir ses cadeaux près de la cheminée au manteau de pierre, mais quand il descendit, en milieu de matinée, le parfum des pâtisseries et du chocolat préparés par Maria le rassura : il existait encore des vestiges de son enfance heureuse, tout n'était pas perdu.

Le lendemain, les Roquemaure arrivèrent peu avant midi : le père, la mère et leurs deux enfants, tous apprêtés comme pour une cérémonie. Juliette portait une robe de cretonne bleu nuit, qui rehaussait l'éclat de ses cheveux de jais. Pierre regretta qu'elle ne soit pas assise en face de lui, au cours du repas, mais à côté, et de ne pouvoir la contempler à son aise. De temps en temps, cependant, le bras de Juliette effleurait le sien, et il sentait quelque chose remuer dans son cœur. Ils ne purent guère parler comme ils l'auraient voulu car M. Roquemaure, comme à son habitude, expliquait les difficultés des maîtres de forges d'aujourd'hui. Il se plaignit de la fainéantise de ses ouvriers, de l'impossibilité dans laquelle il se trouvait de réaliser de nouveaux investissements devenus pourtant nécessaires.

Son fils Jules, qui était destiné à lui succéder, intervenait également. Il était aussi disert que son père, et très différent de Juliette. Autant elle était réservée, timide, autant il tenait à exprimer une compétence, un dynamisme que nul ne songeait d'ailleurs à lui contester.

Le repas parut interminable à Pierre qui aurait voulu parler avec Juliette de ses études, et de bien d'autres choses. Mais ils ne purent s'isoler comme ils l'auraient souhaité, car il n'était pas question, à l'inverse de l'été dernier, de sortir, à cause du froid. Ils eurent quand même l'opportunité d'échanger quelques mots au cours de l'après-midi, quand les hommes jouèrent aux cartes. Pas longtemps, car la mère de Juliette vint s'installer près d'eux, au grand désespoir de Pierre. Juliette étant cette fois assise face à lui, leurs regards réussirent à exprimer ce qu'ils ne pouvaient se dire.

Les Roquemaure repartirent très tôt à cause de la nuit qui, en cette saison et avec ce ciel bas, tombait dès 5 heures. Pierre garda précieusement en lui ce parfum de violette qui se dégageait des cheveux et des mains de Juliette. Il revint à plusieurs reprises à la Nolie avant de prendre le chemin du retour pour Paris. Le train, à cette époque, mettait dix heures pour gagner la capitale. Une journée, en fait, que Pierre passait dans la rêverie et les souvenirs des vacances, pas pressé du tout de regagner le boulevard Saint-Germain, le lycée, l'agitation des rues, un monde auquel il s'était habitué par la force des choses. La vie reprit son cours, les études également qui rythmaient les semaines et les mois, toujours entrecoupés de vacances à Lanouaille.

Il y eut de nouveaux printemps, des étés superbes sur les rives de la Loue et de l'Auvézère. Chaque fois Juliette était plus présente, plus proche, se laissait aller à des confidences, en réponse aux siennes. Elle l'enviait de vivre à Paris, ce qui l'étonnait beaucoup, sachant son attachement à Ladignac, à la forge, à l'Auvézère. En fait, elle voulait simplement indiquer par là qu'elle aimait les lieux où il vivait mais n'osait pas l'exprimer clairement. Lui, quand il parlait d'avenir, disait parfois « nous », au lieu de « je », et il retenait un instant son souffle, craignant qu'elle ne s'en étonne, ce qui ne se produisait jamais.

Un été, enfin, alors qu'ils se trouvaient comme à leur habitude sous les aulnes de la rivière, il osa lui poser la question qu'elle espérait depuis longtemps :

– Juliette, est-ce que vous accepteriez de vivre avec moi plus tard ?

– Je ne pense qu'à ça, Pierre, répondit-elle.

Et elle ajouta, fixant sur lui ses yeux dont le noir s'était adouci :

– Depuis toujours.

C'était à la mi-septembre de l'année 1908. Encouragé par ses professeurs et par son oncle Philippe qui, n'ayant pas d'enfant, s'intéressait de près aux études de son neveu, Pierre allait rentrer au lycée Lakanal pour y préparer l'École normale supérieure de la rue d'Ulm. Il s'y était résolu parce qu'il avait pris goût à l'enseignement dispensé par ses professeurs, en imaginant également qu'il pourrait ainsi plus facilement obtenir un poste de professeur dans la région de son choix, et que, de cette manière, il aurait suffisamment de vacances pour passer le plus de temps possible à la Nolie. Quelquefois, cependant, son rêve de vivre en permanence sur la métairie lui paraissait encore possible. Il se référait au poète Francis Jammes qu'il admirait parce qu'il vivait sur ses terres d'Orthez, après des études à Bordeaux, et poursuivait là-bas une carrière littéraire, remarqué qu'il avait été par Mallarmé et Henri de Régnier. Et puis Pierre pensait à Juliette et convenait en lui-même qu'elle serait plus heureuse à Périgueux ou à Bordeaux, que la Nolie était bien petite pour elle, et que pour elle, précisément, il pourrait renoncer à son rêve insensé.

Les deux années de lettres supérieures qu'il effectua au lycée Lakanal lui donnèrent toute la satisfaction qu'il en espérait. Ses professeurs relevaient la finesse de son esprit, la justesse de ses vues, sa facilité à analyser la profondeur des textes des plus grands écrivains français. Pierre s'intéressait beaucoup au symbolisme qui avait triomphé du Parnasse, à Paris, dans les milieux littéraires. Il passait de Baudelaire à Mallarmé, de Verlaine à Rimbaud, de Claudel à Péguy, à qui il osa un jour demander par lettre un rendez-vous rue de la Sorbonne. Le petit homme à lunettes et à col dur, qui parut à Pierre très fragile, le reçut très gentiment et lui conseilla d'écrire. Mais Pierre possédait trop d'humilité pour cela. Il se contenta de s'abonner à diverses revues, dont celle de Péguy lui-même, *Les Cahiers de la quinzaine*, qui faisaient la part belle aux jeunes poètes, mais aussi à des romanciers comme Romain Rolland, Maurice Barrès, d'autres encore, qui cherchaient à concilier la foi, la grandeur de la France, et une certaine solidarité entre les hommes.

Quand il se sentait trop loin de Lanouaille, il se répétait, fermant les yeux, les vers de Rimbaud : « *J'ai embrassé l'aube d'été. Rien ne bougeait encore au front des palais* » ; ou encore ceux de son cher Francis Jammes qui le renvoyait délicieusement vers la paix des longs jours, en Périgord, « *de l'angélus de l'aube à l'angélus du soir* », et c'était comme si la verdure de là-bas recouvrait Paris, les toits, sa chambre aux murs désespérément nus.

De retour à Lanouaille, il délaissait quelquefois la Nolie et passait plus de temps à Ladignac, dans le creux d'ombre et de verdure, au secret de leur cœur et de leurs pensées, près de Juliette. Cette assiduité émut les parents de la jeune fille qui exigèrent des fiançailles, prétextant la réputation de leur fille à défendre, les règles de la bienséance, le savoir-vivre, l'intérêt de ces « chers enfants ». Nul ne songea à s'y opposer : ni les parents de Pierre, ni Pierre évidemment, qui n'en espérait pas tant, ou pas si vite, mais qui comprenait qu'un pacte tacite trouvait ici sa conclusion. Juliette donna son accord sans se départir de sa réserve, sinon le soir venu, alors qu'ils faisaient quelques pas le long de la rivière, en se laissant embrasser pour la première fois – il ne put jamais se souvenir lequel des deux avait levé son visage vers l'autre, puis l'avait approché, lèvres ouvertes, mais il garda longtemps en lui cette chaleur, cette douceur dont il avait été comblé pendant dix secondes éternelles.

Les fiançailles eurent lieu au château, l'été de l'année 1910, alors que Pierre venait d'être reçu au concours d'entrée de l'École normale supérieure de la rue d'Ulm. Elles furent à la mesure de ce succès, de ce prestige, dans une région où le salut, la réussite avaient toujours été enclos dans les limites du département. Elles durèrent deux jours, réunirent une centaine d'invités, parents, amis, relations, à l'occasion de festins et de danses dans la cour intérieure du château, à l'abri des deux tours, tandis qu'un orchestre de violons jouait sur la terrasse et que le parfum des buis se mêlait à celui des femmes, des plats et des vins venus du Bordelais.

À l'issue de ces fiançailles, Juliette s'ouvrit davantage à lui. Elle ne se contenta pas de répondre à ses questions, mais elle livra à Pierre quelques confidences sur ce qu'elle éprouvait réellement pour lui, sur ce qu'elle espérait de leur vie future, et elle se laissa aller dans ses bras, au cours de leurs moments de solitude, sachant qu'ils auraient besoin de ce souvenir lorsqu'il serait reparti à Paris – il n'était pas question qu'elle le suive avant leur mariage.

Pierre n'avait pas vraiment mesuré combien cette séparation serait douloureuse et il songea un moment à renoncer, à regagner Lanouaille, à s'installer au pays, pour vivre à la Nolie avec Juliette. Ce projet ne rencontra que des cris d'indignation de la part des deux familles. Comment ? Renoncer à une carrière prestigieuse pour vivre dans une métairie ? Arrêter brusquement après tant d'efforts consentis ? Et tout cet argent dépensé pour rien ? Tous ces espoirs évanouis ? Comme il insistait, on s'en remit à Juliette qui lui dit un soir, alors qu'ils marchaient le long de l'Auvézère :

– Nous avons vécu séparés pendant si longtemps que nous pouvons bien continuer jusqu'à la fin de tes études.

Et elle ajouta, en se serrant contre lui :

– Mais pas un jour de plus. Pas plus que toi, je ne pourrais le supporter.

Il repartit donc, s'efforça de travailler du mieux possible pour ne pas retarder le mariage, même s'il devait encore, au terme de ses études, accomplir son service militaire. Heureusement, il y avait les vacances, Lanouaille, l'Auvézère, le château, où il retrouvait Juliette qui l'aidait à rédiger son mémoire sur « Le réalisme dans les romans de Flaubert ». Mémoire qui fut reçu avec les félicitations du jury ; mais il restait encore une année d'études avant l'agrégation. Ce fut l'année la plus pénible, celle où Pierre, à plusieurs reprises, faillit reprendre le train, non pas pour renoncer cette fois – il était trop près du but – mais pour revoir le Périgord, sentir la présence de celle qui lui manquait tant, ne fût-ce qu'une heure, qu'un instant, comme ce matin où elle lui paraissait aussi lointaine qu'elle l'était alors.

Juliette sortit sur la terrasse pour aller à la rencontre de Mérillou, le régisseur, qui venait aux nouvelles comme chaque matin. C'était un homme fatigué, que la soixantaine avait courbé, dont les cheveux noirs, très longs, dépassaient d'un large chapeau à la couleur indéfinissable tant il avait subi d'intempéries. En arrivant devant Juliette, il se décoiffa rapidement et dit, de sa voix éraillée par le mauvais tabac :

– Le bonjour, Madame Juliette.

– Bonjour Mérillou.

Il restait en bas des marches de la terrasse, intimidé malgré son âge par cette femme qu'il avait pourtant connue tout enfant.

– Alors ? fit-il.

– Ça ne devrait plus tarder maintenant, répondit Juliette. Une question de jours ou de semaines.

– Enfin ! Il est grand temps. Les femmes n'en peuvent plus, vous savez.

Juliette connaissait personnellement toutes celles de la réserve et des métairies du domaine. Elle savait où se trouvaient celles qui avaient le plus de difficultés en l'absence d'homme, d'autant que Mérillou la tenait au courant de tout.

– Il faudrait aller à la Durantie. Le petit est malade et Louisa ne sait plus que faire.

– J'irai cet après-midi, promit Juliette.

– À la Fondial aussi. Là, c'est le père qui est couché. Depuis la mort des deux fils, il a perdu la tête.

– Je sais, dit Juliette. Merci, Mérillou.

Il ne partait pas, hésitait, demandait encore :

– Vous pensez que ça va finir vraiment ?

– Oui, je le crois.

– Il le faut, Madame Juliette. Vraiment, il le faut, vous savez.

En regardant s'éloigner le régisseur, Juliette frissonna dans l'humidité froide de ce 11 novembre. Elle observa un moment la cour gravillonnée quasiment déserte, où ne subsistait rien de l'agitation fébrile qui était celle des premiers jours de fonte avant la guerre, puis elle soupira et rentra en hâte. Son père déjeunait dans la salle à manger, que le feu de bois dans la grande cheminée n'avait pas encore réchauffée. Elle le considéra un instant en silence et il leva sur elle des yeux morts, sans la moindre énergie.

– Allons ! père, dit-elle doucement, il ne faut pas se laisser aller comme ça.

Il ne répondit pas et elle se demanda s'il l'avait entendue.

– J'irai à la Durantie cet après-midi. Venez donc avec moi, ça vous changera les idées.

Le maître de forges fit un signe négatif de la tête sans prononcer le moindre mot. Juliette soupira, attendit quelques instants une réaction qui ne vint pas, puis elle monta voir son fils que surveillait sa mère. À son entrée, Julien, qui jouait sur le parquet, leva la tête et lui sourit. Il se redressa sur ses petites jambes et lui tendit les bras. À deux ans et demi passés, il était plein de vie, il fallait le surveiller sans cesse. Elle le prit dans ses bras et annonça à sa mère qui, assise dans un fauteuil, lisait distraitement :

– Je le sors pendant quelques minutes.

– Il fait froid. Habille-le bien.

Elle passa un manteau à son fils, descendit, aperçut son père devant la grande cheminée, qui tisonnait le feu et qui ne se retourna pas. Elle gagna la grande cour au bas de la terrasse, s'étonnant comme chaque fois de la trouver déserte alors qu'elle avait été si vivante, si encombrée, d'hommes, de femmes, de voitures, de rires, de gaieté, d'une vie si riche, si pleine, que l'on n'eût jamais imaginé qu'elle pût un jour se tarir, s'éteindre de la sorte. Elle frissonna à nouveau, se sentit mal tout à coup, et pour combattre cette sensation désagréable, elle dit à Julien :

– Ton papa va revenir bientôt.

Comme il la considérait gravement, sans paraître comprendre, elle ajouta :

– La guerre va finir. C'est sûr, tu sais, dans quelques jours il sera là.

Julien rit, battit des mains, et répéta :

– Papa venir. Papa venir.

– Oui. Demain. Bientôt.

Elle le posa à terre pour le laisser courir, s'assit sur un banc entre deux bouquets de buis dont le parfum avait, chaque fois qu'elle s'en approchait, le pouvoir de la renvoyer vers le passé. Fermant les yeux, elle se souvint de ces magnifiques fiançailles avec Pierre à la fin de l'été 1910, des violons sur la terrasse, là-bas, face à elle, et la même musique pénétra en elle, chaude, mélancolique, mais si vivante que de nouveau un frisson lui vint. À la fin du repas, vers minuit, elle était sortie avec Pierre et ils s'étaient assis sur ce même banc, regardant les lumières de la fête dans la grande salle du château, écoutant sans parler la musique qui paraissait parcourir la nuit d'étoile en étoile. Elle avait appuyé sa tête sur l'épaule de Pierre qui avait refermé son bras sur elle, et elle avait songé qu'elle vivait ce soir-là l'aboutissement de tous ses rêves.

C'était quatre ans avant la catastrophe que nul ne devinait. Il y avait seulement, cette nuit-là, la présence caressante d'un vent encore chaud qui portait sur lui tous les parfums de l'été. Il y avait la musique et les lumières des lustres, celle des lanternes disposées dans les arbres autour de la grande cour, celle des cuivres et des miroirs, enfin, qui jetaient des éclats chauds à travers les vitres. Le ciel poudré d'étoiles scintillantes semblait se pencher au-dessus du château pour mieux l'illuminer. De ces si belles fiançailles Juliette avait gardé le souvenir infiniment heureux, comme si une voix en elle soufflait qu'il n'y aurait jamais rien de plus beau dans sa vie.

De fait, Pierre était reparti pour Paris, mais alors elle pouvait officiellement recevoir des lettres de lui. Elle les avait toutes gardées, dans le tiroir de droite de son bureau-secrétaire, et elle les relisait de temps en temps, surtout le soir, avant de s'endormir dans cette solitude qu'elle avait appris à connaître très tôt. Il avait des mots, des expressions qui n'appartenaient qu'à lui, et qu'elle se répétait comme l'on savoure une friandise : « Mon aimée, lorsque je pense à toi le monde s'ensoleille. » Ou encore : « Chaque seconde qui coule loin de toi est comme un grain de blé de nos moissons : elle porte l'espoir du pain chaud, dont tu as le parfum, sur ta peau. »

Trois ans encore avaient passé, heureusement entrecoupés par des vacances, et Pierre avait failli renoncer. Plus que ses parents, c'était elle-même qui l'avait poussé à continuer vers cette agrégation qui devait sanctionner la fin de ses études et autoriser leur mariage, enfin, durant l'été 1913, un mariage qui avait été aussi beau, aussi lumineux que leurs fiançailles. Enfin elle avait pu passer une nuit dans les bras de Pierre. Rien ne l'avait surprise. Tout avait été aussi beau que ce qu'elle avait imaginé. Elle savait tout d'eux-mêmes depuis longtemps. Elle avait quitté le château pour aller vivre avec son mari, comme il se devait, et elle avait été heureuse d'échapper enfin à la tutelle tyrannique de son père.

Ils avaient vécu quelque temps à Lanouaille dans la maison des Desforest, puis avaient décidé de s'installer à la Nolie avant le départ de Pierre au service militaire, dans la métairie au milieu des champs et des bois. Il avait fait un temps magnifique, sans ces orages qui rôdent généralement à la fin de l'été, et qui éclatent alors que l'on ne s'y attend plus. Pierre lui avait fait découvrir la Loue, mais elle avait continué à préférer l'Auvézère.

Solange Malaurie leur portait à manger, ils n'avaient eu d'autre souci que de s'aimer, de partager les secondes et les heures, de profiter totalement de ces moments bénis qui leur étaient enfin accordés. Et comme elle avait détesté cet orage qui avait éclaté lors de leur dernière nuit avant le départ de Pierre ! Quelle menace contenait-il ? Pourquoi tant de bruit, tant de fracas à l'orée de cette séparation ? Elle n'avait pas osé s'en ouvrir à Pierre, craignant qu'il ne confirme un mauvais pressentiment. Elle ne l'avait pas accompagné à la gare, mais seulement à Lanouaille, où elle allait vivre, en l'attendant, dans la maison de ses beaux-parents. Dure épreuve dont elle n'avait pas tout à fait mesuré les conséquences : en effet, autant son beau-père était un homme aimable, toujours de bonne humeur, autant sa belle-mère veillait jalousement sur ses prérogatives de maîtresse de maison. Au demeurant Juliette ne songeait nullement à les contester, mais sa seule présence suffisait à rendre agressive cette femme, et la vie s'avérait bien différente de celle qu'elle avait imaginée.

Avec l'autorisation de Pierre, elle revint donc à la Nolie où là, au moins, elle retrouva les traces de sa présence, le souvenir intact de leurs découvertes d'eux-mêmes, de leur bonheur, même s'il avait été bref. Sa solitude la délivrait enfin de l'autorité d'une femme avec qui, manifestement, elle ne pouvait pas s'entendre. Pourtant, dès le début de l'hiver, cette solitude fut trop lourde à porter et elle regagna le château de ses parents, malgré ce que ce retour représentait pour elle de renoncement, au grand soulagement de son père qui ne fit aucune difficulté et, au contraire, cria victoire. Elle était bien décidée à revenir vivre à la Nolie avec Pierre dès qu'il serait de retour, en attendant d'aller s'installer à Périgueux ou à Bordeaux, ainsi qu'ils en avaient fait le projet. Au château, hélas, elle attendit Pierre vainement. Il n'obtint pas de permission car il se trouvait en manœuvres sur le plateau de Millevaches, alors qu'elle avait tant espéré passer la nuit de Noël près de lui, devant la cheminée de la Nolie. Et il avait fait si froid, mon Dieu, cet hiver-là ! Si froid qu'elle en avait tremblé jusque dans son cœur, comme ce matin, sur ce banc qui avait été celui du bonheur, mais sur lequel elle ne parvenait décidément pas à se réchauffer.

Des bruits de pas, de terre éboulée, de souffle court jaillirent près de l'entonnoir où se trouvait Pierre. Un homme se laissa couler dans le trou, demeura un instant face au ciel, le temps de reprendre sa respiration, sous les yeux des trois hommes soulagés qui l'avaient reconnu : c'était Vignaud, un des agents de liaison de la compagnie. Il souriait, se mit à étreindre Pelletier en criant :

– C'est fini, les gars ! C'est fini !

– Comment ça, fini ? fit le lieutenant Desforest.

– C'est signé ! cria Vignaud, en riant et pleurant à la fois.

Et il ajouta, comme les trois hommes le dévisageaient, éberlués :

– L'Armistice ! À 11 heures ! C'est fini ! C'est signé !

Et il hurla, encore plus fort :

– La guerre est finie ! On va rentrer chez nous !

Sa voix était à moitié couverte par les mitrailleuses ennemies, si bien que les trois hommes hésitaient à comprendre ces mots que l'agent de liaison, les yeux pleins de larmes, bredouillait maintenant, en serrant les mains de Pierre Desforest :

– Les consignes sont les suivantes : dès que le clairon aura sonné le cessez-le-feu, les hommes devront accrocher leur mouchoir au bout de leur fusil et chanter *La Marseillaise.* Méfiez-vous quand même, l'ennemi qui est devant vous peut ne pas être prévenu à temps, surtout les tirailleurs. Une dernière chose : il est interdit de fraterniser avec eux.

Et il répéta, d'une voix éteinte maintenant, comme s'il était subitement à bout de forces, en essuyant ses yeux :

– C'est fini, les gars, c'est fini.

Et, sans même que les trois hommes puissent l'interroger davantage, il se lança en gémissant de fatigue et d'émotion vers le haut de l'entonnoir pour porter plus loin la nouvelle.

Pierre Desforest, Ludovic Rouvière et Jean Pelletier tremblaient, incapables de faire un geste. Et tout à coup, ils se jetèrent les uns sur les autres, se serrant à s'étouffer, se palpant comme pour vérifier qu'ils étaient bien vivants, se donnant des coups, riant eux aussi, et pleurant en même temps, sauf le sergent Rouvière dont les yeux restaient secs mais dont les mains, les bras serraient le plus fort.

– Mon lieutenant, mon lieutenant ! répétait Pelletier.

– C'est signé, enfin, c'est signé ! balbutiait Pierre Desforest, je n'arrive pas à le croire.

Ils ne cherchaient pas à se séparer, demeuraient enlacés, répétant les mêmes mots dérisoires, pas très sûrs, encore, que cette guerre fût terminée, et pourtant submergés par un espoir immense, un peu fou, trop grand pour être assimilé si vite. Le sergent Rouvière fut le premier à se détacher des autres et à reprendre son outil.

– Qu'est-ce que tu fais ? demanda Pierre Desforest. C'est plus la peine à présent.

– Encore deux heures à tenir. Ce serait trop bête d'y rester maintenant. Allez, Pelletier, aide-moi !

Mais Jean Pelletier ne pouvait pas aider le sergent. Il s'était couché sur le dos, les yeux grands ouverts, et murmurait des mots à peine compréhensibles parmi lesquels revenait le nom de Marie. Le lieutenant Desforest était très pâle, ses yeux embués paraissaient plus clairs encore.

– Ils auraient pu ordonner le repli en même temps, maugréa le sergent. Mais non, jusqu'au dernier moment ils joueront avec notre peau.

– Allons ! dit le lieutenant. Ne t'énerve pas.

À ce moment-là, un obus de 120 siffla au-dessus d'eux et éclata un peu en contrebas. D'un même mouvement ils s'étaient jetés au fond du trou, les uns sur les autres.

– Toujours bien au sec, là-bas, dans leur bureau, maugréa Rouvière. Ils ont signé, ils ont fini leur journée.

– Voyons ! fit le lieutenant Desforest, pense plutôt que tu vas rentrer chez toi.

– J'y penserai après 11 heures.

– Moi j'y pense, fit Pelletier. Vous croyez que ça prendra longtemps, mon lieutenant ?

– Trois ou quatre jours. Huit au plus.

– Moi je pourrai pas attendre, fit Pelletier. D'ailleurs, y a aucune raison d'attendre : puisque c'est fini, je m'en vais.

Et avant que les deux autres aient eu le temps de réagir, Jean Pelletier se mit à grimper vers la lèvre de l'entonnoir. Il fallut toute la vitesse de réaction du sergent pour pouvoir l'agripper par ses molletières juste avant qu'il n'atteigne son but. Les deux hommes roulèrent jusqu'en bas, et Jean Pelletier resta couché au fond, murmurant : « Marie, Marie. »

– Aide-moi ! dit le sergent Rouvière à Pierre Desforest.

Ils parvinrent à hisser au-dessus de leurs têtes deux sacs pleins de terre et à les caler tant bien que mal dans une petite marche qu'avait creusée le sergent. Puis ils installèrent le soldat Pelletier entre eux, le tenant chacun par un bras, et l'attente recommença, même si ce n'était plus la même : dans un peu plus de deux heures ils seraient sauvés.

Plus que la joie, Ludovic Rouvière sentait bouillonner en lui la colère : l'état-major avait signé l'Armistice mais n'avait pas donné l'ordre de repli. Les obus tombaient toujours, à intervalles réguliers, et le sergent ne parvenait pas à se satisfaire de cette incroyable nouvelle, trop longtemps espérée. Il était trop dur, s'était trop protégé, s'interdisant même d'espérer, pour être heureux à cette heure, comme il aurait dû l'être. C'est cette dureté qui avait toujours étonné ses semblables. On ne savait qui il était. Seul lui le savait, mais il le cachait bien. Pourtant, ce matin, l'idée de partir bientôt, de rentrer chez lui, lui fit penser au temps où, une fois par mois, après l'enfermement de la pension, il prenait le train pour Narbonne, retrouvait Rose et son frère pour quelques heures. En hiver, André Vigouroux ne descendait pas de Tuchan. Ludovic déjeunait alors seul face à Rose qui changeait à vue d'œil. Elle dépérissait. Elle allait mourir. Il l'avait compris, mais en même temps il savait qu'il n'y pouvait rien, sinon lui donner ces quelques heures de présence et d'amour qui ne faisaient qu'alimenter le poison de sa solitude.

Il ne remontait plus au mas. Pendant les vacances, il s'engageait chez un barquier comme manœuvre, celui-là même qui l'avait emmené la première fois. L'homme avait compris qu'il pouvait compter sur cet énergumène dont les yeux ne cillaient jamais, et dont les mains trahissaient la pratique des travaux de force. Il lui donnait cinq francs par semaine : c'était Byzance. Ludovic gagnait assez désormais pour faire face à ses dépenses personnelles, ses envies de livres, les bourses couvrant le reste.

Dix-huit mois après l'entrée de son protégé à l'École normale de Carcassonne, Rose mourut. Ce fut pour Ludovic la première grave blessure de sa vie, mais il fit face. Prévenu par André, il quitta

Carcassonne pour les funérailles, malgré le refus du directeur de le libérer. Là, il accompagna Rose au cimetière, près de son maître et de quelques personnes de l'étude de notaire où elle travaillait, puis il serra André dans ses bras et repartit vers Carcassonne où, convoqué chez le directeur, il fut exclu pour trois jours.

– À la prochaine insubordination, ce sera l'exclusion définitive, décréta l'homme au col dur.

– Il n'y en aura pas d'autre, répondit Ludovic d'une voix qui ne tremblait pas.

Pourtant, il souffrit cruellement de la disparition de Rose, se soigna comme les loups solitaires qui lèchent leur blessure. Lui, il s'efforçait de guérir par une pensée fidèle, parlait à Rose mentalement, la remerciait chaque jour. Au matin, il était le premier debout, faisait sa toilette torse nu près des lavabos collectifs qui donnaient une eau glacée été comme hiver, puis il se jetait dans les études avec le sérieux, la conviction dont il avait toujours fait preuve. Il n'était pas le premier de sa promotion mais il figurait toujours dans les cinq meilleurs.

Il se voulait réfractaire au patriotisme prôné lors de chaque cours par des professeurs chargés de préparer les esprits à la « Revanche », c'est-à-dire la reprise de l'Alsace et de la Lorraine, mais, malgré lui, il était imprégné peu à peu par les discours destinés aux futurs hussards de la République. Au reste, son origine terrienne ne le laissait pas insensible à « l'occupation du sol », même s'il demeurait hostile envers les influences extérieures à sa région, comme si son atavisme réveillait en lui des réflexes de résistance contre tout ce qui venait d'ailleurs.

Les trois années qu'il passa dans les bâtiments austères de la route de Montréal furent des années de travail assidu, que seule la disparition de Rose obscurcit. Il ne lia aucune véritable amitié avec ses camarades de promotion, même avec ceux qui étaient, comme lui, d'origine paysanne : ils venaient des plaines et non pas des collines, n'avaient jamais vécu solitaires comme lui, n'avaient pas connu la même âpreté de l'existence.

Après son succès à l'examen, le dernier jour avant le départ, le directeur le convoqua dans son bureau et lui tendit une main que Ludovic refusa.

– Je ne pouvais pas faire autrement, plaida l'homme au col dur, en évoquant la sanction qu'il lui avait infligée lors des obsèques de Rose.

– On peut toujours faire autrement, répliqua Ludovic avant de tourner les talons.

Il quitta le chef-lieu sans regret, s'attarda seulement près de la Cité dont les murs l'émouvaient. Il l'avait visitée à plusieurs reprises, errant dans les ruelles où il lui semblait entendre les sabots des chevaux qui les hantaient jadis, le cliquetis des armes portées par des ancêtres qui, peut-être, imaginait-il, étaient descendus des collines pour défendre leur liberté.

Sa première visite fut pour André Vigouroux qui venait de prendre sa retraite et habitait l'appartement de famille où avait vécu sa sœur à Narbonne. C'est là, en compagnie de cet homme généreux, que Ludovic attendit non pas sa nomination de maître d'école, mais sa feuille de route pour le service militaire. Ils eurent de longues conversations au cours desquelles Rose n'apparaissait jamais. Ils y pensaient sans cesse mais ne pouvaient en parler, la douleur de sa disparition ne s'étant pas estompée. André évoquait plutôt l'école de Tuchan, donnait des conseils à Ludovic sur la manière d'aborder les enfants, de convaincre les parents. Il l'entretenait de cas précis, de difficultés surmontées après bien des efforts, de la beauté de ce magnifique métier. Les quatre semaines qu'il vécut là, dans la compagnie de son maître, furent précieuses à Ludovic. Quand ils se séparèrent, à la fin du mois de juillet, André l'embrassa.

– Passe me voir quand tu auras une permission, dit-il.

Il y avait là, dans ces quelques mots une prière, mais elle était inutile. Ludovic comptait bien revenir à Narbonne chaque fois qu'il en aurait l'occasion.

Avant de rejoindre son affectation, il monta au mas pour dire au revoir à ses parents, décela en eux de la rancune, mais n'en fut pas surpris. Son frère n'était toujours pas marié et se montrait amer. Son père, vieillissant, acceptait mal les douleurs de son corps et les limites qu'elles lui imposaient. Sa mère, seule, lui témoigna un peu d'égard, probablement parce qu'elle avait compris que son enfant avait été capable de vaincre un destin dont, au fond d'elle, elle souffrait. Au reste, elle n'oubliait pas que c'était elle qui avait emporté la décision au moment de le laisser partir, et ses succès lui donnaient raison vis-à-vis de son mari dont l'autorité ancestrale, au bout du compte, lui pesait. Le souvenir de Rose effaçait vite l'image de cette mère si dure. Ludovic était aujourd'hui tout entier habité par celle qui avait éveillé en lui tant d'échos secrets. Deux ans encore le séparaient de Louise. Il l'attendait sans le savoir.

– Qu'est-ce que vous ferez, en arrivant chez vous ? demanda brusquement le soldat Pelletier au sergent.

– J'y penserai quand on sera sortis de ce trou, répondit Rouvière.

– Et vous, mon lieutenant ?

Pierre Desforest eut un long soupir, puis répondit :

– Je ferai un grand feu dans la cheminée, et je passerai l'hiver devant le foyer avec ma femme et mon fils. J'aurai chaud enfin, je ne ferai rien, je lirai Francis Jammes et Rimbaud, je mangerai des confits de canard, des châtaignes grillées, des omelettes aux cèpes, je dormirai dans des draps, j'essaierai d'oublier.

– On ne pourra jamais oublier, fit Rouvière.

– Moi, fit Pelletier, comme s'il n'avait pas entendu le sergent, je les emmènerai à Nogent, tous, ma femme et mes deux fils, et je les prendrai dans mes bras et on dansera tous les quatre.

– Ça va être l'hiver, mon pauvre, fit Rouvière, y aura pas grand monde à Nogent.

– M'en fous, dit Pelletier, je les emmènerai quand même.

Il y eut un instant de silence, entre deux rafales de mitrailleuse, puis le lieutenant Desforest demanda au sergent :

– Tu veux pas nous dire ce que tu feras, toi, les premiers jours ?

Le sergent hésita, puis il murmura comme pour lui-même :

– Je me lèverai tôt, comme avant. Je descendrai allumer les poêles avec Louise, puis on remontera pour déjeuner, face à face, et les enfants dormiront dans la chambre, à côté, pendant que nous boirons le café.

– Allons, sergent, vous aurez bien droit à des congés tout de même ! fit Jean Pelletier.

– Les congés, je les prendrai à Noël. Ce qui me tarde, c'est de m'asseoir à mon bureau, remplir les encriers, écrire la date au tableau, retrouver mes gamins.

– Moi aussi, fit Pelletier, mes deux gamins. Ils doivent avoir changé aujourd'hui. Qui sait s'ils me reconnaîtront ? Ça fait tellement longtemps. J'ai l'impression que de toute ma vie je n'ai fait que la guerre.

Et aussitôt, comme pour attester la véracité de ce qu'il venait de dire, il songea à Perpignan lors de son départ au service militaire. Les premiers jours, les manœuvres entreprises dans le massif du Canigou l'avaient un peu délivré de son obsession de savoir Marie seule et du sentiment de culpabilité qu'elle suscitait. L'état d'épuisement dans lequel il rentrait, après trois ou huit jours de marches forcées dans la montagne, le faisait basculer dans un sommeil sans rêves ni tourments. Il ne détestait pas la promiscuité des chambrées dans laquelle il retrouvait plus ou moins celle de l'usine, la solidarité entre ses camarades de la compagnie composée de Marseillais, de Bretons et de Parisiens. La dureté des officiers ne l'ébranlait pas davantage : il avait été habitué depuis l'âge de douze ans à obéir sans se plaindre. Ce qui l'étonnait le plus, en fait, c'était de disposer de tant de repos, lui qui travaillait dix heures par jour, excepté le dimanche. Il trouvait qu'il mangeait bien, n'était pas insensible aux discours revanchards de l'adjudant, n'ayant jamais oublié ceux de son maître d'école.

Non, ce dont il souffrait vraiment, c'était de l'absence de Marie, de l'avoir laissée là-bas, seule et sans défense. Il se rassurait seulement en songeant qu'elle était enceinte et que dans cet état elle apparaissait moins belle, moins séduisante aux hommes de rencontre. Mais après, se disait-il, quand elle aura donné le jour à notre enfant, elle redeviendra la même et de nouveau les hommes la regarderont. Les conversations de chambrée, de surcroît, augmentaient son tourment : il était en effet l'un des seuls à être marié. Les autres, au fil de ces plaisanteries propres aux hommes jeunes, lui demandaient en riant son adresse pour aller consoler sa femme lors d'une permission. Les femmes constituaient d'ailleurs le principal sujet de conversation, comme il est d'usage dans les groupes où la virilité s'exprime par des mots aussi crus qu'indignes de ceux qui les prononcent.

Jean Pelletier souffrit en silence, attendant l'été qui le renverrait vers Marie et vers cet enfant qui allait naître. Il fut convoqué dans le bureau de l'adjudant le 10 juillet : un fils lui était né la veille. Il disposait donc de trente-six heures de permission, y compris les délais de route. Dès qu'il eut salué le planton, il courut vers la gare où il arriva juste à temps pour prendre le premier train de nuit vers Paris, via Toulouse. Il dormit tant bien que mal dans le wagon de troisième classe, couché par terre, la tête reposant sur son sac, mais le trajet lui parut moins long que lors de son premier voyage vers Perpignan.

Dès qu'il arriva, il courut le long du quai Saint-Bernard vers le pont Sully, le traversa, tourna à gauche, puis à droite, et s'engouffra, toujours courant, dans la rue Saint-Paul. Un quart d'heure lui avait suffi pour relier la gare et le logement où l'attendaient Marie et son fils Louis.

Il la trouva couchée, mais souriante. Elle donnait le sein à une petite boule coiffée d'un bonnet blanc, tandis que sa mère s'affairait dans la pièce. Jean s'assit dans le lit à côté de Marie, incapable de prononcer un mot, fasciné par cet enfant dont il avait du mal à croire qu'il était le sien. Une fois la mère de Marie partie, il put serrer sa femme dans ses bras, lui arrachant une grimace.

– Prends plutôt ton fils, lui dit-elle, tandis qu'il s'écartait, inquiet de lui avoir fait mal.

Il se saisit maladroitement de la boule emmaillotée de blanc, regretta de ne pas voir les yeux qui demeuraient clos, mais il fut émerveillé par le sourire que le petit, repu, esquissa, comme s'il se trouvait en sécurité dans ces bras qui le tenaient pour la première fois.

– N'est-il pas beau ? demanda Marie.

– Il est très beau, fit-il, mais de quelle couleur sont ses yeux ?

– Gris, dit-elle, comme les miens.

Et elle ajouta, comme il ne savait que faire de l'enfant qui gémissait d'aise :

– Tu peux le coucher à côté de moi, et venir de l'autre côté, si tu veux. Mais déshabille-toi avant, tes vêtements sentent mauvais.

Il se hâta de la rejoindre, prit sa tête contre son épaule, caressa la peau, toujours aussi blanche, de son bras, se sentit revivre, soudain, après tant de jours sans elle. Il la trouvait pâle, fatiguée, mais cette fatigue ne faisait qu'ajouter à sa fragilité apparente et l'émouvait davantage. Il lui demanda de lui raconter tout ce qui s'était passé en son absence, et il trouva qu'elle s'était plutôt bien débrouillée seule, ce qui l'apaisa. Il lui expliqua à son tour comment il vivait à la caserne : les manœuvres, les prises d'armes, les saluts au drapeau, le réfectoire, la chambrée, et quand il eut fini, ils purent enfin profiter de ces quelques heures qui leur étaient comptées.

Il ne sortit pas de la journée. Il demeura près de

Marie et de leur fils, fit la cuisine, parla, écouta, s'efforça de ne pas perdre une minute de ce bonheur mesuré.

– Ne retourne pas travailler avant un mois, recommanda-t-il à Marie à plusieurs reprises.

– Quand mon mari n'est pas là, au moins je fais ce que je veux, répondit-elle en se moquant de lui.

La journée passa très vite, si vite qu'au retour, une fois dans le train, il se demanda s'il n'avait pas rêvé. Existaient-ils vraiment, cette femme et cet enfant qu'il avait serrés dans ses bras ? Il n'eut pas le loisir de s'interroger beaucoup au cours des jours qui suivirent, car il repartit aussitôt en manœuvres et le temps se mit à couler sur lui, l'éloignant de la rue Saint-Paul, l'obligeant à se fondre dans de nouvelles habitudes, de nouvelles contraintes, à n'être plus qu'un numéro matricule aux ordres des officiers de sa compagnie, jusqu'à ce matin où, une nouvelle fois, il se demandait si Marie et ses enfants existaient vraiment.

En battant le linge d'un mouvement mécanique, Marie songeait au début de la guerre et se demandait où elle avait trouvé la force, alors, de continuer. Pour sa mère sans doute, mais aussi pour ses deux enfants : celui qui vivait près d'elle, et celui qui vivait en elle. Par ailleurs, les nouvelles de la guerre étaient bonnes, donnant raison à Jean qui avait prédit qu'elle ne durerait pas longtemps. Le mois d'août fut magnifique, avec un soleil qui lui rappela plusieurs fois celui de Nogent. Après les craintes du début, la population parisienne avait retrouvé confiance, et la vie repris un cours presque normal, malgré l'absence des hommes – étaient seulement présents les plus âgés et les plus jeunes. Rares étaient ceux, à Paris, qui avaient entre vingt et quarante ans, mais chaque fois qu'elle en croisait un, Marie se demandait pourquoi il n'était pas parti à la guerre et, sans qu'elle sût bien pourquoi, son cœur se serrait.

Tout allait mieux, en somme, quand, au début de septembre, brutalement, on apprit que le gouvernement avait quitté Paris et que les Allemands se trouvaient à moins de cent kilomètres de la capitale. Que se passait-il ? Une immense panique envahit les rues, que les Parisiens commençaient à quitter à la hâte, comme leur gouvernement. Le lavoir se vida en deux jours. Marie s'affola : comment partir avec sa mère qui ne pouvait pas marcher ? Que devait-elle faire ? Elle écrivit à Jean pour le lui demander mais elle ne savait même pas si sa lettre lui parviendrait. En attendant, quel parti prendre ? On disait que les Allemands tuaient tout le monde, même les enfants. Marie sortait, questionnait la concierge, les femmes de la rue, dont beaucoup se préparaient à fuir. De toute façon, quoi qu'elle décidât, Marie ne possédait ni voiture ni suffisamment d'argent pour quitter la ville. D'ailleurs, où serait-elle allée ? Elle n'avait pas de famille susceptible de la recevoir. Elle se résigna donc, mais entreprit de faire des provisions, pour ne pas avoir à sortir si les Allemands arrivaient jusqu'à Paris.

Elle vécut une semaine d'angoisse que le travail lui-même ne put apaiser, car elle ne trouvait presque plus de linge à laver. Sa voisine du rez-de-chaussée, Mme Gaillard, qui faisait office de concierge pour l'ensemble des immeubles de la cour, lui apprit un soir que les soldats français avaient gagné une bataille sur la Marne et que les Allemands avaient été repoussés : il n'y avait plus de danger qu'ils arrivent jusqu'ici. Marie en fut soulagée et se félicita de n'avoir pas cherché à partir. En quelques jours, elle retrouva un peu de confiance, jusqu'à ce qu'un lundi, vers midi, alors qu'elle prenait son repas en compagnie de sa mère et de son fils, un cri terrible retentît dans l'immeuble de l'autre côté de la cour, figeant leurs gestes, les paralysant sur leur chaise. Le cri monta, monta encore, sembla ne jamais devoir retomber, puis il décrut en une plainte interminable au terme de laquelle, enfin, Marie trouva la force de se lever et de sortir dans la cour.

– C'est Madeleine, la femme du troisième, en face, lui dit Mme Gaillard en l'arrêtant du bras. Je viens de lui porter son courrier : son mari a été tué sur la Marne.

Marie tremblait : le cri était encore en elle, ne la quittait pas. Elle découvrait soudain que cette guerre qui était censée ne pas durer tuait des hommes. Et Jean ? Où se trouvait-il à cette heure ? Était-il mort lui aussi ? Devant son regard affolé, la concierge lui dit :

– Rentrez chez vous, allez, on ne peut rien y faire, malheureusement.

Marie retourna chez elle, expliqua à sa mère ce qui s'était passé tout en continuant de trembler. Sa mère cherchait quelque chose à dire mais ne parvenait pas à prononcer le moindre mot. Plus que la peur, c'était une angoisse folle qui s'était insinuée en Marie qui, en comprenant qu'à partir de ce jour elle devrait vivre avec, songeait en même temps qu'elle ne pourrait pas la supporter. Car le lendemain, à midi, la concierge distribuerait le courrier, et ce serait peut-être elle, Marie, qui crierait de la sorte. Comment vivre avec cette idée dans la tête ? Cela lui parut impossible. Tout comme était impossible de vivre sans travailler. Deux heures suffisaient aujourd'hui pour venir à bout de sa lessive, alors qu'avant la guerre la journée n'y suffisait pas. Marie, ce jour-là, était désespérée, ne savait plus à quoi se raccrocher.

Une lettre de Jean, rassurante, arriva le lendemain matin. Elle voulut croire ce qu'il écrivait : qu'il ne risquait rien là où il se trouvait, que la guerre serait terminée avant la fin de l'année.

Elle en avait besoin, de le croire, sans quoi, avec toutes les difficultés qu'elle rencontrait, où aurait-elle puisé le courage nécessaire pour faire face ?

Heureusement, la vie qui grandissait en elle l'y aidait. Enceinte de quatre mois, maintenant, elle ne pouvait l'oublier un seul instant. Chaque geste, chaque changement de position le lui rappelait. Et bientôt elle ne pourrait plus travailler, ce qui aggraverait ce manque d'argent dont elle se souciait de plus en plus. La concierge, à qui elle avait fait part de son inquiétude, lui apprit qu'elle avait droit à des allocations, qu'elle devait à cet effet s'adresser à la mairie, mais Marie n'en eut pas le courage. Ce qu'elle voulait, c'était travailler, gagner sa vie et celle de ses enfants. Alors Mme Gaillard lui parla d'embauche possible dans une usine d'armement, rue de Lappe. Trop habituée à ne rien demander, à se débrouiller seule, elle hésita un mois avant de s'y rendre, si bien que lorsqu'elle s'y décida, sa grossesse était visible :

– Revenez quand vous aurez accouché, lui dit le responsable, un homme qui affichait une cinquantaine agressive, vaguement méprisante, ce qui suffit à décourager Marie.

Elle n'insista pas, repartit, et se mit à chercher de la lessive dans des quartiers de plus en plus éloignés. Parfois, les femmes avaient pitié d'elle et lui confiaient deux chemises, deux draps, un caraco, mais la plupart du temps Marie revenait les mains vides. Heureusement ses clientes lui étaient restées fidèles, même si, en l'absence de leur mari, elles ne pouvaient lui donner grand-chose à laver.

Elle se rendait alors au lavoir avec une certaine crainte, car elle s'y trouvait seule parfois, avec le gardien dont elle avait si peur.

– Que tu es sotte, lui disait cet homme odieux, laisse-toi donc faire, tu ne risques rien dans l'état où tu es.

Heureusement, il était vieux et elle se sentait plus forte que lui, surtout armée de son battoir. Mais cette menace presque journalière l'ébranlait, s'ajoutait à la maladie de sa mère et aux problèmes quotidiens pour trouver de l'argent. Cette fin d'année 1914 fut bien difficile à vivre, la Noël aussi, en l'absence de Jean. Marie assista à la messe dans l'église Saint-Louis, sans sa mère ni son fils qui toussait et avait de la fièvre. Elle se sentit seule, très seule, insensible aux chants et aux prières qui montaient vers la nef, songeant à son mari si loin, comme tant de femmes qui se demandaient, ce soir-là, si leur époux était encore vivant.

9 heures 15

Les trois hommes ne bougeaient plus, ne parlaient plus, terrés qu'ils étaient sous leur abri de fortune, tandis que les obus tombaient plus dru avec le jour. Cette guerre allait-elle vraiment finir ? Ils n'osaient y croire. Sans doute pour s'en persuader, Jean Pelletier se mit à rêver :

– Je viens de penser à une chose, mon lieutenant.

– Je t'écoute, dit Pierre Desforest en souriant.

– Vous savez, avec Marie, on a souvent regardé les péniches, du haut des ponts. Eh bien, on embarquera et on ira jusqu'à la mer. Je sais qu'elle en a envie depuis longtemps.

– Tu veux dire jusqu'à l'océan.

– La mer ou l'océan c'est pareil. Vous savez, Marie, elle n'a jamais quitté Paris. Alors c'est normal qu'elle ait envie de voir du pays. Pas vrai, mon lieutenant ?

– Bien sûr que c'est normal.

– D'ailleurs, reprit Jean Pelletier, sans la guerre on y serait déjà allés.

Il soupira, ajouta :

– Quand je pense qu'au début on a cru que ça durerait un mois ou deux.

Pierre Desforest ne répondit pas. Il se souvint du jour où il avait fait connaissance avec l'armée, à Limoges. Le père de Juliette avait promis d'intervenir auprès du ministère pour que Pierre fût affecté au plus près de Ladignac. Il fallait pour cela que le mariage eût lieu avant son incorporation. Nul ne doutait qu'il serait reçu à l'agrégation au début de l'été 1913, puisqu'il n'avait jamais failli. Ce fut le cas, aussi, cette fois-là. Ainsi, ils se marièrent au mois d'août, à l'occasion de noces superbes comme on n'en avait pas vu depuis longtemps dans la région, où les violons jouèrent toute la nuit. On compta plus de deux cents invités, amis, parents, relations, qui festoyèrent pendant trois jours au château et dansèrent au bas du perron, entre les buis et les massifs de fleurs dont les parfums, à la tombée de la nuit, les enivraient aussi bien que les vins de Champagne.

Dès le premier jour de leur vie commune, Pierre et Juliette habitèrent à Lanouaille dans la grande maison des Desforest, où trois pièces à l'étage leur avaient été réservées. C'est Juliette qui l'avait voulu ainsi, souhaitant marquer un changement net dans sa vie, couper avec celle d'avant, rejoindre vraiment sa nouvelle famille, donner à Pierre la preuve de son engagement auprès de lui.

Cette fin d'été-là, ils ne devaient jamais l'oublier. Il faisait un temps superbe, et les orages que l'on craignait en cette saison paraissaient éviter la Dordogne, au grand soulagement des paysans. Pierre emmenait Juliette à la Nolie, lui faisait découvrir son domaine, lui avouait qu'il avait longtemps souhaité vivre là, et elle n'en était pas surprise. Elle comprenait qu'il tînt à cette métairie autant qu'elle tenait à la forge et au château, mais c'était avant, au temps où l'on pouvait rêver, et l'essentiel était sans doute aujourd'hui de ne pas trop s'en éloigner. Il lui proposa de demander un poste d'enseignant à Périgueux, dès qu'il aurait terminé son service militaire. En raison de son classement et de ses notes à l'agrégation, il l'obtiendrait sans doute sans difficulté. Ils pourraient ainsi passer toutes leurs vacances à la Nolie, pas très loin du château et de la forge.

Il lui fit découvrir le moulin, les rives de la Loue, mais Juliette continua de préférer celles de l'Auvézère, puisque c'était là qu'ils s'étaient connus. Ils s'enfoncèrent aussi dans les bois de châtaigniers où l'ombre était douce, s'y perdirent, essayant de ne pas penser à la séparation qui les attendait à la mi-septembre. Ils dormirent et s'aimèrent sur des lits de fougères, se baignèrent dans l'eau vive à l'approche des soirs, quand tout se taisait sur la terre et que le ciel, les arbres immobiles semblaient veiller sur leur bonheur un peu trop grand – c'est ce que murmurait Juliette quand ils rentraient vers la Nolie où ils avaient obtenu la permission de s'installer pour les quinze derniers jours précédant le départ de

Pierre. Ainsi, le rêve était devenu réalité. Solange Malaurie leur portait à manger, s'occupait du ménage, veillait sur leur solitude à deux, et Pierre murmurait à l'oreille de Juliette qu'il ne partirait jamais, que leur vie allait s'écouler là entre ces murs épais qui les protégeraient du malheur, de la séparation, de tout ce qui un jour les menacerait.

– Rien ne nous menace, assurait Juliette.

– Non, disait-il. Rien, mais qui sait, un jour ?

Elle ne pouvait l'envisager, s'efforçait de ne penser qu'au présent, se refusait à la nouvelle séparation qui les attendait, et qui finit par arriver, pourtant, à la mi-septembre, au terme de longues journées très chaudes, dans les touffeurs d'un air au parfum de fûtailles et de champignons. Ils dormirent peu au cours de cette dernière nuit, tandis que par la fenêtre ouverte arrivaient des souffles tièdes qui glissaient merveilleusement sur leur peau nue, que l'orage grondait au loin, vers Périgueux, projetant dans le ciel des lueurs fauves et violettes dont l'étrange éclat s'insinuait dans la chambre où ils attendaient le jour.

Il éclata au matin, cet orage, tandis que Pierre déjeunait près de Juliette, et il les accompagna jusqu'à Lanouaille, tonnant au-dessus de la voiture conduite par Philéas Malaurie – Eugène était parti en mai au service à Toulouse. Ils s'efforcèrent de ne pas trop s'attarder, de ne pas trop parler, et d'ailleurs ils s'étaient tout dit pendant la nuit. Pierre avait été affecté à Limoges, au 117e régiment d'infanterie, après l'intervention de son beau-père qui s'y était engagé et avait tenu parole. Il embrassa Juliette en lui dissimulant la peine qu'il avait de la quitter, ne s'attarda pas pour éviter de s'attendrir. Il refusa qu'elle l'accompagne à la gare. Son père l'y conduisit, sous l'orage qui se déchaînait, crépitant dans les arbres, noyant le chemin d'un ruissellement boueux qui emportait les feuilles mortes, comme si, avec elles, il emportait aussi, dans son déchaînement absurde, des vies qui venaient de s'achever.

À son arrivée à Limoges, il avait compris très vite que ses diplômes ne le feraient bénéficier d'aucun privilège, du moins au début. Comme ses camarades, il avait dû passer Noël et le 1er janvier en manœuvres dans le camp de la Courtine, en Creuse, dans la neige et le froid mordant, songeant à Juliette, à la grande cheminée de la Nolie. Il s'épuisa dans d'interminables marches forcées, des maniements de fusil et des présentations d'armes, des saluts au drapeau, des heures d'instruction militaire d'où, heureusement, ses aptitudes exceptionnelles l'aidèrent à sortir en tête de la promotion des sous-officiers.

À partir du moment où il fut nommé sous-lieutenant, sa vie changea. Il dormit dans une chambre isolée, échappa au sort commun de la troupe, put rentrer chaque mois à Lanouaille et retrouver Juliette. Un printemps précoce succéda à l'hiver terrible du plateau, et le mois de juin arriva. Il se trouvait en permission le jour où l'on apprit la nouvelle de l'assassinat de l'archiduc d'Autriche François-Ferdinand par un jeune nationaliste serbe à Sarajevo. Au début, nul au village ne s'en inquiéta, les parents de Pierre pas davantage. Seul Pierre savait : les grandes manœuvres de 1913, le renforcement des armements et des effectifs de tous les pays européens annonçaient une catastrophe. À l'état-major, les officiers croyaient tous à la guerre.

Pierre dissimula soigneusement ses craintes à Juliette et reprit même espoir en juillet quand le président Poincarré refusa d'annuler son voyage en Russie. Il ne put cependant les lui dissimuler, à la fin du mois, lorsque l'Autriche-Hongrie déclara la guerre à la Serbie. D'abord Juliette ne crut pas à la guerre, pas plus d'ailleurs que les gens de Ladignac ou de Lanouaille, mais le tocsin qui annonçait la mobilisation générale, le samedi 1er août, la mit cruellement face à la réalité. Deux jours plus tard, le 3, l'Allemagne, après avoir la veille envahi le Luxembourg et envoyé un ultimatum à la Belgique, déclarait la guerre à la France.

Pierre, qui avait espéré revenir à Lanouaille avant le grand départ, comprit qu'il ne reverrait ni Juliette ni ses parents avant plusieurs semaines. Il en fut déchiré, mais l'enthousiasme général qui avait embrasé l'armée, le mouvement de patriotisme de la troupe et de l'état-major l'emportèrent lui aussi, et il partit avec la conviction qu'il défendrait sa patrie contre l'agresseur, irait jusqu'à Berlin et rentrerait au pays, son devoir accompli, pour y jouir d'une paix véritable et méritée.

L'élan patriotique des premiers jours s'estompa au cours de l'interminable voyage en train vers les Vosges, au terme duquel Pierre monta au front le

6 août. Là, son régiment réussit assez facilement à franchir les cols puis à entrer dans Sarrebourg. Mais ce qui suivit laissa l'armée française désemparée : les canons lourds de l'artillerie allemande se mirent à tonner, provoquant la première hécatombe dans les rangs des régiments pas du tout préparés à subir un tel déluge de feu. Dès qu'ils se turent, les Allemands contre-attaquèrent et refoulèrent les Français vers Nancy, où Pierre entra complètement épuisé, sans se douter que c'était là le début d'une retraite qui s'achèverait seulement sur la Marne. Ils étaient loin, les rêves de victoire !

Ce qui avait le plus heurté Pierre, à ce moment-là, c'était de devoir faire obéir sa compagnie sans pouvoir justifier ce que l'on exigeait d'elle – son lieutenant avait été tué et c'était lui qui le remplaçait. Marcher, marcher, et toujours vers le sud, alors que l'on avait livré bataille avec succès dans les Vosges, demeurait incompréhensible aux hommes et à lui-même. Pourtant, ils avaient suivi le mouvement avec au moins le soulagement de n'être plus exposés aux canons allemands qui avaient fait tant de dégâts dans les rangs des soldats français aux abords de Sarrebourg. Ce qui avait aidé Pierre, au milieu de ce désastre imprévisible, c'était de traverser des champs, des prés, des villages où, en cette fin août 1914, se levaient les odeurs puissantes de la terre encore chaude de l'été. Le soir, en fermant les yeux dans quelque grange pleine de foin, il pensait à la Nolie, échappait pour quelques minutes à l'angoisse, à l'obsession qui le hantaient de laisser son pays, ses terres, ses habitants, à la merci de l'ennemi. Il se demandait si cette retraite s'arrêterait avant le Périgord, imaginait Lanouaille, la forge de Ladignac aux mains des Allemands, s'y refusait de toutes ses forces.

Enfin ils s'arrêtèrent sur une rivière dont son capitaine lui apprit qu'elle était la Marne. Là, il reçut la première lettre de Juliette qui ne paraissait pas très inquiète. Mais elle était datée du 10 août, et il était évident qu'elle n'était pas au courant de ce qui s'était passé. Elle lui demandait de bien faire attention à lui, de ne pas trop s'exposer, l'assurait de son amour et de ses pensées fidèles. Il lui répondit sans donner de détails sur ce qu'il avait vécu, conformément aux instructions de l'état-major qui avait instauré la censure.

Dans un hameau d'où il apercevait l'eau verte de la Marne entre les frondaisons, sa compagnie put reprendre des forces pendant trois jours avant de repartir à l'assaut, sous le feu des mitrailleuses qui la décimèrent en quelques heures. Si bien que le soir venu, Pierre fut étonné d'être encore vivant. Il avait miraculeusement échappé à la mort, et pourtant il ne s'était pas ménagé, fidèle à l'idée qu'il se faisait de sa mission, de ses responsabilités, de son pays à défendre. Mais le destin en avait décidé ainsi : la mort l'avait épargné quand, dans le même temps, elle en avait fauché tant d'autres, parmi ceux qui lui étaient le plus chers.

Il l'apprit par une lettre désespérée de son père, dix jours plus tard, sur l'Aisne où les Allemands, repoussés par un assaut décisif des Français, avaient creusé les premières tranchées : Jérôme, son frère, était mort dans les marais de Saint-Gond le 7 septembre, ainsi qu'Eugène Malaurie. Pierre avait beaucoup pensé à son frère, surtout quand il le savait exposé, mais il avait espéré que Jérôme se trouverait un peu à l'écart des combats. Et aujourd'hui il était mort, comme Eugène avec lequel, jadis, il y avait semblait-il mille ans, Pierre descendait sur les rives de la Loue. Est-ce que tout cela avait existé vraiment ? Non, Pierre ne le croyait plus. Depuis les premiers combats dans les Vosges, il avait pénétré dans un monde qui avait effacé l'autre, le vrai, le seul dans lequel on pouvait être heureux. Aujourd'hui, il vivait dans un univers différent que jamais personne n'eût imaginé avant l'été dernier. Mais le plus insupportable, c'était de comprendre que la guerre allait durer, que beaucoup d'hommes y mourraient, que les illusions du mois d'août avaient laissé place à une réalité dont la folie, la violence avaient fait entrer des hommes paisibles dans une horreur douloureuse à laquelle rien ne les avait préparés.

Avec la mort de son frère, l'idée d'un bonheur possible à l'avenir, chez Pierre, s'écroula. Même la pensée de Juliette qui l'attendait là-bas, au cœur de leur enfance, ne parvenait plus à lui faire croire à l'utilité de ce qui deviendrait, il n'en doutait plus, un sacrifice. Il pensait à toutes ces années d'efforts loin de la Nolie, les regrettait : s'il avait su ce qui l'attendait, il en aurait profité autrement. Jamais il n'aurait accepté de partir pour Paris, au contraire :

il aurait vécu de manière à ne jamais concevoir de regrets, à épuiser tous les menus plaisirs qui, aujourd'hui, lui paraissaient inaccessibles, définitivement perdus. Désormais, la douleur était en lui, et il revoyait Jérôme et Eugène courir à ses côtés, comme au temps où ils dévalaient vers la Loue, mais une monstrueuse déflagration les fauchait, les déchiquetait, de la même manière que les éclats avaient couché ses camarades près de lui.

Passé le premier chagrin, il s'efforça de lutter afin de rester en vie, non seulement pour Juliette mais également pour ses parents dont il imaginait la douleur. Il devait aussi songer aux hommes de sa compagnie, dont il sentait souvent le regard fixé sur lui, au cœur du danger. Il ne pouvait pas les décevoir. Alors il affermissait sa volonté, s'efforçait de montrer des certitudes, un esprit de décision quand tout, en lui, le poussait au renoncement.

À la fin de l'année, l'état-major français avait décidé de percer le front allemand coûte que coûte. Pierre et sa compagnie furent engagés contre les positions ennemies en Champagne pouilleuse entre Souin et la Main de Massignes. Comme tant d'unités d'assaut françaises, ils se heurtèrent aux barbelés et aux mitrailleuses allemandes et ne passèrent pas. Pierre s'étonnait chaque soir d'être encore vivant. Il s'habitua tant bien que mal à la vermine, à la boue, au froid, à l'odeur de la mort, au manque de sommeil, au fracas des obus sur les abris effondrés, à la peur. Il la dissimulait à ses hommes, du moins s'y efforçait, surtout lorsqu'il fallait sortir des abris et se lancer dans l'espace découvert entre les lignes. Ce à quoi il fut contraint de nombreuses fois, en Champagne et en Artois, jusqu'à ce que l'état-major décide enfin de mettre fin à l'hécatombe, du moins dans ce secteur du front. Les régiments étaient décimés, les hommes épuisés. Alors arrivèrent les premières permissions. En juin, pour Pierre, qui n'était pas revenu à Lanouaille depuis onze mois. Il allait enfin revoir Juliette et la serrer dans ses bras.

Toujours assise sur son banc, elle s'aperçut que son fils la dévisageait.

– Tu as froid ? demanda-t-elle. Viens, rentrons.

Elle prit le petit contre elle et revint vers le château en respirant difficilement. Pourquoi cette angoisse, ce matin ? Elle n'avait jamais vraiment eu peur avant l'été 1914. Non, jamais elle n'avait su ce qu'était l'angoisse qui vous mord le ventre en entendant des mots, des paroles dont le sens vous frappe soudain, et vous fait battre le cœur plus vite. Son enfance n'avait été qu'une fête, entre la protection des femmes et surtout celle des hommes, maîtres du fer et du feu. Le domaine des champs, des prés et des bois ne recélait aucun piège, au contraire il créait une vie paisible au sein de laquelle les paysans et les ouvriers cohabitaient dans une certaine confiance, même les années où les intempéries mettaient à mal les récoltes. C'était un monde protégé que celui du château, un monde où le Bon Dieu que l'on priait dans l'église de Ladignac veillait sur les humbles comme sur le maître et sa famille, jusqu'à cet été si beau qu'avait soudain traversé la nouvelle de l'assassinat d'un archiduc dans un pays lointain. Alors le temps avait été comme suspendu à d'autres nouvelles, pas tout à fait redoutables mais suffisamment inquiétantes pour que le souffle vous manque, soudain, en entendant prononcer le mot de Sarajevo.

– Les alliances ! tonnait son père, les alliances vont jouer et ce sera la guerre !

La guerre ? Pourquoi la guerre ? Et Pierre qui faisait son service militaire ! Pour la première fois de sa vie Juliette s'était sentie très mal. Elle avait refusé d'entendre, d'écouter les paroles des hommes, s'était fermée au monde extérieur jusqu'à cet après-midi où elle était allée se promener sur les rives de l'Auvézère et s'était assise à l'endroit où elle s'était baignée avec Pierre l'été d'avant. Il était un peu plus de quatre heures quand elle avait entendu les cloches de Ladignac, auxquelles répondaient celles de tous les villages d'alentour. Là, tout à coup, dans l'ombre tiède, elle avait compris que sa vie allait être bouleversée pour toujours. Et pourtant elle n'avait jamais entendu le tocsin. Mais ces cloches qui se répondaient dans une sarabande folle au-dessus des champs et des bois lui révélaient que la folie avait saisi le monde.

Elle était revenue lentement vers le château, avait entendu les cris dans la cour, où les hommes des métairies d'alentour avaient afflué avec femmes et enfants. Son père était monté sur une table et les haranguait, leur assurant qu'avant un mois ils seraient à Berlin, et de retour avant Noël. Les femmes pleuraient, s'essuyant les yeux avec des mouchoirs à carreaux, les enfants couraient partout, jouant à tuer un ennemi invisible, avec des bâtons brandis comme des fusils. Elle ne s'attarda pas et rejoignit sa mère qui lui dit, d'une voix mal assurée :

– Il faut espérer tout de même.

Juliette se réfugia dans sa chambre, songeant que peut-être Pierre allait venir en permission avant de partir, si la guerre éclatait. Dès lors elle s'arrima à cette idée, se réfugia dans cet espoir et entendit à peine les propos de son père au repas du soir. Pour lui, l'heure de la revanche avait sonné, il était grand temps de reprendre l'Alsace et la Lorraine, et Guillaume n'avait qu'à bien se tenir. Avant un mois, tout serait fini, l'affront de 1870 lavé, les Allemands corrigés, l'honneur de la France restauré.

– Mon fils ! dit-il à Jules qui se montrait un peu moins enthousiaste à l'idée de partir alors qu'il venait juste de regagner le domaine, son diplôme d'ingénieur en poche, tu as de la chance de pouvoir participer à la revanche. Je suis sûr que tu sauras te montrer digne de la mission qui incombe à la jeunesse de notre pays !

Après la mobilisation, on apprit le 3 août dans la soirée que la guerre avait été déclarée. Jules était parti la veille, le 2, finalement convaincu de participer à une glorieuse aventure. Juliette avait compris que Pierre ne viendrait pas, qu'il allait directement gagner les frontières du pays, mais elle était un peu rassurée par l'enthousiasme général, la confiance manifestée par son père et les rares hommes qui restaient au domaine.

Cependant, les jours qui suivirent furent des jours de folie : on voyait des espions partout, des fausses nouvelles couraient les campagnes, comme celle d'un succès fulgurant sur les Allemands qui, prétendait-on, n'avaient même pas de poudre pour leurs fusils. À force de l'entendre répéter, Juliette reprit espoir. Pierre serait peut-être de retour avant un mois, comme l'avait prédit son père, et la guerre ne serait plus qu'un mauvais souvenir. Ainsi le mois d'août s'écoula dans une certaine euphorie qu'entretinrent les nouvelles des succès français à Nancy et à Sarrebourg. Et puis, soudainement, au début du mois de septembre, on apprit que l'armée française faisait retraite.

– Une manœuvre ! s'écria son père, toujours aussi confiant. C'est une manœuvre de notre état-major !

Le doute s'installa, mais sans vraiment briser la confiance des premiers jours. En revanche, à la mi-septembre, quand on apprit que Jérôme Desforest, le frère de Pierre, et Eugène Malaurie, de Lanouaille, avaient été tués, Juliette comprit qu'elle était entrée dans le malheur, peut-être pour longtemps. Son père cria à la trahison, puis en perdit la parole jusqu'à la victoire de la Marne qui lui redonna un peu de vigueur. Mais c'était lui, en tant que maire de Ladignac, qui recevait les télégrammes mortuaires, et le premier arriva fin septembre, annonçant la mort de l'un de ses métayers. Il revêtit son écharpe tricolore, et partit vers la Durantie, où Juliette n'eut pas la force de l'accompagner.

Dès lors la route de Ladignac devint sa hantise : c'est par elle qu'arrivait le facteur porteur des mauvaises nouvelles, en général vers 11 heures du matin. Il en arriva trois en septembre et quatre en octobre. Chaque fois elle craignit pour Pierre et pour Jules, mais chaque fois la foudre tomba à côté d'elle, la laissant sans force, anéantie.

C'était pourtant ce même facteur qui apportait les lettres de Pierre et elle tremblait quand elle entendait son père l'appeler en bas de l'escalier. Il ne se plaignait de rien, Pierre, mais elle comprenait qu'il lui cachait beaucoup de choses, notamment les terribles dangers qui le menaçaient :

« *Mon aimée, je suis à l'arrière pour huit jours et j'ai bon moral. Il ne faut surtout pas t'inquiéter pour moi : tout le secteur est calme et c'est à peine si j'entends le son du canon. S'il te plaît, tâche d'apporter un petit secours à mes parents pour les aider à supporter la disparition de mon frère Jérôme – une disparition à laquelle moi-même j'ai du mal à croire. Je te serre dans mes bras, ma femme chérie, et j'attends de tes nouvelles le plus vite possible. Pierre.* »

Juliette exauça son souhait et se rendit à Lanouaille où elle s'entretint avec son beau-père qui lui parut très ébranlé, mais pas avec sa belle-mère qui refusa de la recevoir, n'ayant jamais admis que sa belle-fille eût quitté le domicile conjugal. Juliette vérifia une fois de plus combien l'hostilité de cette femme était vive à son égard, mais elle évita soigneusement tout incident, pour ne pas peiner Pierre qui, elle n'en doutait pas, en serait aussitôt informé. Elle se félicita au contraire d'avoir regagné le château sur lequel l'hiver s'abattit dès novembre, en averses glacées et en rafales furieuses qui faisaient gronder les charpentes et les cheminées.

Elle espéra durant quelque temps passer Noël avec Pierre, mais, pas plus que l'année précédente, il n'obtint de permission. Ce serait le deuxième Noël sans lui, et elle ne put s'empêcher d'en concevoir un sentiment d'injustice qui l'accabla. Début janvier, heureusement, son père lui demanda de bien vouloir s'occuper des allocations aux familles nécessiteuses, et cette activité lui apporta un regain d'énergie, car elle constata qu'elle n'était pas seule à attendre, à souffrir. Elle reprit alors son habitude de visiter les métairies où l'absence d'hommes se faisait le plus sentir, et le temps lui parut retrouver un cours à peu près normal. Malgré le froid, elle partait sur les mauvais chemins chaque après-midi, visitait des fermes où le courage des femmes, chaque fois, l'étonnait, la contraignait à ne pas se montrer inférieure à celles qui étaient veuves, dans la solitude et le dénuement. Souvent, des enfants en bas âge jouaient par terre, inconscients des drames qui s'étaient noués autour d'eux. Juliette constatait alors qu'elle n'était pas la plus à plaindre, bien au contraire. Ces visites et les secours qu'elle apportait l'aidaient à traverser le désert des jours et fortifiaient son courage.

Avec le printemps, le soleil revint, ramenant avec

lui un peu d'espoir. Elle se dit que passé les premiers dangers, les hommes, sur le front, devaient maintenant être habitués et se montrer plus prudents. Les arbres retrouvèrent leur verdure avec le même éclat qu'auparavant. La vie était là, toujours la même. C'était étrange, décidément, qu'elle pût ainsi continuer, alors que tant d'hommes étaient morts, tant de familles dans le malheur ! Et pourtant il y avait toujours autant d'oiseaux dans les arbres, toujours autant de lumière dans le ciel, autant de vie dans les bois, dans les champs, dans les prés.

Le mois de juin illumina la campagne autour du château, et le parfum des foins coupés par les vieux et les femmes se répandit dans les soirs écrasés de chaleur. La Saint-Jean approchait, mais M. Roquemaure avait décidé de renoncer au grand feu que l'on allumait d'ordinaire, chaque année, dans la cour du château, où se réunissaient toutes les familles des métairies et des ouvriers de la réserve. Le temps n'était pas aux réjouissances.

La veille de la Saint-Jean, à 6 heures du soir, Juliette, au retour de sa tournée dans les métairies, se reposait en fuyant la chaleur sur un fauteuil installé à l'ombre, sur la terrasse. Elle entendit un chien aboyer en contrebas, près du haut-fourneau, puis un autre. Un cabriolet apparut, conduit par le cocher de maître Desforest. D'abord elle eut peur et demeura pétrifiée sur son banc, mais l'homme, souriant, s'approcha rapidement en l'ayant reconnue.

–Je suis venu vous chercher, dit-il en soulevant

son haut chapeau de cuir noir : votre époux vous attend à la Nolie.

– Mon Dieu, fit Juliette, et depuis quand ?

– Il est arrivé il y a une heure.

Prenant à peine le temps de prévenir ses parents, elle monta dans le cabriolet auprès du cocher, habitée d'une folle impatience. Jamais trajet vers la Nolie ne lui parut plus beau, plus lumineux. Pierre était là. Cela faisait onze mois qu'elle ne l'avait pas vu. Elle en tremblait malgré la chaleur, aurait voulu que le cheval prenne le galop, mais il avait du mal à gravir au pas la côte qui conduisait vers la grand-route de Lanouaille.

Elle eut l'impression, ce soir-là, que la route était aussi longue que les mois qui avaient passé. Quand elle arriva enfin, Pierre l'attendait assis sur le banc, à droite de la porte d'entrée de la Nolie. Il se leva et il lui sembla qu'il avait du mal à garder l'équilibre. Il souriait mais elle ne reconnut pas ce sourire qui lui parut douloureux. Elle descendit du cabriolet, marcha vers lui lentement et se blottit dans ses bras.

Pierre sursauta, rentra la tête dans les épaules. Des éclats de feu giclèrent au-dessus des trois hommes, faisant jaillir la terre jusque dans le trou, manquant une nouvelle fois de les ensevelir.

– Les torpilles, maintenant, fit le sergent Rouvière. Il manquait plus que ça !

– Et les renforts, fit Jean Pelletier, où qu'ils sont, les renforts ?

– Ils sont bloqués en bas, répondit le lieutenant. Sans doute sur la rive.

– Sûr qu'ils attendent 11 heures, fit Rouvière. On n'est pas près de les voir arriver.

– Il faudrait se replier, mon lieutenant, dit Jean Pelletier.

– Les ordres sont de tenir, fit Pierre.

– On n'a même pas la liaison avec le capitaine.

– S'ils changent d'avis, ils enverront un coureur.

Des fusants et des percutants éclatèrent aux abords de l'entonnoir. Une grêle de terre s'abattit de nouveau sur les trois hommes qui étaient maintenant obligés de caler les sacs avec leurs fusils pour qu'ils ne s'écroulent pas.

– On a tenu jusqu'à aujourd'hui, on tiendra bien deux heures de plus, dit le lieutenant.

– Et pas de roulante, reprit Jean Pelletier.

– Ne t'en fais pas, dit le lieutenant, tu les auras, ton café et ton eau-de-vie, après 11 heures.

– Y a pas que ça, mon lieutenant, dit Jean Pelletier, j'aurai sûrement une lettre de Marie.

Depuis son départ, seules les lettres de Marie le reliaient encore à sa vie d'avant, ravivant son espoir qu'il y aurait un après.

– Vous vous rendez compte, mon lieutenant, fit-il, on va passer Noël chez nous, bien au chaud.

Jean Pelletier avait du mal à croire aux mots qu'il venait de prononcer. Pourtant il se souvint de ce premier Noël qu'il avait passé loin de Marie, revenant seulement en janvier, pour six jours. Il faisait si froid qu'il était resté confiné dans le logement, le plus souvent avec son fils, Marie aidant sa mère au lavoir. Mais ce séjour n'avait pas duré longtemps. Dès le 10 janvier il avait dû repartir et la vie de la caserne l'avait enfermé de nouveau dans ses contraintes répétitives, lui donnant l'impression que les jours devenaient interminables.

Ils avaient passé, cependant, et les semaines et les mois. Jean se disait qu'il avait moins d'un an à tenir quand la loi des trois ans fut votée au mois de juillet 1913. Cette nouvelle, à laquelle il n'avait pas voulu croire malgré les bruits qui couraient, le désespéra. D'autant que celles de Paris n'étaient pas bonnes : la mère de Marie était tombée malade. De surcroît, sa sœur, Lucienne, créait beaucoup de soucis à Marie : elle courait Paris toute la journée et refusait de travailler. Jean se sentait impuissant à aider sa jeune femme, s'inquiétait beaucoup à l'idée que les économies qu'il lui avait confiées avant de partir devaient fondre rapidement.

Il revint une nouvelle fois en permission au mois de mai de l'année 1914. La mère de Marie n'avait pu reprendre le travail, demeurait faible, souffrante, et le médecin ne savait dire de quoi. On avait placé son lit sans un recoin de la pièce principale, qu'un rideau dissimulait la journée. Louis dormait dans la chambre de sa mère. Avec un seul loyer, les choses allaient mieux à présent. L'unique vrai tourment des deux femmes était Lucienne, qui avait disparu et que Marie cherchait parfois, le dimanche – elle l'avait avoué à Jean du bout des lèvres – dans des quartiers mal famés où l'une des femmes du lavoir prétendait l'avoir vue.

Au cours de cette permission, Jean, qui à la caserne entendait parler de course à l'armement, de guerre possible, évita soigneusement d'inquiéter Marie avec un tel sujet. Car elle vivait bien loin des soucis du monde, ayant assez à faire avec les siens. Durant les huit jours qu'il resta à Paris, elle apparut gaie et amoureuse, montrant une telle faim de lui qu'il en fut bouleversé. Depuis qu'elle était mère, elle était devenue plus femme, plus belle aussi, et Jean ne se rassasiait pas d'elle, de sa peau qu'elle lui livrait sans retenue, à présent, quand le petit dormait à côté d'eux, que la nuit les isolait enfin des autres et des menaces du monde.

Lorsqu'il repartit, cette fois-là, Marie voulut l'accompagner à la gare. Sur le quai, les regards des hommes sur elle, s'ils flattèrent Jean, augmentèrent sa souffrance à la quitter. Depuis la porte du wagon, il la regarda longtemps s'éloigner vers l'extrémité du quai, se retournant pour agiter le bras, petite silhouette au chemisier blanc dominé par une couronne blonde qu'il ne reverrait pas de sitôt.

Son mauvais pressentiment se confirma rapidement au début de l'été quand, après l'assassinat du prince héritier d'Autriche-Hongrie à Sarajevo, la tension internationale devint sensible, même au sein des garnisons. Les officiers se réjouissaient de ce qui se passait. L'adjudant Dossévie, qui faisait régner la terreur dans le bataillon, se frottait les mains en disant :

– Vous serez prêts, croyez-moi, pour aller couper la moustache à Guillaume !

Le mois de juillet ne fut qu'une longue marche vers la revanche que beaucoup, dans l'armée et ailleurs, espéraient. Aussi la nouvelle de la guerre qui se répandit fin juillet ne surprit pas Jean. Il n'eut même pas la force de se rebeller : la propagande était telle, dans les compagnies, que les soldats avaient fini par espérer ce qui les conduirait vers une victoire facile et glorieuse. Il écrivit à Marie une lettre dans laquelle il lui recommandait de ne pas s'inquiéter, lui assurait que tout serait fini avant trois mois, une date, qui, sans la guerre, aurait été celle de sa prochaine permission.

Il partit le 3 août vers le nord, mais les convois avaient évité Paris, alors qu'il avait espéré revoir sa femme, ne fût-ce qu'une heure, à l'occasion d'une halte dans la capitale. Ainsi avait commencé sa guerre, qui durait aujourd'hui depuis quatre ans, une guerre à laquelle il avait survécu il ne savait trop comment. La seule chose qu'il savait, ce matin du 11 novembre, c'était qu'il était vivant, que quelqu'un ou quelque chose l'avait protégé, sans doute pour revenir vers Marie, leur restituer ce à quoi ils avaient droit, réparer cette injustice qui leur avait été faite, depuis six ans, six années interminables volées à leur jeunesse et à leur amour.

Ce matin, en finissant de rincer ses draps, Marie s'essuya les yeux pour que ses enfants ne la voient pas pleurer. Quand elle jugea que ses larmes avaient séché, elle appela Louis qui jouait avec son frère un peu plus loin, afin qu'il l'aide à tordre le linge. Il s'agissait de tourner en sens inverse pour bien l'essorer. Louis, malgré ses six ans, avait l'habitude. Même s'il manquait de force, il était capable de tenir ferme tandis que Marie manipulait le drap. Elle se sentait épuisée, ce matin, comme à l'époque où elle attendait la naissance de son deuxième enfant. Elle ne pouvait plus travailler. Elle restait chez elle en compagnie de son fils et de sa mère, veillant à ne pas trop brûler de charbon, bien qu'elle n'eût pas trop de peine à en trouver : un marchand s'était installé depuis peu dans la cour. Elle vécut cette période seulement soutenue par la pensée qu'après son accouchement elle pourrait travailler dans cette usine d'armement et gagner de l'argent.

Elle donna le jour à un garçon, son deuxième fils, le 10 février, aidée par sa mère et la sage-femme du quartier. Elle l'appela Baptiste, comme son père, et dès lors n'eut plus qu'un souci : se remettre très vite pour aller travailler à l'usine. Comme elle le nourrissait, elle ne put se libérer qu'en avril, et encore dut-elle obtenir la permission de rentrer chez elle une fois dans la matinée et une fois dans l'après-midi. Heureusement, la rue de Lappe n'était pas loin de la rue Saint-Paul, et elle ne perdait qu'une demi-heure chaque fois. Son travail consistait à remplir de billes d'acier les douilles d'obus, assise à une table où officiaient une trentaine de femmes sous l'œil d'un contremaître en uniforme. Ce n'était pas trop pénible, bien moins que de battre le linge toute une journée au lavoir. Elle gagnait cinq francs par semaine et ne s'inquiétait plus de l'avenir, si ce n'était pour Jean dont les lettres se faisaient rares. Elle commençait à desespérer quand il surgit un matin, sans prévenir, blessé, souffrant, mais bien vivant. Quel bonheur ce fut, que ces quelques heures passées près de lui ! Elle s'inquiéta à peine de le voir tousser si souvent, de se frotter les yeux, à cause de ces gaz dont il parlait, et qui lui avaient valu ce séjour à Paris. Il était là, bien vivant, la serrait dans ses bras comme avant, promettait de venir au moins huit jours avant de repartir au front.

Effectivement, ces huit jours arrivèrent au début de juin, alors que les arbres se couvraient de feuilles, que l'air du soir sentait l'herbe des jardins publics, les cuisines ouvertes, le crottin de cheval, la vie toujours présente, malgré la guerre, malgré les deuils. Marie avait obtenu de son contremaître l'autorisation de passer huit jours chez elle pour soigner son mari blessé. Le règlement de l'usine prévoyait cette possibilité, même si elle demeurait soumise à la discrétion de l'autorité responsable. Ainsi, ils reprirent leurs promenades familières sur les quais, retrouvèrent la force de faire des projets d'avenir, éclairés par un soleil tout neuf qui semblait effacer ce qu'ils avaient vécu depuis un an, leur redonner courage. Marie, de nouveau, riait, rassurée par les bras de Jean, par la certitude de ne manquer de rien puisqu'elle travaillait, par la conviction que Jean était protégé puisqu'il avait triomphé, jusqu'à ce jour, de tous les dangers. La seule chose qu'ils regrettaient, c'était de n'avoir plus aucune intimité, à cause de la présence de la mère de Marie et de leurs deux enfants. Aussi, un après-midi, ils louèrent une chambre dans un petit hôtel du quartier de la Bastille et y restèrent jusqu'à la nuit. Il y avait très longtemps qu'ils ne s'étaient pas trouvés seuls dans une chambre, et ils revécurent délicieusement les émotions des premières semaines de leur mariage. Ils passèrent alors le reste du séjour de Jean dans une certaine espérance : tout n'était pas perdu puisqu'ils pouvaient revivre les mêmes moments qu'avant la guerre. Elle n'avait pas réussi à les détruire. Il n'y avait pas de raison pour que cela ne continue pas.

Le dernier jour, ils montèrent jusqu'à Montparnasse, furent surpris de constater que, malgré la guerre, l'on pouvait danser au bal Bullier. Se rappelant Nogent, ils y entrèrent et dansèrent eux aussi, s'efforçant de participer à cette insouciance qui, pourtant, leur faisait mal. Ils tâchaient simplement de se montrer l'un à l'autre que la vie était plus forte que la guerre. C'était le seul moyen dont ils disposaient pour combattre la peur qui renaissait à l'approche d'une nouvelle séparation.

Quand ce fut l'heure de rentrer, ils redescendirent lentement le boulevard vers l'hôpital du Val-de-Grâce, et elle se blottit une dernière fois dans les bras de Jean qui eut beaucoup de mal à les dénouer. Comme il n'avait pas la force de faire le premier pas, il lui demanda de s'éloigner, et elle partit lentement vers les Gobelins, se retournant deux ou trois fois, mais ses yeux mouillés ne lui laissaient plus apercevoir qu'une silhouette anonyme qui, bientôt, disparut.

Elle avait tremblé chaque jour, pendant la fin de l'année 1915 comme au début de l'anné 1916, se demandant si elle le reverrait. Et il était revenu en juin, si chaud, si présent, qu'elle avait comme chaque fois retrouvé des forces, espéré en l'avenir. Souvent elle sentait son regard sur elle, demandait :

– Qu'est-ce qu'il y a ? Qu'est-ce que j'ai ?

– Rien, répondait-il, je fais provision de toi, c'est tout.

Parfois il s'absentait par la pensée et Marie tentait d'imaginer le monde obscur qui le hantait, cherchait à le rejoindre.

– Explique-moi, disait-elle.

– Non, il ne faut pas. Danse, fais-moi voir comme tu es belle.

Elle riait, tournait sur elle-même, ne comprenant pas ce qu'il cherchait, mais souhaitant lui donner tout ce qu'il désirait.

Un jour, ils avaient croisé dans la cour le charbonnier, un homme de trente ans dont Jean s'était étonné qu'il ne fût pas à la guerre. Il en avait été meurtri profondément :

– Pourquoi n'est-il pas à la guerre celui-là ?

Marie lui rapporta ce que lui avait dit Mme Gaillard, la concierge : M. Berchat prétendait être malade du cœur.

– Un embusqué, oui, avait soupiré Jean. Un

embusqué qui dort au chaud pendant que les autres se font trouer la peau.

Ce jour-là, Marie avait eu du mal à le ramener vers elle, à lui faire oublier l'incident. Elle y était parvenue grâce à sa gaieté naturelle, la manière qu'elle avait de se livrer sans arrière-pensée au moment présent. Ils étaient revenus un après-midi dans le vieil hôtel voisin de la place de la Bastille, pendant que la mère gardait les enfants. Les quelques heures qu'ils avaient passées là les avaient presque consolés de la séparation d'une année. C'est dire s'ils en avaient savouré chaque seconde, chaque minute. Marie se disait que cette chambre était devenue comme l'île de Nogent. Fermant les yeux, elle avait imaginé l'herbe sous elle, senti le parfum des menthes écrasées par leurs deux corps réunis.

Cela avait été les derniers moments de bonheur. Oui, les derniers, vraiment. Après, tout était allé de mal en pis. D'abord sa mère, dont la santé, au début de l'automne, s'était aggravée brutalement, même les médicaments n'y pouvaient rien. Elle s'étouffait et cela effrayait beaucoup les enfants, au point que Marie était obligée de les confier à la concierge pendant la journée. Le soir, ils dormaient dans la chambre, porte fermée, et ils entendaient moins les râles de leur grand-mère qui se mourait.

Elle s'éteignit en septembre, à 5 heures du matin, et les frais des obsèques achevèrent de vider la bourse de Marie. Malgré son chagrin, malgré les difficultés quotidiennes, elle fit face, s'efforçant de penser aux jours heureux, mais un incident, au début du mois d'octobre, brisa ses dernières forces. Le contremaître de l'usine, qui s'était montré tolérant à son égard, révéla sa vraie nature un soir, en lui demandant de l'attendre dans son bureau, alors que les ouvrières partaient. Elle patienta quelques minutes en se demandant ce qu'il lui voulait, cet homme dont l'autorité était incontestée, cassante, et qui, pourtant, vis-à-vis d'elle, s'était toujours montré indulgent. Il avait des traits épais, des yeux noirs, de larges mains dont il se servait en parlant, et c'était un ancien officier habitué à se faire obéir. Il entra, s'approcha d'elle, lui prit le bras en disant :

– Je suis sûr que tu vas être aussi gentille que je l'ai été avec toi. N'est-ce pas, Marie ?

Ce n'était pas une question mais un ordre. Déjà, Il lui dégrafait sa blouse, la faisait glisser sur ses épaules, et Marie ne bougeait pas, ne se défendait pas. Une sorte de faiblesse, de soumission à un ordre supérieur, plus fort qu'elle, la paralysait. Même en sentant ses mains rugueuses sur elle, elle ne put réagir. Il la fit reculer vers son bureau, la ploya en arrière, la maintenant d'une poigne rude, tandis qu'elle fermait les yeux. Alors elle se revit sur le quai des Célestins le jour où elle avait été attaquée par des voyous, se souvint de la faiblesse qui l'avait envahie ce jour-là. Puis ce fut le visage de Jean qui lui apparut, disant : « Enfin, Marie, faut te défendre. » Jean ! Elle rouvrit les yeux, aperçut le sourire de triomphe de celui qui l'avait couchée sur la table et qui était si sûr de son fait qu'il ne se pressait même pas. D'une détente, ses jambes envoyèrent l'homme buter contre le mur d'en face avec une violence qui l'assomma. Elle se redressa avec peine, rattacha fébrilement ses vêtements et s'enfuit.

Dans la rue, elle courut, affolée par ce qui avait failli se passer, cette faiblesse qui était en elle et dont elle ne savait d'où elle provenait. Elle se réfugia rue Saint-Paul, s'enferma dans sa chambre, le temps de se remettre, de ne pas effrayer ses enfants. Elle ne dormit pas de la nuit. Elle revoyait l'homme penché sur elle, songeait qu'à quelques secondes près elle avait failli succomber, s'en voulait de cette panique coupable qui l'avait saisie dès qu'il avait posé la main sur elle.

Quand elle se leva, le lendemain, elle avait pris sa décision : elle ne retournerait pas à l'usine. D'ailleurs, elle en était persuadée, le contremaître trouverait tous les prétextes pour la chasser. Non, elle ne pouvait pas y retourner. Elle allait de nouveau chercher du linge à laver. Sans les médicaments à payer, elle pourrait gagner assez d'argent pour vivre, du moins elle l'espérait. Elle en trouva un peu, reprit le chemin du lavoir, à peine rassurée par les nouvelles de Jean qui étaient plutôt bonnes : il se trouvait à l'arrière du front, disait-il, et se portait du mieux possible.

– J'arrive pas à le croire, mon lieutenant, fit Jean Pelletier. Ça fait six ans que je suis sous les drapeaux.

– Moi aussi, ou presque, fit Pierre Desforest.

– J'ai commencé à Perpignan, reprit Pelletier. Oui, sergent, chez vous.

– Perpignan, c'est pas chez moi, dit Rouvière, moi je suis des Corbières.

– Vous m'avez dit que c'était pas loin.

– C'est pas loin, mais c'est pas la même chose. Perpignan et Narbonne sont dans la plaine. Les vraies Corbières, ce sont les collines. Et pas les collines d'ici, je vous prie de le croire : de la pierre, de la roche, des ravines, des broussailles, des arbres, de la sauvagine partout. Je suis né là-haut, dans un mas isolé, et je n'ai connu la plaine qu'à douze ans.

– À Perpignan ?

– Non, à Narbonne d'abord. J'ai découvert Perpignan pour le service militaire, comme toi.

En évoquant cette époque de sa vie, le sergent se mit à penser à son arrivée dans la garnison de la grande ville qui lui avait semblé toute rouge. Dès le premier jour il avait été respecté, redouté même par les officiers, qui devinèrent en lui cette force cachée. Les manœuvres dans le massif du Canigou, les longues marches comme les nuits sans sommeil dans le froid, au contraire de ses camarades, ne l'ébranlèrent pas le moins du monde. Il avait appris depuis son enfance à résister à tout. Il se souvenait des cinq kilomètres dans le froid glacial de l'hiver lorsqu'il descendait à l'école de Tuchan, de la nuit glacée quand il remontait, des longues heures sous le soleil en direction des vignes isolées, là-haut, dans les collines. Ces souvenirs ne lui étaient pas désagréables. C'était comme une réconciliation avec sa vie d'avant son départ à Narbonne. Un apaisement, aussi : il n'y avait rien à renier. Les choses s'étaient passées ainsi, et c'était tout. Au contraire, il lui venait chaque fois une sorte de pitié pour son frère et ses parents, et il se jurait d'aller les voir lors de ses futures permissions.

Ce à quoi il se consacrait chaque fois scrupuleusement, les aidant de son mieux malgré la pensée d'André qui l'attendait à Narbonne et qu'il retrouvait, pendant quarante-huit heures, fidèlement, avant de regagner Perpignan. Ces heures-là comptaient double, l'aidaient à traverser celles, interminables, de la garnison, mais sans qu'il en souffrît vraiment. Non, pour Ludovic c'était seulement du temps perdu, des heures et des semaines qui le séparaient de la salle de classe qu'il appelait de toutes ses pensées.

Ainsi, les deux années qui passèrent ne furent qu'une longue attente, une immense patience, mais il savait aussi faire face à la lenteur du temps, pour l'avoir éprouvée à Carcassonne. Pas plus que là-bas il ne se fit de véritables amis. Il avait vécu trop seul pendant son enfance et, de surcroît, il se méfiait des groupes d'hommes soumis à une autorité. Il savait qu'il n'y avait là rien à apprendre, sinon une certaine lâcheté. Tout cela ne le concernait pas. Par ailleurs, il n'avait pas besoin qu'on lui explique qu'il faudrait un jour défendre son pays. Il le savait depuis l'école primaire, et l'École normale n'avait fait que fortifier cette conviction. Pour le reste, c'est-à-dire le maniement des armes, le père Rouvière lui avait expliqué l'essentiel, à savoir qu'il faut toujours tirer devant un perdreau en vol. Pour les hommes, c'était encore plus simple : ils courent moins vite que ne vole un oiseau.

La seule chose qu'il espérait avant la guerre qu'il devinait inévitable, c'était qu'on lui laissât le temps d'aider des enfants à grandir, comme on l'avait aidé lui-même. Il fut exaucé à la fin de l'été 1909, rendit son uniforme qui ne comportait aucun galon, car il avait refusé de suivre le peloton des officiers. Ce combat-là n'était pas le sien. Il le quitta sans le moindre regret, gagna Narbonne, puis les collines où l'on avait à faire face à des nécessités plus immédiates : les vendanges approchaient.

Il eut à peine le temps d'en venir à bout qu'il reçut son affectation de maître d'école sur un poste double à Saint-André-de-Roquelongue, dans les Corbières, à l'entrée de la plaine narbonnaise. Ce n'était pas les collines sauvages, mais leurs derniers épaulements avant la vallée, où le travail des vignes était plus aisé que dans les montagnes et les propriétés plus importantes. Des ruelles étroites montaient vers une église au petit campanile de fer, entre des maisons anciennes dont les entrées charretières, les cours intérieures et les caves témoignaient du patient travail de la vigne. La plupart des habitants en vivaient, parmi des commerçants dont les boutiques aux portes ouvertes tranchaient sur les façades traditionnelles, d'un crépi lépreux.

Ludovic ne se sentit pas du tout en terre étrangère. Partout autour du village, de quelque côté que l'on se tournât, il y avait des vignes dont le vert cascadait aimablement d'un bout à l'autre de l'horizon. On y devinait partout la douceur de la plaine plutôt que l'âpreté du haut pays. Il y arriva deux jours avant la rentrée scolaire, tandis que les vendanges s'achevaient. Une odeur de moût campait sur le village, saturée par la chaleur d'un automne ensoleillé. Ludovic eut l'impression de retourner en enfance quand le père Rouvière, là-haut, faisait bouillir les raisins dans la cave. Il eut une pensée émue pour son père, sa mère et son frère qu'il était allé voir avant de prendre son poste : toujours ce même entêtement, cette hargne farouche, ce travail éreintant pour un résultat incertain. Il les avait aidés pendant trois jours, avait partagé avec eux les repas, mais aussi le même silence terrible. Il avait compris que son frère ne se marierait pas. C'était trop tard. Là-haut, de toute façon il avait toujours été trop tard. Ludovic était redescendu beaucoup plus touché qu'il ne voulait l'admettre, mais il ne pouvait pas revenir en arrière. Sa vie se situait ailleurs, et c'était celle qu'il avait souhaitée.

La lettre de l'Académie portait la mention « poste double ». Il aurait donc un collègue. Il ignorait que la politique du ministère était de nommer sur ces postes des maîtres et maîtresses d'école célibataires, afin de favoriser la formation de couples capables de remplir efficacement leur mission et, par leur exemplarité, montrer la voie à la population rurale. Aussi, quand le maire le conduisit à l'école pour lui présenter Louise Combe, sa collègue, il en fut à la fois étonné et ébranlé : on aurait dit Rose à vingt ans. Elle était grande, brune, était coiffée en chignon, avait des yeux d'un vert très clair et une manière de se tenir droite, de marcher qui lui rappela celle qui avait si bien veillé sur lui pendant trois années, et dont le souvenir, parfois, venait délicieusement le cueillir au détour d'une pensée.

Mais celle-là était vivante, même si elle paraissait fragile et parlait doucement, en baissant de temps en temps les yeux pour réfléchir. Les deux appartements n'étaient séparés que par un couloir, les portes d'entrée se faisaient face. Ludovic ne savait comment se comporter. Sa force naturelle le gênait plutôt qu'elle ne l'aidait dans l'approche de cette jeune femme si belle, si digne, que, pour la première fois de sa vie, il se sentait en état d'infériorité. Ce fut elle qui, le lendemain soir de son arrivée, lui dit sans façon :

– Si vous voulez, nous pouvons prendre nos repas ensemble. Ça n'engage à rien, et ainsi nous pourrons parler de nos élèves.

Il accepta, n'ayant jamais appris à faire la cuisine et ne souhaitant pas prendre pension à l'auberge. Mais au dernier moment, pourtant, lui qui n'avait jamais eu peur de qui que ce soit faillit renoncer : comme tous les êtres qui vivent d'instinct, il savait qu'il y avait là, de l'autre côté du couloir, quelque chose de plus grand que lui. Finalement, il résolut d'affronter le péril et frappa à la porte. Louise lui ouvrit aussitôt, s'effaça pour le laisser entrer, lui désigna une chaise.

Au moment de se mettre à manger, leurs regards se croisèrent. Ils demeurèrent un moment attachés, et, quand elle baissa les yeux, d'une façon calme et paisible, il eut la conviction qu'il avait trouvé un port. Ils parlèrent très peu ce premier soir, à peine quelques mots : ils étaient inutiles. À intervalles réguliers leurs yeux se levaient en même temps, elle souriait, mais pas lui, car il ne savait pas. Il mesurait l'importance de ce qu'il était en train de vivre à l'aune des obstacles qu'il avait surmontés pour y parvenir. Pour la première fois de sa vie il se sentait apaisé, comme parvenu au bout du chemin.

Quand ils se séparèrent, après leur frugal repas, elle lui dit, juste avant de refermer la porte :

– Revenez demain, si vous voulez.

Il hocha la tête, rentra chez lui, ne dormit pas. Le lendemain, il découvrit enfin devant lui les visages des enfants qu'il avait imaginés si souvent. Il tenait là sa victoire. Une double victoire, même, puisqu'il entendait Louise Combe, de l'autre côté de la cloison, qui faisait la classe aux petits, lui-même étant chargé des plus grands. Ce premier jour d'école fut tel qu'il l'avait espéré. Rien ne le surprit, rien ne le déçut. André Vigouroux lui avait enseigné tout ce qu'un véritable maître d'école devait savoir. Seule une immense satisfaction habitait Ludovic Rouvière qui savourait secrètement ces premières heures d'enseignement, face à des enfants parmi lesquels il cherchait celui qui lui ressemblait.

Louise aussi, ce matin du lundi 11 novembre, cherchait dans sa classe les visages de celles et ceux qui lui faisaient confiance et dont le regard témoignait d'une certaine admiration. Mais ce matin, malgré elle, son esprit s'évadait. Elle pensait à André, qu'elle aimait beaucoup, André avec qui ils pouvaient discuter de leur métier, de leurs difficultés comme de leurs succès. Elle pensait à Narbonne, qu'elle préférait à Carcassonne, à cause des grands boulevards, de la qualité extraordinaire de l'air, de la promenade des Barques sur les rives du canal de la Robine qui partait vers la mer. Elle imaginait qu'elle-même et Ludovic seraient un jour nommés à Narbonne et que, ainsi, ils vivraient l'existence dont elle avait toujours rêvé, dans cette grande ville qui, dans son esprit, devenait semblable à Clermont-Ferrand, l'étoile merveilleuse de son enfance.

Les deux années qui avaient suivi la naissance de son premier enfant avaient été des années dénuées du moindre nuage. Au village, à Saint-André, ils étaient aimés, respectés, d'autant que Ludovic n'hésitait pas à participer aux vendanges, à aider les vignerons dans leurs difficultés quotidiennes. Il fut même sollicité pour prendre la responsabilité de la mairie, mais il refusa, car l'inspecteur leur avait confié qu'ils allaient rapidement être nommés dans un poste plus important. Il n'avait pas menti : ce fut Durban, en octobre 1913, que Louise n'aima guère, au début, car le village n'était pas situé dans la plaine, comme Saint-André ou Carcassonne, mais à l'entrée des collines. Et pourtant, là, dès qu'ils eurent emmenagé dans le logement de leur future école, Ludovic se mit à lui parler un peu de son enfance au mas, au-dessus de Tuchan, où il se rendait parfois le dimanche, la laissant seule avec leur fille.

Il redescendait de là-haut tout ensauvagé, sentait que Louise s'interrogeait sur son attitude encore plus distante qu'à l'ordinaire, alors il évoquait en quelques mots ce qu'il avait vécu là-haut, parlait de sa mère et de son frère dont elle avait fait la connaissance lors de son mariage, mais qu'elle n'avait pas revus depuis. Ludovic ne disait pas tout, bien sûr, mais elle devinait quel combat il avait mené pour échapper à une existence sans le moindre horizon. Heureusement, une journée de classe suffisait à lui faire retrouver un abord plus humain. Louise en était soulagée, car elle craignait que ses visites au mas – plus fréquentes qu'à Saint-André – ne le renvoient définitivement vers un passé qu'il avait voulu fuir. Quand elle s'en inquiéta, il lui répondit qu'il n'y avait pas de danger : là-haut, il n'avait jamais pu lire à sa guise, alors que chez lui il n'avait qu'à tendre la main pour ouvrir un livre. Et dans la lecture il n'était plus le même, soudain : c'étaient en fait les seuls moments où il s'adoucissait vraiment. Elle aimait alors à le regarder, observant la manière dont il tournait les pages, lentement, précautionneusement : on eût dit qu'il abordait dans une île, cessait enfin de lutter, commençait à vivre. Et Louise attendait impatiemment ces moments du soir où, leur fille couchée, les devoirs corrigés, les leçons préparées, elle s'adonnait à la couture tandis que Ludovic prenait un livre. Le monde, alors, se taisait, il n'y avait plus de vivants qu'eux seuls, face à face, et elle songeait : « pour toujours ».

Elle comprit qu'elle attendait un deuxième enfant juste après la rentrée à l'école de Durban, à l'automne 1913. Elle fut aussi heureuse que la première fois de pouvoir l'annoncer à Ludovic, car elle savait depuis la naissance d'Aline qu'il aimait les enfants, même s'il montrait de la gravité en les approchant, car il avait toujours peur de leur faire mal en les prenant dans ses bras. Il ne le disait pas ouvertement, mais elle devinait qu'il espérait un fils – sans doute, pensait-elle, pour jouer avec lui le même rôle qu'André avait joué pour son élève : à la fois un père et un protecteur capable d'embellir une vie. À partir du printemps 1914, ils ne se rendirent plus à Narbonne et Ludovic délaissa le mas pour demeurer auprès d'elle. Ils attendirent sans appréhension la naissance qui survint au mois de juin, à l'orée d'un été si chaud qu'ils dormaient toutes fenêtres ouvertes, la nuit, sur le fourmillement des étoiles. La naissance de son fils Germain ne fut pas trop douloureuse pour Louise. En tout cas moins que celle de sa fille. Un bonheur de plus. Et les vacances étaient là, déjà, et ils projetaient d'aller voir la mer à Port-la-Nouvelle.

Quand André venu voir l'enfant leur apprit qu'un archiduc avait été assassiné à Sarajevo, Louise ne s'en inquiéta pas précisément. Tout ça était loin, ne les concernait pas. Pourtant, au fil des jours, en juillet, elle sentit se réveiller en elle la sensation désagréable qu'elle avait ressentie à l'École normale : celle d'une menace diffuse, qui s'était exprimée là-bas, se souvenait-elle, jusque dans l'enseignement du chant :

> « *Nous, les enfants de la France,*
> *Nous répondrons avec ardeur*
> *De notre cœur plein de souffrance*
> *À l'appel du clairon vainqueur.* »

Oui, elle avait baigné dans le patriotisme des professeurs chargés par les gouvernements successifs de forger les futurs soldats de la République. Elle en avait été forcément imprégnée, mais elle n'avait jamais imaginé que l'heure de la revanche promise sonnerait aussi tôt. Quelque chose, au plus profond d'elle, lui révélait de façon certaine que la guerre approchait, que tout le monde y consentait. Elle n'en parlait pas à Ludovic, mais elle devinait que lui aussi avait compris. Et quand le tocsin appelant à la mobilisation se fit entendre le samedi 1er août dans l'après-midi, si elle feignit de manifester quelque espoir en suggérant que la mobilisation n'était pas la guerre, ce fut sans aucune illusion.

Malgré sa révolte, elle ne songea pas une seconde à tenter de retenir Ludovic. Il ne l'aurait pas entendue : lui aussi avait été formé à une certaine idée de la patrie à l'École normale et, au demeurant, il n'était pas du genre à ne pas faire son devoir. Elle pleura de rage le dimanche matin quand il partit pour Perpignan, mesurant bien avant son absence à quel point il allait lui manquer. Il se pencha sur le lit de ses enfants, et, dans le couloir, en la voyant pleurer pour la première fois, il lui prit les mains en disant :

– Je reviendrai. Tu m'entends ? Je te promets que je reviendrai.

Elle le suivit jusque dans la cour, s'arrêta au portail, le regarda s'éloigner sans se retourner, puis elle entra dans la salle de classe et s'assit quelques instants au bureau de Ludovic, ce même bureau qu'elle occupait aujourd'hui, quatre ans plus tard, brusquement tirée de ses souvenirs par les cris des enfants dans la cour.

C'était l'heure. Elle se leva, les fit entrer, leur demanda d'écrire sur leur cahier le jour et la date qui étaient inscrits au tableau : LUNDI 11 NOVEMBRE 1918. Quand ce fut fait, elle passa en revue les mains et les oreilles, comme à son habitude, puis elle donna le sujet d'une rédaction à la classe du certificat, fit faire une dictée au cours moyen puis énuméra les questions de compréhension. Le silence se fit dans la classe. Louise regagna son bureau – qui n'avait jamais cessé d'être le bureau de Ludovic – et son esprit de nouveau s'évada vers ce jour où il était parti, comme pour mesurer le chemin parcouru sans lui, se persuader que cela ne pouvait plus durer, qu'elle ne supporterait pas trois mois de plus d'angoisse, de cette peur atroce qui l'envahissait chaque fois qu'il avait passé le portail de l'école, sans jamais se retourner – sans doute savait-il que s'il se retournait il ne repartirait plus.

9 heures 30

Les obus continuaient de tomber à intervalles réguliers, avec une application têtue, et le froid était toujours aussi vif. Les trois hommes, toujours serrés les uns contre les autres, essayaient de ne pas trop bouger, afin de garder le peu de chaleur que leurs corps emprisonnaient. Et pour y parvenir plus facilement, Pierre Desforest se forçait à penser à l'été, aux beaux jours, à sa première permission, la veille de la Saint-Jean, dans l'odeur des foins coupés, des chars qui rentraient le soir, cahotant sur les chemins, prolongeant dans la paix, le silence, la sensation d'un bonheur ancien mais aujourd'hui interdit. Il n'avait pu trouver les mots pour Juliette, pour ses parents qui demeuraient tournés vers la vie malgré les mauvaises nouvelles, les deuils, la douleur d'un enfant perdu. Ils ignoraient tout du fracas des obus, de l'égrenoir des mitrailleuses, des éclats des shrapnells, des plaintes des mourants qui retenaient vainement leurs entrailles à deux mains. Seul, Pierre savait. Et il lui avait fallu trois jours et trois nuits avant d'entendre à nouveau le murmure de l'Auvézère où l'avait entraîné Juliette, avant de pouvoir caresser sa peau chaude, vivante, et de retrouver quelques mots, les mots d'avant, pour ne pas trop l'effrayer, faire semblant de garder un peu d'espoir.

Ils s'étaient installés à la Nolie, malgré l'insistance des parents de Pierre à vouloir le garder près d'eux. Ils avaient bien changé, ses parents, depuis la mort de Jérôme. Sa mère, surtout, qui avait perdu cette sorte d'alacrité dont elle avait toujours fait preuve, brisée qu'elle était par la perte de son fils aîné. Son père, lui, s'exprimait désormais d'une voix très douce, presque éteinte, dans laquelle ne perçait plus la moindre énergie.

Seule Juliette faisait face, gardait quelque espoir.

– Parle-moi ! lui disait Pierre tandis qu'ils s'allongeaient à l'ombre des châtaigniers, le soir venu. Moi, je ne peux pas.

Elle lui caressait les cheveux, lui racontait les efforts de son père, encore vains, pour remettre le haut-fourneau et la forge en activité, les obstacles innombrables auxquels il se heurtait. Elle lui parlait des lettres de Jules, son frère aîné, qui avait été légèrement blessé mais avait regagné son poste, et Pierre se demandait si elle serait capable de surmonter le choc quand son frère serait tué. Car il allait mourir, Pierre en était sûr, comme lui, comme tous. Il n'était pas possible de passer au travers des balles et des obus si longtemps. Aussi s'efforçait-il de profiter de chaque seconde, de s'imprégner de la douceur de la peau de Juliette, de sa voix, de ses paroles, de son sourire qui éclairait si bien la pénombre à l'intérieur des murs épais de la métairie.

C'était la saison qu'il aimait par-dessus tout et il n'en souffrait que davantage en se disant qu'il ne la revivrait jamais plus. Il aida Philéas Malaurie à rentrer les derniers foins, à les entasser dans la « jouque » sous les tuiles brûlantes, enivré par leur odeur puissante qui faisait lever en lui des images oubliées, des souvenirs capables de le projeter dans ce temps lointain où nulle menace ne régnait sur le monde. Alors il se demandait s'il n'avait pas rêvé, si ce qui se passait depuis une année n'était pas un long cauchemar. Aussi se méfiait-il des nuits, malgré la présence de Juliette à ses côtés, et il se couchait très tard, après être demeuré longtemps assis sur le banc de pierre devant la métairie, à se demander si les étoiles qui brillaient là-haut étaient les mêmes que celles qu'il apercevait sur le front des combats.

– Je suis là, disait Juliette, en lui caressant le bras.

– Oui, disait-il en frissonnant, et le fait de reprendre pied dans la réalité de cette vie si douce faisait monter des larmes dans ses yeux, qu'il dissimulait de son mieux.

Pendant ses huit jours de permission, il tenta de renouer avec toutes les sensations précieuses de sa vie, la caresse de la rosée des matins qui illuminait les toiles d'araignée tendues sur l'herbe verte, le bruit mat de ses souliers sur la terre des chemins, la chanson des feuilles de châtaignier, l'ombre délicieuse des rives de l'Auvézère, rien de très important mais tout ce qui était la vie, vraiment, cette vie qu'il allait perdre – et chaque fois, à cette idée, il était dévasté, tant la douleur lui serrait le cœur.

Il fallut repartir. Juliette, qui était forte, chancela pourtant dès qu'elle eut quitté l'abri de ses bras. Il ne l'avait jamais vue aussi pâle, alors qu'il tentait de sourire, promettait de revenir très vite, d'être prudent. Elle voulut à tout prix l'accompagner jusqu'à la gare. Ils s'y rendirent à pied, passant entre les peupliers et les frênes dont l'ombre leur était douce, évitant de parler maintenant, puisque tout était dit. Elle lui donnait le bras et il sentait sa chaleur contre sa peau, sa présence vivante, se demandait si un jour la mort la saisirait, s'y refusait, se mettait à trembler.

Un peu avant d'arriver, il murmura :

– Pas plus loin, s'il te plaît.

Il n'aimait pas les quais de gare, les bras qui s'agitent quand démarrent les trains, ce lien qui se tend, puis se rompt, brutalement, inexorablement. Il entraîna Juliette à l'écart de la route, dans un chemin de terre. Il la prit par les épaules, observa un long moment la chevelure, les boucles brunes, les yeux ardents qui brillaient trop, le sourire crispé.

– S'il te plaît, dit-elle, reviens-moi.

Elle mordillait l'ongle de son index, la tête légèrement inclinée vers la droite, avec cet air fragile qui remontait en elle, parfois, les renvoyant au temps où, enfants, ils suivaient les rives ombreuses de l'Auvézère.

Il hocha la tête, ne put parler. Il l'embrassa une

dernière fois sur le front, très vite, et songea aussitôt : « C'est la dernière fois. » Puis il s'écarta, regagna la route et s'éloigna sans se retourner. Ce fut seulement lorsqu'il eut gagné la gare, quand il fut certain qu'elle ne pouvait l'apercevoir, qu'il regarda dans la direction du chemin, à travers les vitres de la porte d'entrée. Juliette se tenait appuyée contre un arbre, mordillant toujours l'ongle de son index droit, et il fut tenté de courir vers elle.

– Va-t'en, dit-il à mi-voix, s'il te plaît, va-t'en.

Puis, comme elle ne bougeait pas, il passa sur le quai et constata avec soulagement que le train arrivait. Il y monta, s'approcha de la fenêtre, attendit le départ, espérant que Juliette se trouverait toujours à la même place quand le train repartirait. Elle y était, ne pouvait pas le voir, mais lui, il l'aperçut, détachée de l'arbre maintenant, immobile au milieu de la route, et la silhouette bleue disparut bientôt derrière les frondaisons. Il songea avec une sorte de certitude glacée que c'était la dernière image qu'il garderait d'elle : la tête penchée, l'index au bord des lèvres, une peau claire sous une couronne de cheveux noirs. Il tenta alors de se remémorer les jours passés à la Nolie, se retira du monde, sans même s'apercevoir que le wagon dans lequel il avait pris place était plein : des hommes âgés, des femmes vêtues de noir qui se rendaient à Limoges pour la journée.

La guerre le reprit dans ses mailles d'acier trois jours après son retour sur le front. Il s'aperçut qu'il avait retrouvé ses camarades avec un certain soulagement. La solidarité qui régnait dans sa compagnie, son amitié avec le capitaine près duquel il avait traversé les offensives folles du printemps faisaient qu'ici, au moins, on partageait les mêmes choses. À l'arrière, au contraire, on avait l'impression de se sentir étranger, même auprès de ceux qu'on aimait.

Il allait repartir en première ligne quand, un matin, brûlant de fièvre, il ne put se lever. Le major, arrivant vers midi dans le poste avancé où Pierre somnolait, décela la fièvre typhoïde, une maladie très contagieuse, et le fit évacuer vers l'arrière en direction de Bar-le-Duc. Cette évacuation lui sauva la vie, car son régiment perdit dans le mois qui suivit les trois quarts de ses effectifs. Lui, d'abord mis en quarantaine dans un entrepôt réquisitionné de Bar-le-Duc, y resta un mois, et, comme était apparue l'une des complications de la typhoïde, une myocardie qui menaçait de devenir chronique, il fut renvoyé dans ses foyers avant de passer devant une commission de réforme.

Ce fut donc à la Nolie qu'il apprit par Juliette qu'elle attendait un enfant. On était à la fin du mois d'août. Une lourde chaleur stagnait sur la campagne, épaississant le temps que l'on passait entre les murs, accélérant les battements de son cœur frappé d'arythmie. Il fut alors saisi d'un fol espoir : il allait peut-être être réformé et il verrait grandir son enfant. La guerre s'éloigna de lui pour quelque temps, jusqu'au 12 octobre, en fait, jour où siégeait à Limoges la commission de réforme qui renonça à statuer et prolongea sa convalescence de deux mois, refusant d'admettre que sa myocardie était devenue chronique.

Ce fut pour lui et pour Juliette un automne très doux. Il était redevenu vivant. Et surtout il échappait au carnage des dernières offensives lancées par Joffre pour enfoncer le front allemand. Quatre cent mille soldats français étaient tombés en Champagne, en Artois, en Argonne, sur la Woëvre et ailleurs, sur l'ensemble du front. Au fur et à mesure que les jours passaient, qu'il se réhabituait à la vie, Pierre se sentait mieux. Au lieu de s'en réjouir, il s'en inquiétait : sa myocardie se résorbait, cela signifiait qu'il n'allait pas être réformé définitivement. Il n'en disait rien à Juliette, pourtant, qu'il sentait si heureuse. La maternité lui allait bien. Elle croyait en la vie, avait repris confiance. À la mi-décembre, survint ce que Pierre redoutait tellement : le conseil le déclara guéri et il dut repartir huit jours avant Noël, alors qu'ils avaient tant espéré pouvoir passer les fêtes ensemble, à Lanouaille et à Ladignac. Mais il était vivant, au moins, il avait survécu alors que tant d'autres étaient morts.

Juliette avait posé la plume, ne parvenant plus à écrire. Elle pensait aux permissions de Pierre, quand ils restaient enlacés pendant de longues secondes, sans pouvoir prononcer le moindre mot. Après quoi elle s'écartait légèrement, examinait ses yeux clairs, sa lèvre supérieure un peu plus épaisse que celle du bas, son nez droit et fin. C'était bien lui et pourtant ce n'était plus le même. Qu'y avait-il de changé ? Renonçant à le découvrir, elle murmurait :

– Tu dois être fatigué.

– Un peu.

Sa voix aussi avait changé. Il y avait comme une fêlure en elle. On aurait dit un enfant. Cette sensation bouleversait tellement Juliette qu'elle se dégageait, puis, lui prenant le bras, elle le conduisait vers le banc où ils s'asseyaient côte à côte.

– Tu ne dis rien, observait-elle.

Il souriait simplement, et ce sourire, dans son silence, faisait peur à Juliette.

– Parle, toi. Moi je ne peux pas.

Elle ignorait que son esprit se trouvait encore dans le monde des obus, des schrapnells, de la mort quotidienne, et qu'il ne réussissait pas à s'en délivrer.

– Demain, c'est la Saint-Jean, murmura-t-elle lors de la première permission de Pierre.

Et elle ajouta, comprenant enfin qu'il n'était pas tout à fait là :

– Regarde !

Devant eux, un champ de blé couleur de cuivre ondulait jusqu'à un bosquet de chênes. À gauche, des meules de foin dépassaient de la murette de pierres qui délimitait la cour. Sur leur droite, une colline s'inclinait vers la combe de la métairie, son vert attendri par le bleu du ciel.

Solange Malaurie s'approcha et leur annonça qu'elle leur porterait le souper vers 8 heures. C'était une femme forte, aux attaches solides, aux bras hâlés par le soleil, que la perte de l'un de ses fils avait ébranlée mais n'avait pas brisée. Tout comme Philéas, son époux, jeune encore, mais qui avait pu demeurer dans la métairie grâce à une intervention de son maître. Car, si M. Desforest avait accepté le départ de ses deux fils, il avait manœuvré pour garder au moins son métayer, ayant réussi à faire passer Philéas pour un boulanger, grâce au four de la Nolie. Un décret du gouvernement imposait en effet la présence d'un boulanger par canton. Ainsi, Philéas, qui aurait dû partir dans la territoriale, avait pu rester à la Nolie, même si c'était sa femme qui cuisait le pain. Personne, même à la préfecture, n'avait envie de se mettre à dos maître Desforest, qui n'avait par ailleurs demandé aucune faveur pour ses propres fils.

Pierre et Juliette dînèrent face à face, ce soir-là, dans la paix et le silence seulement soulignés par la ronde des hirondelles dans le ciel devenu vert. Comme il ne trouvait pas les mots, ce fut elle qui lui parla, racontant tout ce qui se passait en son absence, ses visites dans les métairies, le manque d'hommes dans les terres, le courage des femmes. Quand ils eurent terminé, ils sortirent et prirent le chemin qui s'en allait entre les champs encore chauds de l'immense éclat du jour. L'air sentait la paille et la prune, et la nuit qui tombait lentement semblait traîner derrière elle d'épais draps de velours. Pierre ne parlait toujours pas. Juliette commençait à s'en effrayer en se demandant si c'était bien l'homme qu'elle avait connu qui marchait près d'elle. La nuit, heureusement, lui apporta la réponse qu'elle attendait : elle reconnut son odeur, la douceur de ses mains, de ses bras, et cette manière qu'il avait toujours eue de lui caresser les cheveux, de l'accueillir dans le creux de son épaule juste avant le sommeil.

Les jours qui suivirent furent malgré tout des jours heureux. Pierre se rapprocha un peu, parut oublier d'où il venait. Quand le souvenir de la guerre le traversait brutalement, qu'il s'évadait soudain et que passait sur son visage une tristesse infinie, elle lui touchait le bras et murmurait :

– Je suis là.

Pour retrouver sans doute les gestes qui avaient été ceux d'un bonheur simple, il voulut aider Philéas à rentrer le foin mais il s'y épuisa. Le soir, pourtant, il tardait à aller se coucher, demeurait longtemps sur le banc, prononçait quelques mots, mais semblait ne pas être entier en ces lieux, comme si une part de lui-même était restée tout là-bas, dans le fracas des bombes et de l'horreur quotidienne. Il parvint cependant à s'apaiser au cours des dernières journées, alors qu'elle, au contraire, se refusait farouchement à la séparation qui approchait.

Elle n'y put rien : malgré ses prières, le temps ne s'était pas arrêté. Elle voulut l'accompagner jusqu'à la gare, afin de prolonger jusqu'au bout ces moments durant lesquels elle n'avait qu'à tendre la main pour sentir sa peau, lever les yeux pour l'apercevoir devant elle, bien vivant, l'entendre respirer doucement, comme pendant ces nuits où elle ne pouvait dormir et l'écoutait, enfin réfugié dans le sommeil. Ils partirent à pied au début d'un après-midi très chaud, dans l'âcre parfum des feuilles de chêne. Un peu avant d'arriver, Pierre l'entraîna dans un chemin fleuri d'églantines, la serra contre lui sans un mot.

– S'il te plaît, reviens-moi, lui dit-elle.

Et elle le regretta aussitôt, craignant d'avoir trahi son angoisse, sans savoir qu'il pensait qu'il ne reviendrait plus. Elle le regarda s'éloigner sans se rendre compte qu'elle rongeait jusqu'au sang son index, mais ne voulut pas retourner sur ses pas avant que le train ne soit parti. Elle chercha à l'apercevoir dans un compartiment au moment où le train s'ébranla mais elle n'y parvint pas. Quand il n'y eut plus qu'un grand silence autour d'elle, elle s'éloigna enfin, respirant de temps en temps la main qu'il avait tenue, mais qui, déjà, ne portait plus rien de sa chaleur, de son odeur familières.

– Je suis sûr qu'ils sont capables de nous donner l'ordre de sortir et d'enlever la colline, fit brusquement le sergent Rouvière.

– Mais non, voyons, dit le lieutenant Desforest.

– Ils ont fait pire, tu sais. Rappelle-toi à Vimy : ça faisait trois jours que nos vagues d'assaut se brisaient sur les barbelés et les mitrailleuses, et ils nous ont fait sortir quand même.

– C'était pas la première fois, remarqua le soldat Pelletier.

– L'Armistice est signé, ils ne nous feront pas attaquer, il n'y a pas de raison, assura le lieutenant.

Il y eut un instant de silence, puis Rouvière demanda :

– Et si l'ordre arrivait, qu'est-ce que tu ferais, mon lieutenant ?

Pierre Desforest ne répondit pas. Il songea un instant à la fièvre qui le saisissait en haut de l'échelle, dans la folie des attaques, quand les canons des fusils s'entrechoquaient, que les hommes criaient pour se donner du courage, que les tirs de barrage éclataient de toutes parts, que les mitrailleuses se mettaient à cracher. Il se souvenait de cette impression de se jeter dans le vide, de la morsure dans son estomac, de son désespoir et de l'énergie qui le poussaient à courir pour gagner le plus vite possible un abri.

– Tu ne réponds pas, observa le sergent Rouvière.

– Ils ne donneront pas cet ordre.

– Peut-être, fit le sergent, mais s'ils le donnaient, je te le demande une nouvelle fois, qu'est-ce que tu ferais ?

– Tu le sais très bien.

– Et tu crois que je te suivrais ?

Pierre Desforest hésita à peine :

– Je le crois.

– Eh bien tu te trompes, mon lieutenant, pour la première fois depuis des mois je ne te suivrais pas.

Il y eut un silence entre les deux hommes, puis le sergent Rouvière reprit :

– Tu vois, en 17, si je t'ai suivi, si j'ai refusé de participer aux mutineries, ce n'est pas parce que j'étais contre, c'est parce que j'étais sûr qu'ils allaient fusiller les mutins.

– Pourquoi reparles-tu de tout ça, alors que la guerre est finie ?

– Parce que je les crois encore capables de tout.

Les deux hommes se turent. Un obus passa en soufflant, très haut, et sembla ne jamais retomber.

– Vous avez l'heure, mon lieutenant ? demanda Jean Pelletier.

Il sentit un bras remuer contre lui.

– Dix heures moins vingt.

– Merci, mon lieutenant.

– Un peu plus d'une heure et c'est fini, murmura Jean Pelletier.

Si seulement il avait pu dormir ! Mais non, Malgré son épuisement, ses yeux refusaient de se fermer, contrairement aux nuits durant lesquelles il avait dormi sous des marmitages bien plus importants. Mais alors les tranchées étaient bien mieux protégées que ce trou aménagé à la hâte, la veille. Oui, il en avait subi, lui, Jean Pelletier, des bombardements interminables, jour et nuit, dans des abris protégés par des sacs de terre et de sable. Il avait appris à attendre, à se mettre en état de survie, à se faire oublier par les éclats qui ricochaient sur le parapet. Depuis la fin de l'année 1914, en fait. Avant, ce n'avait été que marches forcées, d'abord vers la frontière, ensuite en arrière, jusque sur la Marne, cette Marne où il avait emmené Marie, trois ans plus tôt, pour une journée inoubliable, dans la lumière douce de Nogent.

C'était là, aux alentours du 10 septembre, qu'il avait reçu une lettre d'elle dans laquelle elle lui annonçait qu'elle était enceinte pour la deuxième fois. Elle précisait qu'elle avait attendu d'en être sûre pour le lui dire, mais il comprenait qu'en fait elle avait retardé la nouvelle pour ne pas l'inquiéter. Puis les marches forcées avaient repris en direction des Flandres, lui faisant oublier Marie, parfois, de toute une journée. Il s'en voulait, écrivait alors quelques lignes dans des bivouacs improvisés, les perdait, en écrivait d'autres, faisait enfin partir sa lettre sans jamais être sûr qu'elle lui parviendrait.

Il avait vu la mort de près, d'abord sur la Marne, puis sur l'Yser où une offensive française avait été lancée en novembre. Lui-même y avait échappé de justesse, mais il ne savait déjà plus combien il avait perdu de camarades. Le front s'était figé, les troupes s'étaient enterrées et Jean avait appris, comme les autres, à vivre dans la terre, à peine protégé par des parapets de bois récupéré parmi les troncs déchiquetés par les bombardements. Il ne songeait pas à se rebeller, Jean Pelletier, il ne faisait que son devoir. Dans ses lettres, il ne se plaignait pas. Il attendait celles de Marie qui se montrait confiante, même si elle avouait que le travail manquait, qu'il y avait moins de linge à laver depuis que les hommes étaient partis à la guerre. Elle seule suffisait pour venir à bout du peu d'ouvrage qu'on lui donnait. Sa grossesse ne la fatiguait pas. Elle se sentait en bonne santé. Sa mère gardait Louis dans le logement de la rue Saint-Paul. Jean comprenait que Marie ne lui disait pas tout, mais lui aussi lui cachait l'essentiel : qu'il pouvait mourir à chaque instant, de jour comme de nuit, sous un obus ou une balle perdue, un éclat qui aurait brisé sa vie, par hasard, sans raison, du simple fait de la fatalité.

Cette idée lui déchirait le cœur. Mais que faire pour échapper au sort qui le guettait ? Ils étaient des milliers comme lui à risquer leur vie dans une guerre juste, contre un ennemi qui voulait envahir leur pays. Ils avaient compris que la guerre risquait de durer. Ils luttaient au coude à coude, dans une camaraderie exemplaire, et c'est ce qui les aidait à tenir sous la mitraille et les bombardements.

Noël arriva sans que les positions aient bougé. Il faisait froid, très froid, dans cette terre humide où l'on dormait les uns contre les autres pour ne pas trop souffrir. L'hiver parut interminable, car le front était calme, à présent, malgré quelques fausses attaques destinées à tester l'ennemi. Les plus grandes offensives françaises avaient lieu en Champagne et en Artois. Jean était vivant, bien vivant, et il s'en étonnait parfois. La nouvelle de la naissance de son deuxième fils, Baptiste, au début du mois de février, lui avait fait espérer une permission qui ne lui fut pas accordée : l'état-major redoutait une attaque allemande dans le secteur d'Ypres. Tout le monde devait rester à son poste. Dans sa lettre, Marie se disait heureuse de ce deuxième enfant. Elle assurait qu'elle n'avait pas souffert lors de l'accouchement, en tout cas bien moins que du précédent. Elle prétendait également qu'ils n'avaient pas froid, car un marchand de charbon s'était installé dans la cour. Jean pensa aux mains noires de l'homme, à la peau blanche de Marie, et il ne sut pourquoi cette présence lui fut désagréable, même si Marie concluait sa lettre en donnant de bonnes nouvelles de sa mère qui avait repris quelques forces. Il se demanda s'il pourrait bientôt voir son fils, se mit à espérer que ce serait avant l'été.

Le froid céda un peu à la fin du mois de mars, et le vent se leva. Le 22 avril, monta à l'horizon un nuage roux qui se déplaça rapidement vers les lignes françaises : les gaz, dont les Allemands avaient testé l'efficacité en Russie ; quant à l'état-major français, jusqu'au bout, il avait été persuadé qu'ils n'oseraient pas les utiliser.

Aussitôt ce fut la panique dans les tranchées que les hommes commencèrent à abandonner. Les officiers tirèrent des coups de revolver afin de les contraindre à rester dans les positions occupées depuis des mois. Jean, ce jour-là, se trouvait en deuxième ligne. Il put s'échapper plus facilement, courut vers l'arrière, comme ses camarades, mais fut rattrapé par le nuage bas qui l'enveloppa très vite, l'aveuglant, le faisant tousser, l'empêchant de respirer. Il lui fallut dix minutes avant de pouvoir gagner l'abri d'une grange dont la porte tarda à s'ouvrir. Il ne voyait plus rien. Il lui semblait que ses yeux brûlaient, que ses poumons piquaient comme sous l'effet d'un cataplasme de moutarde.

La panique était immense car on était persuadé que les Allemands attaqueraient dès que les gaz se seraient dissipés. Ce ne fut pas le cas, heureusement, et les instructions finirent par arriver : rapatrier les blessés, faire monter en première ligne les troupes de réserve. C'est ainsi que Jean se retrouva dans un camion qui roulait vers Hazebrouck, assis au milieu d'autres soldats qui, comme lui, portaient un bandeau sur les yeux. C'est là que la pensée lui vint qu'il pouvait devenir aveugle. Il ne verrait plus Marie. Il pleura en silence, chahuté par les cahots de la route défoncée, et il lui sembla que ses yeux étaient soudain moins douloureux, un peu comme si les larmes les avaient adoucis. Beaucoup d'hommes toussaient autour de lui. Il n'arrivait pas à se débarrasser de cette sensation de brûlure dans la poitrine, mais le fait de s'éloigner du front l'aidait à demeurer calme : c'était comme s'il s'écartait d'une flamme rougeoyante dont l'éclat pouvait le tuer.

Il n'arriva à destination qu'en fin d'après-midi : un hôpital de fortune dressé à la hâte en banlieue, dans un hangar à bestiaux rempli de bottes de paille. Là, un major l'examina, lui retira son bandeau, lui demanda s'il y voyait, et Jean fut soulagé de pouvoir lui répondre affirmativement. Peu à peu, maintenant, la hantise de devenir aveugle le quittait. Le médecin noua un bandeau propre et humide autour de sa tête et lui recommanda de le garder jusqu'au lendemain matin. Le soir, il mangea comme il le put, parmi les blessés qui, comme lui, souffraient en silence. Un peu plus tard, il parvint à s'endormir, emportant dans son sommeil l'image nette et rassurante de Marie qui riait, sur le canot, face à lui, le jour où ils étaient allés à Nogent.

Le lendemain, un convoi amena les blessés à Béthune, où, de nouveau, ils furent examinés par une dizaine de médecins militaires dont c'était la première consultation auprès des gazés. Manifestement, ils ne savaient comment les soigner. Jean, cependant, se sentait mieux. Il enleva son bandeau pendant une heure et écrivit à Marie pour lui apprendre qu'il avait été blessé, mais lui assura que ce n'était pas grave. Il lui confia qu'il espérait pouvoir venir en permission assez rapidement et lui demanda de lui donner de ses nouvelles. Deux jours plus tard, un convoi de six camions prit de nouveau les blessés en charge et Jean comprit qu'ils roulaient vers Paris. Ceux qui le désiraient avaient pu enlever leur bandeau, mais les médecins avaient recommandé de garder les yeux clos le plus possible. En fait, ce n'était pas les yeux qui avaient le plus souffert, c'étaient les poumons. Tout le monde toussait dans ce camion bringuebalant sur les routes défoncées par l'hiver.

Ils n'arrivèrent à Paris que le soir, mais Jean se sentit revivre : Marie était là, tout près. Cela faisait presque un an qu'il ne l'avait pas vue, et il eut bien du mal à ne pas s'enfuir de l'hôpital pour courir rue Saint-Paul. Il résista huit jours à cette tentation, parvint à s'échapper un dimanche, vers 11 heures, après la visite des médecins. On était au début du mois de mai, les arbres des boulevards mettaient leurs feuilles, il y avait des moineaux partout, et la vie, ici, semblait être demeurée la même qu'avant la guerre – comme si la guerre, justement, n'existait pas. Cette pensée heurta Jean douloureusement. Que savait-on, ici, de ce qui se passait sur le front ? Rien, apparemment. Est-ce que l'on s'en préoccupait seulement ? C'est à peine si les passants levaient les yeux sur lui alors qu'il avait envie tout à coup de crier : « Regardez-moi ! J'ai été gazé, j'ai vu mourir des hommes par milliers, nous allons tous périr là-bas, regardez-moi, au moins ! » Puis, en continuant de marcher, il se dit que peut-être, pour Marie et pour ses enfants, c'était mieux ainsi : cela signifiait qu'ils se trouvaient loin de l'horreur et qu'ils n'en sauraient jamais rien.

Cette pensée le rasséréna. Il arriva apaisé rue Saint-Paul, entra dans la cour, frappa à la porte. Ce fut Marie qui lui ouvrit. Elle en eut une telle surprise, une telle émotion qu'elle faillit tomber et il dut la prendre dans ses bras.

– Toi ? Mais comment est-ce possible ? Tu n'as donc pas pu me prévenir ? (Et, sans lui laisser le temps de répondre :) Je m'inquiétais beaucoup, je te croyais à l'hôpital.

– J'y étais, répondit-il, à Paris depuis huit jours. Alors je n'ai pas pu résister.

– Comment vas-tu ? Cette blessure dont tu me parlais dans ta lettre ?

Jean ne répondit pas. Un enfant aux yeux noirs l'observait, assis sur une chaise.

– C'est Louis. Il a grandi, n'est-ce pas ?

Et, comme Jean ne savait que répondre :

– Louis ! Viens dire bonjour à ton papa.

L'enfant fit « non » de la tête.

– Louis, viens ici, tout de suite !

– Laisse, dit Jean, laisse, il a peut-être peur.

Il s'approcha de son fils doucement, lui sourit, tendit la main, et l'enfant, après un léger mouvement de recul, se laissa caresser la joue.

– Et le petit ? fit-il en se retournant vers Marie.

– Viens, dit-elle.

Elle lui prit la main, l'entraîna vers la chambre dont la porte était entrouverte. Ils entrèrent, s'approchèrent du lit où dormait un enfant, les deux poings serrés sous son menton.

– Il est beau, dit Jean, mais il dort toujours ?

– Non, fit Marie, il vient juste de se rendormir.

Elle était contre lui et il sentait sa chaleur, la peau de son bras contre le sien. Il eut comme un gémissement, la fit pivoter, enfouit sa tête dans ses cheveux blonds, et ils s'écroulèrent sur le lit, s'embrassant violemment, prêts à s'aimer comme quand ils étaient seuls, au début de leur mariage. Pourtant il sentit Marie se raidir, et, tournant la tête vers la gauche, il aperçut Louis qui avait poussé la porte et les considérait d'un air effrayé. Il se redressa, aida Marie à faire de même et dit à l'enfant :

– Viens.

Comme le petit ne bougeait pas, Marie tendit la main et murmura :

– Allons, viens, n'aie pas peur, c'est ton papa.

Ils firent asseoir leur fils entre eux, lui parlèrent, le rassurèrent, puis Marie demanda :

– Et toi ?

Jean raconta ce qui s'était passé, tout en minimisant les effets des gaz.

– Regarde-moi ! dit-il. Est-ce que j'ai l'air d'un grand blessé de guerre ?

Elle sourit, l'invita à passer dans la pièce d'à côté, car c'était l'heure du repas. Elle apporta un plat de bœuf bouilli avec des pommes de terre, et Jean se dit que, sans la guerre, il eût pu en être ainsi tous les jours. Le poêle délivrait une chaleur agréable, le bœuf était bon, et son fils, assis face à lui, le regardait maintenant avec confiance, souriant quand les yeux de son père se posaient sur lui. Vers le milieu du repas, toutefois, une violente quinte de toux contraignit Jean à se lever, et à ouvrir la fenêtre, à laquelle il s'accouda, le temps qu'elle passe.

– C'est rien, dit-il en revenant s'asseoir, je me suis étranglé, c'est tout.

Mais, au regard que lui lança Marie, il comprit qu'elle n'en croyait rien.

Elle s'en inquiéta un peu plus tard, alors qu'ils marchaient sur les quais.

– Ça passera, répondit-il, d'ailleurs ça va déjà beaucoup mieux.

Elle n'eut pas la force de s'appesantir sur ses craintes : elle ne songeait qu'à profiter de ces quelques heures en sa compagnie. Comme il lui avait dit qu'il devrait repartir avant 5 heures, elle songea qu'ils ne pourraient pas dormir ensemble et elle le regretta.

– Je suis sûr d'avoir une permission avant de repartir, lui dit-il pour lui donner du courage. Au moins huit jours.

– Quand ?

– Bientôt. Très vite.

Ce fut vrai. Il put rentrer chez lui au début du mois de juin, même s'il n'avait guère été rassuré par les médecins, qui ne savaient rien des conséquences de ce que les soldats avaient subi. Ces huit jours les aidèrent à retrouver le peu de bonheur qu'ils avaient vécu ensemble, et dont ils avaient tant besoin.

Les premières chaleurs et le vert des arbres les accompagnaient dans leurs promenades le long des quais et sur les grands boulevards, ils faisaient des projets, Marie riait, la tête renversée en arrière, comme avant, et la guerre s'éloignait. Le matin, Marie s'occupait de la maison, de ses fils, et Jean ne sortait pas. Il restait là pour la regarder, imprégner sa mémoire de son visage, de son corps, profiter de chaque minute, chaque seconde de sa présence. Leur seul regret, pendant cette courte période de leur vie, fut de ne pouvoir revenir une journée, une seule, à Nogent.

Le dimanche du départ, Marie exigea de raccompagner Jean jusqu'à l'hôpital du Val-de-Grâce d'où il devait regagner le front le lendemain. Il faisait toujours aussi beau, ce dimanche-là. Ils montèrent jusqu'à Montparnasse, furent étonnés de voir que malgré la guerre on dansait au bal Bullier. Ils y entrèrent et dansèrent comme à Nogent, une seule fois dans leur vie. Mais ces deux fois-là leur resteraient inoubliables, ils le savaient. Ensuite, sur le boulevard de Port-Royal, ils ne trouvèrent plus la force de parler. Ils se tenaient par le bras, tremblaient un peu. La souffrance était à la mesure de la joie qu'ils avaient eue à danser là-bas, dans la salle de bal.

– Va ! dit Jean après l'avoir embrassée, moi je ne peux pas.

Elle se retourna plusieurs fois en descendant vers les Gobelins, lui fit un dernier signe de la main avant de disparaître, silhouette fragile qu'il tenait encore dans ses bras une heure auparavant et que, peut-être, il ne serrerait plus jamais contre lui.

Absorbée dans son travail, ce matin du 11 novembre, Marie songeait à l'époque où elle s'était décidée à faire une demande pour percevoir les allocations aux familles nécessiteuses. Il ne lui était pas venu à l'esprit de se plaindre de ce qui s'était passé à l'usine. Se plaindre à qui ? Et qui aurait-on cru ? Elle fut rassurée sur son sort et celui de ses enfants quand elle toucha les premières allocations : 40 francs. De quoi s'approvisionner en nourriture et en charbon pour l'hiver qui s'annonçait. Elle découvrit alors que Paris commençait à manquer de tout, et surtout de charbon. Son voisin, pourtant, la rassura :

– Je ferai l'impossible pour vous. Ne vous inquiétez pas. Je vous livrerai la semaine prochaine.

Il tint parole, se montra aimable, prévenant. Il avait un regard vif qui contrastait avec ses gestes lents, enveloppants, mais Marie n'y décelait aucune menace. Le charbonnier ne ressemblait pas du tout au contremaître de l'usine. Elle avait confiance. Il finit par lui rendre de menus services, notamment par lui fournir des pommes de terre, les lui faisant payer à un tarif normal, sans profiter de la situation, alors qu'on n'en trouvait presque plus chez les marchands. En quelques semaines il lui devint familier, mais il ne chercha jamais à en profiter.

Pourtant quelque chose l'alertait chez cet homme : elle le devinait rusé à la manière dont il réussissait à se procurer des denrées ou du charbon. Elle n'oubliait pas qu'il vivait à Paris malgré son âge, au lieu de se battre sur le front comme tant d'autres. Mais sa présence, en quelque sorte, dans une vie devenue si difficile, la rassurait. Elle était certaine que grâce à lui ses enfants ne manqueraient de rien, et elle faisait en sorte, tout en demeurant prudente, de se montrer aimable avec lui.

L'hiver arriva, apportant dès le début de décembre un froid terrible qui faisait craquer les branches des arbres sur les boulevards. Jean avait écrit qu'il était à peu près sûr de venir pour Noël. Elle espérait son arrivée chaque jour, surveillait son stock de charbon qui s'épuisait.

– Ne vous en faites pas. Dès que vous n'en aurez plus, je vous livrerai, avait promis le charbonnier.

Noël arriva, et Marie espéra encore la venue de Jean pendant toute la journée. Il ne vint pas. Elle se rendit à la messe avec ses enfants, mais les chants et les lumières ne parvinrent pas à vaincre sa tristesse. À son retour, elle coucha ses enfants, attendit encore, se sentit seule, très seule. Dehors, le vent du nord s'acharnait contre les murs, et le froid pénétrait partout, dans le couloir, sous les volets, malgré le poêle qu'elle n'éteignait plus pendant la nuit, depuis une semaine. Elle ne put trouver le sommeil car sa sensation de solitude l'oppressait.

Le lendemain, elle espéra encore l'arrivée de Jean. Il devait avoir froid, lui aussi, et être au désespoir de n'avoir pas obtenu de permission. À midi, elle retarda le moment de passer à table, et, quand il devint évident qu'il ne viendrait plus, elle se réfugia un moment dans sa chambre pour cacher ses yeux humides à ses enfants. Après le repas, en regardant par la fenêtre, elle constata qu'il neigeait. Elle joua avec Louis aux dominos, tenta de l'occuper en lui demandant des dessins pour son père, et l'après-midi passa dans une tristesse qui l'accabla. La concierge ne pouvait lui être d'aucune compagnie : elle était partie à Vanves, pour trois jours, chez ses cousins.

À 4 heures, la nuit tombait déjà. Marie alla chercher du charbon dans le réduit contigu à son logement et constata qu'elle n'en n'aurait pas assez dès le lendemain. Elle décida alors d'alerter le charbonnier dont la fenêtre, en face, était éclairée. Elle demanda à Louis de s'occuper de son frère pendant quelques minutes, les enferma à clef et traversa la cour où le vent la frigorifia. Au moment de frapper à la porte, elle tremblait, glacée jusqu'aux os.

Le charbonnier ne parut pas surpris.

– Entrez, Marie, dit-il, entrez vite, vous devez être gelée.

– Oui, dit-elle, il fait très froid.

– Asseyez-vous une minute.

– Non, je ne voudrais pas vous déranger, je suis simplement venue vous dire que je n'ai plus de charbon.

– Asseyez-vous, répéta-t-il, et ne vous inquiétez pas : j'en attends demain. Je vous livrerai aussitôt.

– Merci, dit-elle.

Il faisait bon, dans le logement, si bon qu'elle accepta de s'asseoir quand il lui avança une chaise. Il y avait une bouteille et un verre sur la table. Le charbonnier en prit un autre dans son buffet, servit Marie en disant :

– C'est un peu fort, mais ça réchauffe, vous allez voir.

Et, comme elle hésitait :

– Vous vous sentirez mieux après, je vous jure.

Quelque chose lui disait qu'elle ne devait pas boire, qu'elle devait rentrer, mais en même temps la présence d'un homme lui était agréable car elle s'était sentie vraiment trop seule toute la journée. La première gorgée de l'alcool très fort la fit tousser et s'étrangler, puis, aussitôt, une douce chaleur l'envahit.

– Faites comme moi, cul sec ! comme on dit.

Elle ne put boire d'un trait, mais elle finit son verre quand même et, aussitôt, ressentit la même chaleur bienfaisante. Elle comprit qu'elle devait s'en aller, dit encore :

– Mon charbon, c'est pour demain, n'est-ce pas ?

– Bien sûr, Marie, je vous l'ai promis.

Elle se leva, sa tête se mit à tourner au point qu'elle vacilla et il la prit par le bras pour l'empêcher de tomber.

– Je ne me sens pas bien, dit-elle.

– Venez, dit-il, venez vous allonger.

Il n'eut pas à pousser la porte d'une chambre car son lit se trouvait dans son unique pièce, à l'autre extrémité. Elle s'y laissa tomber avec une étrange impression de bien-être. Elle avait chaud, sa tête était un peu moins douloureuse.

– Vous le savez, Marie, que vous pouvez compter sur moi, que je suis là pour vous aider.

Elle avait fermé les yeux. Elle ne savait plus qui parlait ainsi, Jean ou un autre, mais quelqu'un enfin qui pouvait l'aider, l'arracher à cette solitude dont elle souffrait tellement. La main de l'homme sur sa peau la fit tressaillir. Dans un éclair de lucidité, elle eut un sursaut de défense, mais il la tenait bien et elle n'avait plus assez de force pour lui échapper. Si elle avait ouvert les yeux, elle aurait aperçu une lueur de triomphe dans les pupilles du charbonnier, qui avait su attendre son heure pour s'emparer d'une femme si belle et désespérée.

Elle ne rentra chez elle qu'une heure plus tard, l'esprit encore embrumé et le corps moulu, ne réalisant pas tout à fait ce qu'elle avait fait. Il l'avait aidée à se relever, avait dit avant de refermer sa porte :

– Demain vers midi je vous livrerai du charbon, c'est promis, Marie.

Elle s'était retrouvée dans le froid glacial de la cour, avait pensé subitement à ses enfants, et elle s'était précipitée vers son logement où Baptiste pleurait. Elle le prit dans ses bras, passa dans sa chambre pour lui donner le sein, aperçut sur sa peau des marques rouges qui ne lui laissèrent aucun doute sur ce qui s'était passé dans l'immeuble d'à côté, ce qui soudain la dévasta. Elle avait trompé Jean. Elle avait appartenu à un autre homme que lui. Elle se mit à rire nerveusement, puis à pleurer si fort que Louis apparut, effrayé.

– C'est rien, dit-elle. Attends-moi à côté, j'arrive.

Elle se sentait coupable, si coupable, soudain, qu'elle aurait voulu mourir. Sans ses enfants, à cet instant-là, elle aurait couru vers la Seine pour s'y jeter. Mais Louis insistait, ne voulait pas rester seul. Elle se rajusta, songea vaguement qu'il serait temps de sevrer Baptiste, puis elle s'efforça de retrouver un peu de calme pour ne pas inquiéter son fils aîné. Elle les fit manger rapidement, les coucha très tôt malgré les reproches de Louis, car elle avait besoin d'être seule.

Ses enfants dormaient dans sa chambre, elle dans le lit qui avait été celui de sa mère, car elle travaillait parfois, le soir, à ravauder leur linge, et la lumière les aurait gênés. Une fois la porte refermée, elle alla s'allonger, pleura à son aise, cherchant à se libérer de la honte qui l'avait envahie. Qui était-elle donc, pour avoir agi ainsi ? Le souvenir du verre d'alcool très fort – une eau-de-vie à soixante degrés – lui fit comprendre qu'elle avait été privée de toute sa raison. C'était sûr. Sans cela, elle n'aurait pas accepté de s'allonger. Il lui apparut alors que le charbonnier avait très bien su ce qu'il faisait en lui donnant cet alcool. Il avait prémédité ce qui s'était passé. Et pourtant elle dépendait de lui. Que faire pour l'éviter, alors qu'elle avait tant besoin du charbon promis ? De noires pensées l'agitèrent pendant toute la nuit. Comment vivre désormais avec le souvenir d'une telle trahison ?

Elle se leva vers 4 heures, se mit à écrire à Jean qui, elle en était sûre, la comprendrait si elle lui expliquait sa solitude, le manque de charbon, l'alcool qui lui avait fait perdre la tête. Puis, au fur et à mesure qu'elle écrivait, elle l'imaginait recevant cette lettre et, fou de désespoir, se faisant tuer à cause d'elle. Elle comprit que ce qu'elle avait fait était inavouable. Était-ce concevable de faire ainsi souffrir celui que l'on aimait ?

Pendant toute la journée elle se consuma de honte. Surtout quand le charbonnier, fidèle à sa promesse, lui livra du charbon vers midi en lui proposant de venir le payer chaque fin de semaine. Elle vit clair en lui, comprit qu'il voulait l'attirer de nouveau dans son logement, et elle paya toute la livraison, même s'il ne lui restait pas beaucoup d'argent. Il lui suffisait d'attendre cinq jours pour toucher ses allocations.

– Si vous avez besoin de quoi que ce soit, Marie,

n'hésitez pas à venir me voir, dit-il en repartant, souriant avec un air entendu.

Elle avait compris que cet homme machiavélique l'avait guettée, surveillée, amenée patiemment au point où il avait voulu pour mieux la soumettre. Elle n'était pas de taille à lutter contre un tel homme. Elle allait devoir s'adresser ailleurs, à l'avenir, pour trouver du charbon. Et vivre, en attendant, au moins pour ses enfants, même si elle était persuadée que sans eux elle n'en aurait plus trouvé la force. Quant à Jean, elle s'en fit la promesse, elle lui dirait un jour ce qui s'était passé, et pourquoi. Mais elle attendrait qu'il ne soit plus en danger, qu'il ne risque plus d'aller se faire tuer. Elle en fit également la promesse à saint Louis dans l'église, et, dès lors, se sentit un peu mieux. Comme elle ne voulait pas se contenter des allocations, ayant été depuis toujours habituée à travailler, elle continua à chercher du linge à laver, parcourant les rues malgré le froid, taraudée régulièrement par l'idée de ce qui s'était passé le jour de Noël.

Le mois de janvier, très froid, lui parut interminable. Son seul soutien, son seul secours, était la concierge, qui, parfois, lui gardait ses enfants lorsqu'elle partait chercher de l'ouvrage dans les quartiers voisins. Elle écrivit deux lettres à Jean, dans lesquelles elle ne put lui dissimuler totalement sa détresse. Il lui répondit qu'il allait venir en permission au printemps, que tout s'arrangerait, qu'ils seraient réunis pour vivre ce qu'ils n'avaient pu vivre encore. Elle se demanda où il trouvait ce courage et cet espoir, lui qui devait à cette heure souffrir du froid, de la faim, peut-être même d'une blessure, et son moment d'égarement du jour de Noël ne lui en parut que plus impardonnable.

Le printemps lui rendit un peu de courage, le soleil ravivant sa gaieté naturelle, d'autant qu'elle n'avait plus besoin de charbon, et que le charbonnier avait mystérieusement disparu.

– Je vous l'avais bien dit, triompha la concierge, il se cachait, cet homme-là, c'est évident.

Pourtant, chaque fois que Marie levait les yeux vers les fenêtres du logement qu'il avait habité, elle sentait son cœur se mettre à cogner et ses joues s'embraser.

– J'espère que la roulante pense à nous, mon lieutenant, fit Jean Pelletier. Moi je mangerais un bœuf entier. Pas vous ?

– Peut-être pas un bœuf, mais au moins de la soupe.

– Et vous, sergent ?

– T'en fais pas. Bientôt tu mangeras sur une nappe.

– C'est pas la nappe qui compte, c'est ce qu'il y a dessus. Marie, elle sait faire le bouilli de bœuf, avec des pommes de terre et des carottes. Et votre femme, sergent ?

– Du cassoulet, avec des haricots blancs et des saucisses.

– Chez nous, fit le lieutenant, on y met plutôt des quartiers d'oie ou de canard.

– Avec du bon vin, dit Jean Pelletier.

– Ne parle pas de bon vin, fit Rouvière, il faut avoir taillé la vigne pour savoir ce que c'est que le vin. Et avec ça, ajouta-t-il en ouvrant ses larges mains devant le soldat et le lieutenant.

Pierre Desforest observa ces mains, sourit. Ludovic Rouvière lui avait toujours rappelé les frères Malaurie, en plus fort, plus têtu, plus inébranlable. C'était lui qui, au cours des combats les plus désespérés, avait tenu bon, n'avait jamais lâché, s'était accroché à la terre de toutes ses forces pour ne pas reculer. Rouvière avait gagné ses galons au courage, avait jeté ses décorations dans la boue, après avoir été félicité par un général devant le régiment rassemblé à cet effet.

Mais le sergent n'avait jamais expliqué à personne, pas même à son ami, que cette force et ce courage n'avaient été mobilisés que dans un seul but : survivre pour Louise et ses deux enfants. Il s'y était évertué avec la même patience, la même énergie qu'il avait apprises dès son enfance. Survivre, s'enterrer s'il le fallait, ne laisser dépasser que la moitié du visage pour que la bouche aspire le filet d'air indispensable. Survivre pour que tous les efforts accumulés ne soient pas vains, ni ceux d'André, ni ceux de Rose. Survivre pour retrouver la paix, le bonheur de la paix qui se confondait depuis quelques années avec le vert si doux des yeux de Louise.

Car avec elle aussi, il avait su se montrer patient. Presque un an. Dix mois exactement, avant qu'il lui parle d'autre chose que de ses élèves. C'était un peu avant la fin de l'année scolaire. Elle envisageait de regagner le domicile de sa tante à Carcassonne, pour les vacances. Ils allaient se séparer après avoir partagé les repas de midi et du soir pendant dix mois.

– Elles vont être longues, les vacances sans vous, avait-elle dit en baissant les yeux.

Il avait gardé le silence, se demandant s'il avait bien compris.

– Peut-être pourrions-nous les passer ensemble ? avait-il répondu.

– Seulement les vacances ? avait repris Louise avec un sourire.

– Non. Toute la vie.

Puis il avait ajouté aussitôt :

– Si vous le voulez, Louise.

Alors elle lui avait avoué que s'il n'avait pas parlé ce jour-là, elle aurait demandé une mutation car il n'était pas raisonnable de vivre si près l'un de l'autre sans être mariés. Au village, les gens commençaient à parler, même s'ils se montraient toujours aussi respectueux à l'égard des maîtres.

– Et depuis quand avez-vous conçu ce projet ? demanda Louise, feignant de s'en amuser.

– Depuis le premier jour, répondit Ludovic.

– Et vous avez attendu un an ?

– J'ai toujours su attendre.

Ils s'étaient mariés en septembre 1910, au village même, après avoir passé leurs vacances à Narbonne, chez André. Peu d'invités : André, bien sûr, la mère et le frère de Ludovic – son père était mort, épuisé, l'hiver précédent –, la tante de Louise, le maire de Saint-André et son épouse.

Lors de la rentrée suivante, ils habitèrent le logement de Louise, qui était le plus grand. Louise apprivoisa Ludovic avec douceur, ayant compris qu'elle n'avait pas affaire à un homme ordinaire. Heureusement, il avait gardé de sa cohabitation avec Rose une certaine prudence, une sorte de timidité vis-à-vis de la douceur des femmes qui le civilisaient un peu, l'empêchaient d'exprimer la force tapie au fond de lui. Pendant les années qui suivirent, elle ne sut jamais à quel point il avait dû lutter pour demeurer à sa hauteur, juguler la violence intérieure qui lui était naturelle. Elle finit par l'apaiser, surtout lorsqu'elle donna le jour à une fille, qu'ils prénommèrent Aline, au mois d'août de l'année 1911. Ludovic demeura longtemps stupéfait devant cette enfant, si fragile qu'il avait peur, en la tenant, de la casser. Ce fut comme s'il découvrait une espèce inconnue et il en fut longtemps ébranlé.

À l'école, ils jouissaient d'un tel prestige, que rien ne venait troubler ni leur autorité ni leur enseignement. Pas même l'inspecteur, conquis d'avance par cet homme et cette femme d'une extrême compétence et qui avaient réalisé l'objectif ministériel des postes doubles en se mariant. En outre, en septembre, Ludovic, fidèle à ses racines, aidait aux vendanges. Cette attention qu'il portait à la population active lui valut une considération sans bornes, dont il n'abusa jamais. Au contraire, il mit son instruction au service des vignerons, remplissant à leur place des formulaires ou se chargeant des démarches dont ils n'étaient pas familiers.

En octobre 1913, ils furent nommés à Durban, dans les moyennes Corbières : un gros bourg étagé au bord d'une rivière, et dominé par un château en ruine. Pas très loin de Tuchan, mais moins haut, encore la plaine ou presque, où l'étroitesse de la vallée protégeait les maisons du vent et des grands froids. Toutefois les hautes collines qui cernaient le bourg rappelèrent à Ludovic d'où il venait et qui il était, réveillant d'anciennes sensations qu'il avait crues éteintes. Surtout lorsqu'il allait rendre visite à son frère et à sa mère, là-haut, dans l'aridité des collines.

Il redescendait ensuite à Durban comme ensauvagé par ces escapades, et Louise s'en étonnait un peu. Mais elle ne lui reprochait rien, jamais : il régnait entre eux un respect fait de considération réciproque et de frontière consentie. Il ne lui avait jamais dit qu'il l'aimait, mais c'était mieux encore : trois ans après leur mariage, elle l'intimidait toujours, lui qui n'avait jamais eu peur de rien ni de personne. Il se sentait encore embarrassé devant elle, n'usait de ses mains que la nuit, dans le noir, émerveillé de la douceur de sa peau. En fait, ils parlaient peu ensemble, sinon de leurs lectures, car ils s'étaient abonnés à une revue qui traitait des poètes et des romanciers de l'époque en annonçant leurs parutions. Et quand Ludovic ouvrait un livre, c'était comme s'il quittait le monde. Rien n'existait plus que les pages qu'il tournait. C'était l'ultime plaisir, l'ultime richesse, celle à laquelle il avait aspiré toute sa vie. Le bonheur, dont il se doutait bien qu'il était menacé, mais ces menaces demeuraient lointaines pour le moment et il s'efforçait de ne pas y penser.

Ces livres lui étaient aussi procurés par André, à Narbonne, qu'ils retrouvaient, avec Louise et l'enfant, une fois par mois et quelques jours pendant les vacances scolaires. Ils passaient là des heures édifiantes en conversations et en promenades sur les boulevards, veillaient tard, évoquaient les difficultés rencontrées avec leurs élèves, comparaient leurs impressions après la lecture des ouvrages d'Apollinaire, de Romain Rolland ou de Jules Vallès. Louise, qui avait longtemps vécu en ville, à Carcassonne, se plaisait beaucoup à Narbonne et rêvait qu'un jour, peut-être, ils seraient nommés dans une grande ville où ils pourraient vivre comme ils le souhaitaient, en tout cas se procurer plus facilement ces livres qui étaient devenus leur seul luxe.

À la naissance de leur deuxième enfant, en juin 1914, ils se sentirent comblés par la vie et projetèrent d'aller jusqu'à Port-la-Nouvelle en août, pour voir la mer. L'assassinat d'un archiduc à Sarajevo, fin juin, ne les détourna pas de ce projet. Pourtant, au fil des jours, en juillet, la tension internationale devint telle que Ludovic comprit ce qui se tramait à l'insu de la population. En fait, il le savait depuis toujours.

Aussi, quand le tocsin retentit, le samedi 1er août, annonçant la mobilisation générale, il n'en fut pas surpris. Louise, ébranlée, voulut se réfugier dans l'idée que la mobilisation n'était pas la guerre, et Ludovic ne chercha pas à l'en détourner. Il partit le

2 au matin pour Perpignan, après s'être attardé au-dessus du lit de ses enfants qui dormaient. Dans la cuisine, Louise pleurait, et c'était la première fois.

– Regarde-moi, dit-il en la prenant par les bras.

Elle leva vers lui des yeux noyés, dont le vert lui parut plus pâle, plus fragile.

– Je reviendrai, dit Ludovic.

Et comme elle ne savait que répondre :

– Tu m'entends ? Je te promets que je reviendrai.

Elle l'accompagna jusque dans la cour où ne résonnait plus le moindre cri d'enfant, s'arrêta au portail. Il s'en alla sans se retourner.

Voilà comment Ludovic Rouvière était entré dans cette guerre qui s'était installée malgré l'hiver, alors qu'il se trouvait dans le Nord, plus précisément dans le secteur d'Ypres. Il ne fut pas parmi ceux qui espéraient une permission à l'occasion de Noël. Il ne se faisait aucune illusion sur les faveurs de l'état-major, pas davantage sur la durée de la guerre. Il avait compris depuis la Marne que cette affaire-là avait été très mal engagée et qu'il allait devoir en payer le prix. D'ailleurs, les morts autour de lui indiquaient clairement que le plus dur était à venir. Il s'enterra, comme tout le monde, mais mieux que les autres : au lieu de se contenter d'un trou, il creusait des niches qu'il étayait avec des rondins taillés dans les troncs déchiquetés par les obus, acceptait volontiers la compagnie d'un ou deux camarades près de lui, dans son abri.

Au printemps, la chance le servit : il se trouvait à l'arrière quand les premiers gaz montèrent dans le ciel avant de retomber sur les compagnies qui défendaient la ligne de front. Il n'oublia jamais, prit l'habitude d'observer d'où venait le vent, gardant près de lui, à portée de main, le masque dont on avait équipé la troupe. Les offensives lancées en Artois ne le prirent pas davantage au dépourvu. Il fit son devoir, comme les autres, mais avec une telle capacité de survie qu'instinctivement ses camarades recherchaient sa présence, sous le feu de l'ennemi.

Un soir, après l'échec d'une offensive lancée sans préparation, il ramena deux blessés dans la tranchée quittée le matin même et reçut sa première citation. Il écouta à peine les félicitations de son adjudant et se réfugia de nouveau dans son trou avec un livre, celui que lui avait offert Louise avant qu'il ne parte : *Les Contemplations*, de Victor Hugo. Il pensait beaucoup à elle, à ses enfants, à l'école de Durban, à son bureau, au tableau noir sur lequel il écrivait les leçons de sa belle écriture déliée, mais il n'en parlait pas. Jamais. À personne. Il n'était qu'un bloc, entièrement tendu vers le but qu'il s'était fixé : survivre, échapper à ces tueries absurdes décidées en haut lieu par des officiers qu'on ne voyait jamais sur la ligne de front. Il ne songeait pas à se rebeller car il considérait que la République lui avait donné la possibilité de faire des études, d'atteindre le but qu'il s'était fixé. Il payait sa dette, c'était tout. Quoi qu'il arrivât, il savait qu'il la payerait jusqu'au bout. C'est ainsi que le père Rouvière l'avait élevé : ne rien devoir à personne ou rembourser jusqu'au dernier sou, et le plus vite possible.

Cet été-là ne fut qu'une longue attente de ce que l'on redoutait : une nouvelle offensive générale à l'automne. L'ordre arriva fin septembre de se lancer à l'assaut de la butte de Vimy, tenue par l'ennemi depuis des mois. Ayant été nommé caporal, Ludovic tomba parmi les premiers, eut la chance de n'être touché qu'à la cuisse, attendit la nuit pour rouler sur lui-même et se laisser glisser vers les positions françaises, trois cents mètres plus bas. Soigné à l'arrière, il échappa de justesse à l'amputation mais gagna par cette blessure une permission de convalescence. Après deux jours de voyage, il arriva à Narbonne début octobre, se réfugia chez André, qui, après un jour et une nuit de réconfort, le conduisit à Durban. Là, il retrouva Louise, ses enfants, et reprit des forces rapidement. Il monta aussi chez sa mère et, avant de redescendre vers Durban, il l'aida à vendanger.

Il ne confia rien à Louise de ce qu'il vivait là-haut, dans le Nord. À peine, d'ailleurs, en avait-il parlé à André. Il savait que ceux qui vivaient loin du front ne pourraient jamais imaginer ce qui s'y passait : les râles des blessés, les poux, les rats, la mort partout, chaque jour, chaque nuit. Il se montra calme et confiant, au contraire, et prit le temps de donner quelques conseils à la jeune institutrice qui l'avait remplacé, et à laquelle Louise avait confié les plus petits, elle-même s'occupant désormais des plus grands. Avant de repartir, il tenta de démontrer à Louise, qui s'inquiétait de toutes ces morts annoncées à Durban, que sa blessure lui donnerait désormais un statut protégé : il ne ferait pas partie des premières vagues d'assaut.

Ce ne fut pas le cas, évidemment, mais il eut la chance d'échapper à la mort lors de la seule offensive qui se déclencha en Champagne pouilleuse avant que le front ne se stabilise. Il lutta mieux que quiconque contre le froid de décembre et de janvier, espéra une permission qui ne vint pas, comprit qu'une grande offensive se préparait, quand le secteur de Verdun, où il se trouvait, fut pris sous un déluge de feu. Huit jours sous les bombardements, rien à boire, rien à manger, des hommes coupés en deux, des jambes arrachées, du sang mêlé à la boue, des cadavres sur lesquels on marchait sans même y prêter attention.

Les lignes françaises reculèrent de plus de cinq kilomètres, mais Ludovic défendit le fort de Douaumont jusqu'au bout. Il fut le dernier à quitter l'édifice, avant de se replier sur la côte 304 où il s'enterra de nouveau pour mieux résister à l'avance de l'ennemi. En avril, quand sa compagnie fut regroupée, avec d'autres, au sein du 415ᵉ régiment d'infanterie, il fut promu au grade de sergent, fit la connaissance du lieutenant Desforest et du soldat Pelletier. En mai, il obtint une permission qui le fit échapper à l'ultime assaut des Allemands persuadés de venir à bout de Verdun. Il retrouva enfin Louise qui souffrait beaucoup de sa solitude, mais il ne lui dit rien de ce qu'il vivait loin du village où ils avaient été heureux.

10 heures

– C'est un garçon ou un fille que vous avez, vous, mon lieutenant ? demanda Jean Pelletier.

– Un garçon.

– Et vous, sergent ?

– Un garçon et une fille.

– Moi, j'ai deux fils, fit fièrement Jean Pelletier. Je me demande si je les reconnaîtrai. C'est que ça change vite à cet âge, pas vrai mon lieutenant ?

– Oui, ça change vite.

– Ça change, ça grandit et ça devient soldat, observa Rouvière.

– C'est comme ça depuis toujours, dit Pierre Desforest.

– C'est pas près de changer, ajouta Rouvière.

– Moi je crois que si, dit le lieutenant. Cette fois, je suis sûr que c'est la dernière.

– Eh bien, pas moi ! fit Rouvière.

– Ne dites pas ça, sergent, murmura Pelletier, c'est pas possible que ça recommence un jour.

– Tu sais, fit Pierre Desforest, s'adressant au sergent, en face ils ont souffert autant que nous, et pas plus que nous ils n'oublieront.

– Vous avez raison, mon lieutenant, fit Jean Pelletier. Sûr que c'est la dernière. Nos enfants ne connaîtront jamais ça, ce serait trop injuste après ce que nous avons vécu. En tout cas, quand je les reverrai, c'est à ça que je penserai : que j'ai payé pour eux, qu'ils ne subiront jamais ce que nous avons subi.

Le sergent Rouvière ne répondit rien. Il était persuadé du contraire, mais il ne souhaitait pas détromper le soldat dont il sentait le bras contre lui et dont les yeux brillaient.

– C'est la première fois que des hommes se battent avec de telles armes, qu'il y a tant de morts, reprit Pierre Desforest. Je suis sûr qu'ils sauront en tirer la leçon.

Il ajouta, d'une voix presque gaie :

– Nous ne sommes pas les seuls à avoir des enfants. Les Allemands aussi, en ont.

Aussitôt, il pensa à cet automne où il était reparti après avoir appris qu'il allait être père. Il lui avait semblé posséder alors une nouvelle énergie : il allait avoir un enfant, il n'avait pas le droit de céder au découragement. Pourtant, la boue avait envahi les champs de bataille où les compagnies avaient été reformées avec les survivants des autres régiments. Jusqu'au coup de tonnerre de Verdun, en février, le froid paralysa les lignes et devint le premier souci des hommes englués dans la boue. Puis, avec le printemps, les combats reprirent, non seulement à Verdun, mais aussi sur la Somme. Pierre, dont le régiment se trouvait à l'arrière du front, au sud de Reims, échappa aux tueries de l'offensive française destinée à briser la défense des lignes allemandes. C'est là, un soir qu'il bivouaquait dans un hameau aux toits crevés, qu'il reçut la nouvelle qu'il espérait tant : Juliette lui avait donné un fils. Dès lors, Pierre n'eut plus qu'une obsession : rester vivant pour voir ce fils, d'abord, mais aussi pour l'élever, le voir grandir, l'accompagner chaque jour de sa vie.

Il dut patienter longtemps avant de faire connaissance avec cet enfant auquel il ne cessait de penser. Jusqu'en septembre, en fait, après que les offensives sur Verdun et la Somme eurent cessé, faute de succès significatif. Il arriva à Lanouaille à la tombée de la nuit, embrassa son père, sa mère, se fit conduire aussitôt au château, serra Juliette dans ses bras, mais non son enfant qui dormait et qu'il ne fallait pas réveiller. Comme chaque fois il eut beaucoup de difficulté à se réhabituer au silence, à la chaleur de Juliette, à la vie toute simple loin de l'horreur. Il entendit vaguement des pleurs dans son sommeil, ne comprit pas qu'il s'agissait de ceux de son fils, s'en rendit compte à l'aube seulement, quand Juliette lui apporta son enfant. Alors, de sentir cette peau chaude, vivante contre lui : cette jeune vie qu'il croyait menacée comme l'était la sienne, il eut peur, très peur, et le redonna aussitôt à Juliette qui en fut blessée mais ne le montra pas. Elle se tourna de l'autre côté du lit pour dégrafer sa chemise de nuit et l'enfant se mit à téter en poussant de temps en temps des soupirs d'aise. On n'entendait plus que lui dans la maison paisible. Pierre, étonné de nouveau par le silence qui était habité par ce seul bruit de bouche, sentait doucement refluer la peur et renaître quelque chose d'ancien, de connu, qui n'avait pas été très éloigné du bonheur. Quelque chose qui, là, maintenant, paraissait accessible. Ce fut lui qui prit l'enfant dans les bras de Juliette quand il fut rassasié. Le petit fermait les yeux mais souriait, confiant, comme s'il ne craignait rien de ces bras inconnus, de ces mains qui portaient encore, pourtant, l'odeur de la guerre et de la boue.

Cette confiance apaisa Pierre. C'était comme si l'enfant ne décelait rien de ce que son père vivait ailleurs, et cela montrait qu'ici, encore, la vie était plus forte que la mort. Pierre vécut tout son séjour avec cette idée-là, s'aperçut que l'apparition d'une vie nouvelle avait rendu un peu d'espérance à ses parents, donné de la force à Juliette, et à lui aussi, bien sûr. Le jour où il repartit, Juliette ne l'accompagna pas à la gare et il en fut soulagé. La mort lui parut moins probable que lors de ses derniers départs. Il lui sembla que cette vie nouvelle le protégeait, qu'il n'était pas possible qu'elle fût apparue sans justifier la sienne. Il retrouva le front avec des forces neuves, persuadé que quelqu'un, Dieu, sans doute, lui avait permis de vivre jusqu'à ce jour pour connaître son enfant et ne le priverait pas de revenir vers lui.

À la fin de l'année, après la reprise du fort de Vaux, une sorte de trêve régna sur les armées qui rassemblaient leurs forces en vue d'offensives nouvelles. L'hiver fut long et très froid. Pierre ne put retrouver Lanouaille au printemps, comme il l'avait espéré, car son régiment faisait partie de ceux qui allaient être engagés dans l'offensive Nivelle entre Soissons et Reims, le 16 avril au matin, sur le Chemin des dames. Pierre fut blessé dès le premier jour. Son bras droit cassé fut sauvé de justesse par un major qui lui évita l'amputation et il put une nouvelle fois échapper au massacre, regagner Lanouaille pour une convalescence qu'il n'espérait plus.

Un obus 75 siffla au-dessus de l'entonnoir et s'écrasa rageusement vingt mètres plus haut, hersant la terre.

– Ce sont les nôtres ! rugit le sergent Rouvière. Ils sont complètement fous ! Voilà qu'ils nous tirent dessus maintenant. Un chiffon rouge, vite !

Il fouilla nerveusement dans son sac, ne trouva rien.

– T'as ce qu'il faut ? demanda-t-il à Jean Pelletier.

– Attends, dit Pierre Desforest, j'ai gardé un morceau de pantalon garance.

– Donne vite.

– Ça ne sert à rien avec le brouillard, fit Jean Pelletier.

– Mais si, il a commencé à se lever.

Le sergent noua le pantalon à son fusil et entreprit d'escalader l'entonnoir, soutenu par les deux hommes. Prenant appui sur leurs épaules, il agita le signal rouge qui demandait d'allonger le tir. Aussitôt, une rafale de mauser partit des lignes ennemies, puis les mitrailleuses entrèrent en action. Trois minutes passèrent, durant lesquelles le sergent Rouvière continua d'agiter son fanion, puis les obus français remontèrent vers le haut de la colline. Le sergent se laissa alors glisser vers le fond de l'entonnoir où, épuisé, il chercha son souffle, ne trouvant même pas les mots pour exprimer sa colère. Il lui fallut trois minutes pour retrouver sa respiration et parler d'une voix froide, terrible :

– Pourtant je l'ai aimée, la République, moi. J'étais persuadé que j'avais une dette vis-à-vis d'elle parce qu'elle avait payé mes études et que c'était grâce à elle que j'étais devenu maître d'école.

Il se tourna vers Pierre Desforest, poursuivit :

– Mais aujourd'hui, tu vois, je n'ai plus de dette du tout.

– Allons, fit Pierre, ne parle pas comme ça.

– Elle pouvait tout me demander, continua Ludovic de la même voix blanche, mais quatre ans de guerre dans ces conditions, comme des rats, au milieu des camarades morts, tant de misère, tant de souffrances, aujourd'hui, tu vois, je lui dirais non.

– Tais-toi, fit Pierre Desforest, je t'en prie, tais-toi.

– Et aujourd'hui, reprit Rouvière sans paraître l'entendre, j'ai une seule idée en tête : rester vivant pour pouvoir parler aux enfants des écoles, leur expliquer ce qu'est la guerre, et qu'ils doivent s'y opposer de toutes leurs forces.

– Tu ne peux pas dire ça, fit Pierre Desforest. Qui aurait défendu nos terres, notre pays, si nous ne l'avions pas fait, nous ?

– Ils ont trop exigé de nous, tous ces politiques bien à l'abri dans leurs bureaux. J'en ai trop vu, trop enduré. On n'a pas le droit de traiter des hommes comme ça, comme des bestiaux, comme s'ils n'étaient rien, comme s'ils n'existaient pas.

Il soupira, poursuivit d'une voix vibrante de colère :

– Jusqu'au bout ils nous auront sacrifiés : ce matin, tu vois, ils ont signé et nous on est là, sous la mitraille.

– Ça va être fini, dit Pierre.

– Pour nous, oui, mais pour tous ceux qui y sont restés, envoyés à la boucherie, sans aucun scrupule, par centaines de milliers ? Tu ne te souviens pas des copains achevés à la baïonnette ?

– Tais-toi, je t'en prie, répéta Pierre Desforest.

Le sergent parut se tasser sur lui-même, ajouta encore :

– J'ai au moins un métier qui me permettra de parler aux enfants. Crois-moi, je ne m'en priverai pas.

Ludovic Rouvière avait connu pour la première fois cette révolte au printemps, après des massacres inutiles, en revenant à Narbonne où il était resté deux jours chez André, le temps de reprendre apparence humaine. Là, il s'était confié à son ancien maître d'école, qui avait pleuré en l'écoutant. Ludovic, lui, ne pleurait pas. Il y avait longtemps que les larmes ne coulaient plus de ses yeux – si elles avaient jamais coulé. Sa seule obsession était de retrouver l'énergie qui était la sienne pour repartir avec les meilleures chances de survie. Louise l'y avait aidé. Elle ne l'avait jamais vu si amaigri, les yeux si perdus dans le vague, et elle avait compris quel combat il menait loin d'elle. Les six jours qu'il avait passés à Durban l'avaient réchauffé, lui avaient procuré la force qu'il était venu chercher.

Le soir, après l'école, il s'asseyait au bureau de Louise, contemplait les tables vides devant lui, examinait les livres, les cahiers, écrivait au tableau les vers qui lui venaient en tête. Louise le rejoignait après s'être occupée de ses enfants à l'étage, et ils parlaient, non pas de la guerre, mais des élèves, des parents, des réussites et des échecs, des nouveaux livres, de la vie, tout simplement. Aline avait cinq ans, et de la voir ainsi grandie accroissait chez Ludovic la conviction qu'elle avait besoin de lui, qu'il trouverait les forces nécessaires pour demeurer vivant. À deux ans, Germain marchait et prononçait quelques mots, touchants, le plus souvent, mais Ludovic feignait de ne pas les entendre pour ne pas s'attendrir. Louise n'avait plus le même éclat dans les yeux. Elle avait pâli, maigri. Ludovic comprenait qu'elle avait peur, et les seules paroles qu'il prononçait étaient destinées à la rassurer. Il y parvint, ou à peu près, monta chez sa mère l'avant-veille de son départ, la trouva seule, comme à son habitude, et l'aida de son mieux avant de redescendre. Mais il n'avait plus de réticences à monter au mas, à présent ; au contraire, il y trouvait quelque chose qu'il ne définissait pas mais qui lui faisait plus de bien que de mal : une sensation qui le rassurait, sans doute parce que ce mas, dans ces collines, lui paraissait indestructible. Inconsciemment, Ludovic se persuadait qu'il était comme lui, que cette femme seule, là-haut, représentait ce qui durerait toujours, une partie de son être, même s'il avait voulu la fuir. Il redescendit apaisé, persuadé de repartir plus fort qu'il n'était arrivé. Louise, d'ailleurs, cette fois-là, ne pleura pas. Elle le suivit jusqu'au portail, trouva la force de sourire en tenant Germain dans ses bras, et, durant tout l'été, cette image de Louise portant leur fils hanta Ludovic.

Le front était calme, il faisait beau. Il pensait à la paix, en parlait avec le lieutenant Desforest avec qui il s'était lié d'amitié, le premier depuis le début de la guerre. Un automne très doux succéda aux beaux jours de l'été, durant lequel Ludovic comprit que de nouveau il allait devoir se battre. Effectivement, début novembre, le 415e se lança à la reprise du fort de Vaux, parvint à ses fins au prix de nombreuses pertes. Sous un déluge de pluie glacée, Ludovic s'étonna d'être encore vivant puis il tenta de se persuader que c'était la dernière grande bataille à laquelle il aurait à participer.

Quand l'hiver s'installa, le front, de nouveau, se figea, et le premier souci des soldats fut encore une fois de se protéger du froid. Il y eut des permissions accordées pour Noël, mais pas pour lui car il en avait bénéficié en mai. Il en espéra une pour le début du printemps, mais l'offensive Nivelle mobilisa toutes les troupes en avril, sur le Chemin des Dames. Ludovic eut la chance d'être blessé à l'épaule droite dès le premier jour et évacué vers l'arrière, ce qui lui permit d'échapper à l'hécatombe. Soigné pendant trois semaines dans un hôpital de campagne, il n'eut pas droit à une permission de convalescence, et il regagna le front début mai, alors que les troupes françaises, dans ce secteur, découragées, décimées, manifestaient leur révolte.

Certains régiments avaient refusé de partir au combat. Des billets circulaient dans les tranchées, appelant à déserter. Ludovic ne se laissa pas prendre au piège. Il savait que l'état-major ne pouvait pas tolérer cette révolte, que les représailles seraient terribles. Il avait toujours eu l'instinct du danger, quel qu'il soit. Une fois de plus, il lui fut de la plus grande utilité. Il persuada de simples soldats de ne pas quitter leur poste et leur sauva ainsi la vie, car on avait mis en marche les conseils de guerre. Il dut même se battre avec le soldat Pelletier, un jour, près de Rouilly, pour l'empêcher de déserter, mais il n'en parla à personne, pas même à Louise qui n'aurait pu comprendre comment des soldats français, sur ordre de leurs officiers, pouvaient tirer sur leurs camarades.

Des raclements de galoches sur le plancher ramenèrent Louise à la réalité. Elle sursauta, aperçut les têtes des enfants levées vers elle, se rendit compte que c'était l'heure de la récréation. Il était 10 heures et quart, ce matin du 11 novembre. Elle les fit sortir, les surveilla un instant, puis monta à l'étage où elle but une tasse de café. Ensuite, elle redescendit pour surveiller la cour, se posta derrière la fenêtre pour regarder jouer les enfants, et de nouveau son esprit s'évada vers Ludovic qu'elle sentait ce matin-là, inexplicablement, menacé plus que de coutume. Pourquoi donc ? Les nouvelles de la guerre n'étaient pas si mauvaises depuis quelques semaines, alors pourquoi y aurait-il eu aujourd'hui plus de danger qu'auparavant ? C'était absurde, et cependant elle sentait sur sa poitrine un poids qui l'oppressait et l'empêchait de respirer à son aise.

Un peu comme au cours des nuits où elle se réveillait, se dressait dans l'ombre, sûre d'avoir entendu sa voix, mais une voix à peine reconnaissable, une voix d'enfant. Ce ne pouvait être la sienne, donc. La voix de Ludovic, c'était celle de la force et de la confiance. Elle l'entendait parfois, de l'autre côté de la cloison, quand il y avait du silence dans sa classe à elle, et cette voix si proche, si chaude, si forte, suffisait à son bonheur. Elle avait rêvé de l'entendre, cette voix, pour la Noël de l'année 1916, mais Ludovic n'avait pas obtenu de permission. L'année 1917 avait commencé dans le froid et le vent, et, une fois de plus, Louise avait tenté d'oublier son angoisse grâce à la présence des enfants.

Les nouvelles de la guerre, alors, n'étaient pas bonnes, car les offensives se multipliaient sur le front sans prendre une tournure décisive. Les journaux parlaient de l'offensive Nivelle comme devant être déterminante, mais taisaient l'hécatombe qu'elle provoquait. Une lettre de Ludovic arriva à Durban, dans laquelle il avouait avoir été blessé, mais très légèrement. Dès lors, Louise se mit à espérer une permission de convalescence, en pure perte cependant. Elle en déduisit que Ludovic avait dit vrai : sa blessure n'était pas grave. Et pourtant il ne se passait pas une semaine sans que l'on apprenne la mort d'un soldat du village. Louise avait la conviction que l'étau se resserrait sur son mari, que ces offensives générales allaient finir par le tuer comme elles avaient tué des milliers d'hommes semblables à lui – nés, comme lui, dans un village où les attendaient une femme et des enfants.

Elle redoutait de voir surgir le maire dans la cour, revêtu de son écharpe tricolore, évitait de regarder vers le portail, et il lui semblait alors qu'elle devenait folle, elle se retenait de hurler. Elle craignait que les enfants s'aperçoivent de son angoisse, et elle la combattait de toutes ses forces, s'épuisait, dépérissait. Heureusement, le printemps ramena dès avril un soleil qui lui réchauffa un peu le cœur et lui permit de terminer l'année scolaire sans trop laisser percer la terreur permanente dans laquelle elle vivait.

Elle apprit la mort du frère de Ludovic deux jours après le début des vacances. Ce fut elle qui lui en donna la nouvelle quand il arriva, un soir de juillet, méconnaissable. Il n'eut aucune réaction, du moins apparente. Elle comprit que la mort lui était devenue familière et elle eut peur de cette insensibilité froide qui l'habitait à présent, dressant un mur entre elle et lui, si bien que les huit jours de permission ne furent pas ceux qu'elle avait espérés. C'était à peine, maintenant, s'il accordait de l'attention à ses enfants. Alors c'était elle qui parlait, de tout et de rien, de futilités, même, prête à tout pour briser son silence, le rejoindre dans ces contrées lointaines où il s'était enfui, lui devenant inaccessible.

Le dernier soir, elle n'y tint plus et lui dit, alors qu'il préparait ses affaires :

– Ne repars pas. Remonte au mas, là-haut, personne ne te trouvera.

Il leva vers elle un regard d'une extrême dureté, mais répondit d'une voix calme :

– Et ensuite, crois-tu que l'on confiera un poste de maître d'école à un déserteur ?

Elle rougit, s'en voulut, et ne sut comment lui faire oublier ces quelques mots inexcusables. Elle eut tellement honte d'elle qu'elle passa dans la chambre pour ne plus se trouver sous son regard. Le lendemain, quand il repartit, elle n'eut pas la force de le suivre au portail et elle le regarda disparaître depuis la fenêtre, avec en elle l'impression qu'il s'agissait d'un étranger. Ce fut de cette sensation précise et douloureuse qu'elle souffrit pendant tout l'été, malgré un long séjour à Carcassonne, chez Élodie : et si Ludovic était devenu un autre ? Si la guerre l'avait changé à tout jamais ? Élodie tenta de la rassurer, affirmant que le temps soignait toutes les blessures, même les plus graves, elle-même pouvait en témoigner.

Louise reprit l'école, cette année-là, sans la moindre énergie. C'était trop, vraiment, ce qu'elle supportait depuis trois ans, elle n'en pouvait plus. Heureusement, alors qu'elle ne l'attendait pas, Ludovic revint à Noël, accompagné par André qui passa les fêtes avec eux. Ces huit jours dans la compagnie des deux hommes aidèrent Louise à retrouver un peu de confiance. André assurait que les Américains allaient entrer en guerre et que leur intervention serait décisive. Selon lui, au plus tard à la fin de l'année qui commençait, la guerre serait terminée. Ludovic, même s'il se montrait moins confiant, perdait au moins un peu de sa froideur. Il retrouvait par moments la chaleur de leurs conversations d'avant, au point qu'un sourire, un soir, vint éclairer son visage. Quand les deux hommes repartirent, Louise avait repris courage.

Les nouvelles catastrophiques du printemps la firent à peine douter des pronostics d'André, car les Américains étaient effectivement entrés en guerre. Louise s'attachait à cette idée, s'efforçait de n'accorder aucun crédit à tout ce qui n'avait pas de rapport avec cette réalité. De fait, à partir des vacances de juillet, les bonnes nouvelles se succédèrent et la rentrée d'octobre ne les démentit pas. André avait eu raison. La guerre allait certainement finir avant la fin de l'année, et ce malaise, ce matin, n'était que la conséquence d'une mauvaise nuit.

– Vous avez vu la mer, vous, sergent ? demanda brusquement Jean Pelletier.

– Oui, j'avais douze ans.

– Et vous avez embarqué aussi ?

– Oui, mais j'étais plus âgé.

– Sur des péniches ?

– Non, à Narbonne on appelle ça des barques, mais c'est vrai qu'elles ressemblent aux péniches qu'on voit à Paris, en plus petit. Elles remontent de Port-la-Nouvelle au-delà de Narbonne, par le canal de la Robine, jusqu'au canal du Midi. Elles transportent le sel des salins de Sainte-Lucie, du vin et des céréales.

– Mais sur la mer elle-même, vous y êtes allé ?

– Non, pas vraiment.

– Ça doit être différent.

– Les paquebots, c'est autre chose que les péniches. Surtout ceux qui traversent l'océan jusqu'en Amérique.

Jean Pelletier réfléchit un moment, puis il demanda :

– Il faut combien de temps pour aller là-bas ?

– Je sais pas exactement : peut-être trois semaines ou un mois.

– Un mois sur la mer ?

– Oui, bien sûr : cinq mille kilomètres, ne n'est pas rien.

– Je me demande si Marie aimerait ça, murmura Jean Pelletier, rêveur.

Et il ajouta :

– Peut-être que trois jours sur une péniche ce serait suffisant, vous croyez pas, sergent ?

– Peut-être bien en effet, mais je ne la connais pas.

– Vous la connaîtrez bientôt, et vous comprendrez que c'est une chance d'avoir une femme comme celle-là.

Une quinte de toux le plia en deux. Depuis qu'il avait été touché par les gaz, Jean Pelletier avait du mal à respirer, ses poumons ayant été atteints dans leurs tissus profonds. Il n'était pas le seul dans son régiment, mais cela n'empêchait pas les hommes de se battre, tout au moins de défendre les tranchées de l'Artois où Jean, lors de son retour au front, après sa convalescence, s'était trouvé en position. Heureusement, il n'avait pas fait partie des premières vagues d'assaut qui avaient été anéanties sur la butte de Vimy fin septembre. Il échappa pendant plusieurs semaines au carnage, puis les attaques françaises se déplacèrent vers l'Argonne et la Champagne pouilleuse avec des pertes effroyables. À la suite des immenses pertes de l'armée française, les divisions furent réorganisées et c'est alors que Jean Pelletier se retrouva au sein du 415e régiment d'infanterie qui fut engagé en mai 1916, au nord de Verdun. Il y fut blessé au bras droit le 24 mai, et rapatrié vers l'arrière où il fut soigné efficacement avant d'obtenir une permission qui le ramena vers Paris au mois de juin, comme l'année précédente.

Six jours. Six jours à tenter d'oublier ce qu'il vivait là-bas, à le cacher à Marie, à s'intéresser à ses enfants qui avaient grandi, à être heureux d'un rayon de soleil, du contact du bras de Marie contre le sien, surtout celui qui avait été blessé et avait de peu échappé à la gangrène. Il ne l'avait pas su. Les médecins parlaient le moins possible, afin de ne pas porter atteinte au moral des troupes. Marie paraissait ne pas imaginer ce qu'il vivait au front, mais il s'en réjouissait au lieu de s'en désoler. Elle était de plus en plus belle, c'était ce qu'il se disait en la regardant s'affairer devant lui, tandis qu'elle demandait :

– Qu'est-ce qu'il y a ? Qu'est-ce que j'ai ?

– Rien, répondait-il, je fais provision de toi, c'est tout.

Elle riait, comme à son habitude, et il pensait à la nuit, au moment où il pourrait l'avoir toute à lui, épuiser le plaisir de la serrer, de la caresser, sentir à quel point elle était sienne. C'était au matin d'un nouveau départ que, chaque fois, la sensation de la savoir fragile, livrée à un monde hostile, le saisissait. Il se remettait à souffrir, se souvenait des hommes croisés dans la cour de l'immeuble, vieux pour la plupart – mais il y avait aussi quelques jeunes, comme ce marchand de charbon que lui avait désigné Marie, précisant qu'il ne l'avait jamais laissée en manquer.

– Pourquoi n'est-il pas à la guerre celui-là ? avait demandé Jean.

– On dit qu'il est malade du cœur, avait répondu Marie.

Il y avait là, pour Jean, une telle injustice qu'il en souffrait terriblement. Mais toujours, même au fond du désespoir, la lumière des yeux de Marie, son rire et sa gaieté le ralliaient doucement à la vie. Cela se produisit plusieurs fois au cours de l'automne, tandis que les combats se déplaçaient vers la Somme et que le front, sur la Meuse, s'était stabilisé.

Ce fut au repos, à l'arrière, que Jean reçut une lettre de Marie qui lui annonçait avoir dû quitter l'usine d'armement, pour ne pas laisser ses enfants seuls la journée. Elle avait repris son métier de blanchisseuse et lui écrivait de ne pas s'inquiéter, d'ailleurs elle avait fait une demande pour obtenir l'allocation des familles nécessiteuses. Jean n'ignorait pas qu'il ne restait plus rien de ses économies du début de la guerre, mais l'idée que sa femme eût du mal à vivre alors qu'il se battait pour son pays le mortifia. Il en parla au sergent Rouvière qui le rassura : il n'y avait aucune honte à percevoir une allocation. C'était un dû.

– La moindre des choses, avait ajouté le sergent, il ne faut pas t'inquiéter pour ça.

Néanmoins, Jean en fut blessé plus gravement que d'un éclat d'obus : il avait toujours travaillé, lui, son père et sa mère aussi, de même que Marie. Alors ? Que se passait-il là-bas, loin du front ? Il conçut peu à peu la conviction qu'il était trahi par quelque chose de plus grand que lui, quelque chose de souterrain mais d'invincible, qui menaçait sa femme et ses enfants. Dès lors, il participa aux combats du mois de novembre pour la reprise du fort de Vaux sans la moindre retenue, exposant sa vie plus que de raison, défiant de façon insensée les mitrailleuses ennemies. Mais la mort, cette fois encore, ne voulut pas de lui.

Ce Noël-là fut terrible, dans le froid et le gel qui durcissaient la terre des tranchées comme de la pierre. Le vin et la goutte aidaient les hommes à se réchauffer, mais les dix jours qu'ils passaient dans les tranchées avant de revenir à l'arrière représentaient une épreuve à laquelle beaucoup succombaient. Même les chevaux et les mulets mouraient de froid. On entendait crier pendant la nuit, inlassablement, ceux qui avaient été éventrés par un obus et qui agonisaient sans le moindre secours.

Jean, lui, avait donc survécu. Il y avait, tapie au fond de sa mémoire, l'image de sa femme et de ses deux enfants dont le regard était tourné vers lui. Ils semblaient l'interroger, le juger même, parfois. « Tu n'as pas le droit de nous abandonner », murmuraient-ils. Et Jean, au fond de sa détresse, les entendait encore, mais pour combien de temps ?

Au cours du mois de janvier, le froid resserra son étreinte. Il semblait figer les combats sous sa glace, paralyser les hommes mais aussi, heureusement, les armes. Une lettre de Marie arriva vers le 15, si désespérée qu'il la crut malade. Il lui répondit aussitôt en précisant qu'il espérait venir en permission au début du mois de mars. Pourtant les lettres qui suivirent ne furent pas meilleures. Et, en mars, au lieu de quitter le front, le 415e régiment d'infanterie fut engagé sur le Chemin des Dames pour une offensive que l'état-major français, une fois de plus, croyait décisive. Malgré des pertes considérables, elle ne le fut pas. En mai, la troupe était démoralisée. Jean également, qui ne comprenait pas ce qui se passait à Paris, tant les lettres de Marie étaient désespérées. Aussi commença-t-il à prêter l'oreille aux nouvelles des mutineries dans les régiments voisins, où des soldats avaient refusé de partir au combat. Ils exigeaient la fin immédiate de la guerre. Et Jean, lui, voulait que la guerre s'arrête : il devait tout de suite partir à Paris où Marie n'allait pas bien, ou alors un enfant devait être malade et elle ne le lui avouait pas, pour ne pas l'inquiéter. C'était devenu une obsession : il devait partir, vite, très vite, voler à leur secours.

Un matin, une lettre circula dans sa compagnie, demandant à ceux qui refusaient de reprendre le combat de rejoindre le village de Rouilly, un débris de hameau situé à cinq kilomètres du front. À 10 heures, Jean quitta la grange où son régiment était cantonné et il partit vers les champs qui commençaient à reverdir malgré les bombardements essuyés pendant l'hiver. Il avait dépassé la dernière maison quand la silhouette de Ludovic Rouvière se dressa devant lui : le sergent était allé laver ses chaussettes dans le ruisseau qui coulait en contrebas de la route. Il ne parut d'abord pas étonné de trouver le deuxième classe dans ces parages, puis il remarqua que Jean ne portait rien, ni arme, ni barda, ni vêtements à laver, et il demanda :

– Où vas-tu ?

Jean ne répondit pas.

– Tu n'irais pas à Rouilly, par hasard ? reprit le sergent. Tu ne ferais pas une bêtise pareille ?

Jean parut se ramasser sur lui-même et dit, d'une voix froide où perçait une violence à peine contenue :

– Laissez-moi passer.

– Dis-moi où tu vas.

– Je vais où je veux.

Il fit un pas en avant, puis un autre, mais le sergent ne bougea pas. Alors Jean se précipita sur lui de toute sa force, de tout son désespoir, et il le renversa. Ils roulèrent plusieurs fois sur eux-mêmes, muets mais décidés l'un comme l'autre à prendre le dessus. Ce qu'ils firent à tour de rôle, jusqu'à ce que le sergent, beaucoup plus costaud que Jean qui n'avait pour lui que son désespoir, lui assène un coup sur la tête qui l'assomma.

Quand Jean revint à lui, Ludovic Rouvière était assis à ses côtés, très calme mais déterminé.

– Je ne te laisserai pas faire ça, dit-il. Depuis une semaine ils ont mis en route les conseils de guerre.

Jean l'écoutait sans comprendre.

– Ils ont fusillé des mutins à Soissons.

– Des mutins ? À Soissons ? fit Jean, abasourdi.

– Oui, ils avaient déposé les armes et ils étaient partis à l'arrière, comme toi, ce matin. Tu comprends ?

– Non, fit Jean, c'est pas possible.

– C'est le lieutenant qui me l'a dit.

– Non, répéta Jean, non, ça c'est pas possible.

Mais il ne bougeait pas et il n'avait pas envie de

se lever, comme si cette nouvelle lui avait dérobé ses dernières forces. Il baissait la tête, observait un mille-pattes qui cherchait à se frayer un passage entre deux mottes de terre, et il semblait anéanti. Comprenant qu'il avait gagné, le sergent Rouvière dit doucement, baissant le ton, comme pour parler à un enfant :

– On va rentrer tous les deux et oublier tout ça.

Et, comme Jean ne répondait pas :

– Tu m'entends ? On va rentrer maintenant.

Il se leva, observa Jean un instant, puis, comme il ne bougeait pas, il se baissa, le prit par le bras et l'aida à se dresser.

– Viens, mon gars, dit-il, ça va bien finir un jour, va.

Il le tint par le bras un moment, puis, quand il fut certain que Jean le suivrait, il le lâcha, se contentant de marcher à côté de lui. Il lui avait sauvé la vie, car les soldats de Rouilly furent mis aux arrêts le soir même. Les meneurs furent passés par les armes trois jours plus tard. Jean comprit vraiment ce qu'il devait au sergent lorsque tout fut terminé, c'est-à-dire en août, au moment de partir en permission. Les conseils de guerre avaient prononcé 620 condamnations, dont 75 avaient été suivies d'effet. La reprise en main de l'armée par l'état-major avait été terrible. Jean n'avait échappé à la condamnation que grâce à un homme qui, malgré son grade, avait su le comprendre et le protéger.

10 heures 15

Le brouillard s'était levé mais le ciel restait bas, couvert de nuages gris. Il semblait à Pierre Desforest qu'il ne reverrait jamais le soleil. Il s'efforça de chercher dans sa mémoire des heures de sa vie capables de lui faire retrouver cette lumière qu'il aimait tant. Il se souvint alors de sa dernière permission, les beaux jours feutrant les bois et les champs d'un vert semblable à tous les verts des printemps, comme si la guerre n'y pouvait rien changer. Il avait trouvé Juliette bien différente, car la mort de son frère l'avait profondément ébranlée. Heureusement qu'il y avait Julien pour l'occuper. Ils s'étaient installés à la Nolie et avaient tenté d'oublier la douleur des disparitions, la cruauté de cette guerre qui n'en finissait pas. Le vert des prés, des arbres, des fossés témoignait d'une vie sans cesse renaissante. Comme Pierre ne pouvait travailler à cause de son bras cassé, il se promenait avec Juliette et leur fils, ne trouvant ni l'un ni l'autre la force d'exprimer leur souffrance, mais parvenant, parfois, à commenter les petits bonheurs de la vie, quand Julien prononçait ses premiers mots ou qu'un lièvre traversait le chemin devant eux, parfois un lapin, un écureuil, tous ces témoins d'une vie animale qui se moquaient bien de la guerre des hommes. L'avant-bras de Pierre présentait une forme bizarre : il s'était mal ressoudé. À la fin du mois d'août, les médecins militaires de Limoges l'envoyèrent à Bordeaux où il lui fut proposé de recasser le bras afin de le replâtrer dans une position normale. Appuyé par Juliette, il accepta : c'était autant de temps de gagné.

Ainsi, il échappa aux combats jusqu'au début de l'année 1918, date à laquelle la commission le renvoya vers le front. Ce nouveau départ n'en fut que plus difficile, les sept mois qu'il avait passés à la Nolie lui avaient fait croire que le carnage s'arrêterait avant qu'il ne reparte.

– Ça ne cessera donc jamais ? se lamenta Juliette.

Elle accompagna Pierre en tenant leur fils par la main : il marchait à présent, et s'étonnait de voir son père avec son képi de lieutenant, son uniforme bleu, ses guêtres qui cognaient contre la terre gelée du chemin.

– Encore un peu de patience et ce sera fini, dit Pierre en embrassant Juliette avant d'arriver à la gare.

Elle hocha la tête, tenta de sourire à travers ses larmes. Il monta dans le train qui le ramenait vers les tranchées, où il ne retrouva aucun de ses anciens camarades, mais des hommes venant de compagnies anéanties, comme Jean Pelletier ou Ludovic Rouvière. D'autres encore, qui étaient harassés et ne comprenaient pas pourquoi, de nouveau, on devait faire retraite comme au tout début de la guerre, comme si on allait la perdre, alors qu'avec l'appui des Américains on était sur le point de la gagner. Pierre resta en arrière du front, au sud de Château-Thierry, jusqu'à l'offensive française lancée en août, celle de l'assaut final. Le front allemand craqua enfin et l'armée française reprit la poche de Soissons avant de repousser l'ennemi vers la Meuse où la situation se figea jusqu'au début des négociations d'Armistice demandées par les Allemands dès le mois d'août. Pierre, une nouvelle fois, échappa à la mort alors que beaucoup de soldats tombaient autour de lui. Et puis rien ne bougea plus dans les lignes, si ce n'était les bombardements réguliers des artilleries qui se répondaient sans véritable conviction. Jusqu'à cet assaut lancé le 9 novembre, alors que les négociations étaient sur le point d'aboutir. Et le 11 au matin, après avoir franchi la Meuse, le 415e occupait toujours les positions conquises entre la colline du Signal de l'Épine et la Meuse, sous la mitraille et les obus allemands qui tombaient toujours.

Pierre pensait à son fils et à Juliette. Des larmes de fatigue et de bonheur coulaient le long de ses joues vers sa bouche qui les buvait avidement. Il imaginait Juliette, là-bas, la joie qui serait la sienne quand elle apprendrait que c'était fini, qu'il allait rentrer définitivement, pour vivre ce dont il avait toujours rêvé, près d'elle, pour toujours.

Ce matin de novembre, immobile devant sa feuille de papier, Juliette ne trouvait plus les mots qu'elle croyait indispensables à Pierre, comme si son instinct la prévenait d'un ultime danger. Pourtant la guerre allait finir, c'était sûr. Son père, qui avait ses entrées à la préfecture, prétendait même que l'Armistice serait signé avant la fin du mois. Alors ? Pourquoi tant d'angoisse ? Parce qu'elle en avait trop accumulé au cours de ces dernières années ? Le jour, la nuit, la peur après l'espoir, l'espoir après la peur, comme au cours de cet été 1915 où elle avait cru que la vie avait repris un cours normal. Au mois d'août exactement, quand elle avait compris qu'elle était enceinte et s'était persuadée que cette vie, en elle, protégerait celle de Pierre – il ne pouvait pas en être autrement.

D'ailleurs il était revenu à la fin du mois, malade, certes, mais c'est à peine si tous deux s'en étaient alarmés, songeant seulement au fait que cette maladie pouvait aboutir à une réforme. Cet automne-là avait été le plus beau que Juliette eût vécu depuis longtemps. Ils étaient allés chercher les cèpes dans les bois au parfum de fougères, avaient aidé Philéas et Solange Malaurie à vendanger, et Pierre n'en avait pas été fatigué outre mesure. De temps en temps, depuis la Nolie, ils allaient déjeuner à Lanouaille, où la mère de Pierre avait bien changé. Elle se montrait maintenant plus aimable à l'égard de Juliette, s'inquiétait pour sa grossesse, prévenait ses moindres désirs. Juliette, qui avait essayé de ne pas inquiéter Pierre sur ses difficultés de cohabitation, préférant invoquer lors de son retour au château la nécessité d'aider son père dans un domaine où il n'y avait plus d'hommes, s'en félicitait. Pour rien au monde elle n'aurait voulu que ses problèmes avec sa belle-mère entachent son union avec son mari. Elle les avait toujours minimisés, et cet automne-là, elle était heureuse de constater qu'ils semblaient enfin résolus.

Jusqu'à la mi-décembre, elle espéra que Pierre ne repartirait pas. Mais elle constatait au fil des jours que sa santé s'améliorait, et elle ne savait s'il fallait s'en réjouir ou s'en désoler. Pierre ne fut pas réformé. Il repartit au contraire à la mi-décembre et elle s'apprêta une nouvelle fois à passer la Noël sans lui. La vie qui grandissait en elle l'aida à supporter cette nouvelle absence. Elle se sentait envahie par elle et dut renoncer à ses visites dans les métairies, aussi bien à cause de son état que de la rudesse de l'hiver où l'on vit tomber la neige. Elle ne dura pas longtemps, mais suffisamment, cependant, pour que Juliette imagine Pierre transi de froid dans les tranchées dont il lui avait parlé une fois – une seule, et il l'avait regretté aussitôt.

Elle redoutait la délivrance, même si elle avait l'assurance d'être assistée par sa mère et la sage-femme de Ladignac, une Mme Lagrange, qui était hors d'âge et, de ce fait, comptait une centaine de naissances à son actif. Juliette ressentit les premières douleurs le matin du 16 mars 1916, et elle souffrit jusqu'à 4 heures de l'après-midi. Non sans mal, elle donna le jour à un garçon, qu'elle appela Julien, comme ils en étaient convenus avec Pierre à l'automne. Il ne faisait pas très chaud dans la chambre du premier étage où, pourtant, un grand feu flambait dans la cheminée. Mais la chaleur de ce petit corps contre elle suffit à la réchauffer, à lui forger la conviction, une nouvelle fois, comme à l'annonce de sa grossesse, que Pierre était protégé.

Sans doute l'était-il réellement, puisqu'il revint au début du mois de septembre qui suivit. Pour la première fois, après cinq mois d'attente, il put enfin prendre son enfant dans ses bras. Ils passèrent une journée au château, puis, comme lors de chaque permission, ils se réfugièrent à la Nolie, étonnés d'être trois, à présent, et ce fut comme si la nouveauté de cette situation avait brisé le cours d'une vie uniquement occupée par la guerre. Quand Pierre tenait maladroitement son fils sur ses genoux, Juliette se laissait aller à imaginer quel aurait pu être leur bonheur sans le danger qu'il courait, et un sentiment d'injustice l'accablait. Pas longtemps, cependant, car l'enfant mobilisait toutes ses pensées, même lorsqu'il dormait dans le petit lit qu'on avait fait transporter à la Nolie depuis le château.

Ce furent quelques jours brefs mais presque heureux durant lesquels elle parvint par instants à oublier la guerre. Quand Pierre repartit, elle osa lui dire que la vie était plus forte que la mort, qu'elle avait confiance, qu'ils sauraient, maintenant, à eux trois, tenir à l'écart le malheur. Elle oublia la guerre au cours des deux dernières semaines du mois de septembre, en aidant son père à reconstituer la chaîne qui permettrait de remettre le four en activité. Les difficultés apparurent insurmontables, tant il y avait de problèmes à résoudre : on manquait de bras pour extraire le minerai et le transporter, mais aussi pour trouver du charbon de bois, les femmes des charbonniers ayant pour la plupart quitté les forêts pour gagner les villages où elles survivaient grâce à de menus travaux de jardinage ou de rempaillage.

Le maître de forges put cependant en rassembler suffisamment pour tenir huit jours. Restait à trouver de vieux gardeurs de feu et des forgerons qui auraient suffisamment de force pour travailler. On en fit venir quatre, qui approchaient les soixante ans et avaient travaillé dans les forges de la région. Deux chargeurs, en haut, alimenteraient le four. Même si l'on ne réalisait qu'une coulée par jour, ce serait toujours ça et la vie au château retrouverait un peu de son éclat. Juliette alluma le foyer au début du mois d'octobre, comme lorsqu'elle était enfant. Dès ce premier jour, on obtint une coulée inutilisable, du fait que le mélange de castine et de minerai n'avait pas été bien dosé. Le deuxième jour, les gardeurs de feu ne parvinrent pas à maintenir la bonne température et un terrible engorgement se produisit dans le haut-fourneau. Il fallut quarante-huit heures aux ouvriers pour le débarrasser du matériau solidifié. M. Roquemaure hurlait, menaçait, mais ses jurons et ses gesticulations demeuraient sans effet. Lorsque la coulée réussissait, la fonte était de trop mauvaise qualité pour espérer la transformer en un acier utilisable ou la vendre à la fonderie nationale de Ruelle, pourtant à la recherche de tout ce qui pouvait contribuer à l'effort de guerre. Enfin, quand les vieux ouvriers eurent trouvé les bons dosages et la température adéquate, le minerai et le charbon de bois vinrent à manquer.

M. Roquemaure ne cessait de courir à droite et à gauche pour trouver des hommes valides, mineurs ou charretiers, en vain le plus souvent. Il rentrait le soir fou furieux, prétendait s'alimenter désormais en coke et en minerai du bassin de Decazeville. Il essaya, mais les difficultés d'acheminement qu'il rencontra furent insurmontables. Il luttait encore, cependant, et toujours secondé par Juliette, quand la lettre du ministère des Armées arriva le 20 octobre, annonçant la mort de Jules. Ce fut comme si la foudre avait frappé le château et ceux qui y vivaient. Au vacarme des jours précédents succéda un silence terrible. Le maître de forges perdit la parole et la moindre de ses forces. Sa femme se coucha, ne cessant de se lamenter. Juliette fit face de son mieux, mais la peur était en elle, maintenant, à chaque seconde. Avant 11 heures, le matin, elle ne vivait plus. Ensuite, une fois que le facteur était passé, elle recommençait à respirer plus librement, à s'occuper de son fils, à tenter de renouer le lien avec son père qui, dans son accablement, lui faisait peur. Elle craignait que, dans sa douleur, il ne mette fin à ses jours.

Elle aussi était accablée, mais la pensée de son fils et de Pierre encore en vie – l'était-il vraiment ? – l'aidait à trouver le courage nécessaire.

– Et le haut-fourneau ! lançait-elle à son père, il faut continuer.

C'était comme s'il ne l'entendait pas. Il avait placé tous ses espoirs dans son fils, et voilà qu'il était mort. Alors ? À quoi bon continuer ? Pour qui ? Pour quoi ? Juliette essaya elle-même de reconstituer la chaîne de production, mais elle n'y parvint pas. Son fils avait besoin d'elle. Elle ne pouvait passer ses journées au-dehors, le laissant au château aux seuls soins de Bertille, la domestique, sa mère n'étant plus en état de s'en occuper. Elle redoutait un geste de folie de la part de son père et sentait une menace rôder autour d'elle. Elle se résigna, vaincue par la fatigue, le chagrin, le froid qui s'était abattu sur le Périgord dès la mi-novembre. Elle espéra une nouvelle fois que Pierre reviendrait pour Noël, mais il n'obtint pas de permission. Ses lettres, heureusement, étaient rassurantes. Tout était calme sur l'ensemble du front. Elle s'efforça de le croire, trouva les forces pour agir à la place de son père qui passait ses journées assis dans la grande salle du château face à la cheminée, incapable du moindre sursaut.

Et les beaux jours revinrent, au grand étonnement de Juliette, comme l'année précédente : la vie après la mort, la mort après la vie, c'était toujours ainsi, quoi que l'on fît, quoi que l'on subît. Les arbres avaient remis leurs feuilles quand une lettre de Pierre arriva, annonçant que son bras droit avait été fracturé et qu'il ne pouvait plus tenir un fusil. À cette nouvelle, Juliette pensa que la guerre était finie pour lui, et lorsqu'il arriva, à la fin du mois de mai, elle crut qu'ils s'installaient à la Nolie pour de bon. Ce furent effectivement des jours qui auraient pu être heureux sans le souvenir des disparitions de Jules, de Jérôme, de tant d'hommes jeunes que l'on avait connus et qui n'étaient plus là aujourd'hui pour vivre ce magnifique printemps, dans les prés et les champs, sous le bleu pâle d'un ciel sans le moindre nuage. Comme Pierre ne pouvait pas travailler à cause de son bras, ils marchaient beaucoup avec Julien qui prononçait ses premiers mots, lui montrant un écureuil dans les branches d'un noisetier, un vol de ramiers au-dessus des bois, un canard sauvage au bord d'une mare. Ils se rendaient aussi à Lanouaille et à Ladignac, où leurs parents ne parvenaient pas à se remettre de la douleur d'avoir perdu un fils.

Juliette n'aimait pas ces visites qui la renvoyaient vers la peur, alors qu'elle pensait vraiment que Pierre allait être réformé. On l'opéra en septembre et il regagna la Nolie au début du mois d'octobre, échappant ainsi aux massacres de la fin de l'année 1917, retrouvant peu à peu, en cet automne doux, le parfum de girolles, de feuilles flétries, de fougères humides, le goût de vivre et d'être heureux.

On disait que les Américains allaient arriver, que la guerre serait rapidement terminée. Juliette priait chaque jour, brûlait des cierges dans l'église de Ladignac, pour que tout cela cesse vite. Ils purent enfin fêter un Noël ensemble, assistèrent à la messe de minuit à Lanouaille, réveillonnèrent chez les Desforest et passèrent la journée du lendemain au château. En janvier pourtant, la commission de réforme décida que le bras de Pierre pouvait de nouveau tenir un fusil, et elle le renvoya sur le front.

– Ça ne cessera donc jamais, gémit Juliette quand il lui apprit la nouvelle, au retour de Limoges.

– Encore un peu de patience, et ce sera fini, lui dit-il sur le chemin de la gare où elle avait voulu l'accompagner, donnant la main à leur fils.

Elle montra du courage au moment de cette séparation, mais au fond d'elle-même, elle était à bout de forces. Heureusement, elle avait son fils pour l'aider à traverser le désert des jours qui s'annonçaient. Un désert qui fut très vite peuplé de cauchemars, car les nouvelles n'étaient pas bonnes. L'armée française, comme au début de la guerre, faisait retraite, de façon incompréhensible. Jamais, pourtant, Juliette ne souhaita la défaite qui eût mis fin aux hostilités et, du même coup, à l'absence de Pierre. Celui-ci se trouvait dans le secteur de Château-Thierry, à l'abri, écrivait-il, mais Juliette ne le croyait pas. Elle redouta encore plus l'arrivée du facteur à partir du mois d'août, quand l'armée française passa à l'offensive, mais cette fois un nouvel espoir la portait. On disait que c'était là l'offensive finale. Et ce fut le cas, effectivement. Les soldats français reprirent la poche de Soissons, et, très rapidement, les Allemands furent repoussés jusque sur la Meuse, où ils se trouvaient encore, ce matin du 11 novembre, après avoir demandé l'Armistice.

La dernière lettre de Pierre datait du 25 octobre. Elle était très optimiste, comme l'étaient les journaux que lisait M. Roquemaure, et que consultait Juliette, le soir, en rentrant de sa tournée des métairies. C'était sûr, la guerre allait finir. Elle était même peut-être déjà finie. C'est ce qu'elle écrivit à Pierre avant de cacheter l'enveloppe, puis elle jeta un regard vers la cour, où il lui sembla qu'un rayon de soleil traversait le brouillard du matin. Cela lui parut de bon augure. Elle se leva pour sortir, persuadée que si le soleil apparaissait, ce serait pour annoncer la nouvelle qu'elle attendait depuis si longtemps, celle de la paix et du bonheur retrouvés.

Un obus se fit entendre, comme essoufflé, donnant l'impression qu'il n'éclaterait jamais, puis il s'abattit de l'autre côté de la Meuse.

– Voilà qu'ils nous envoient des 120, mon lieutenant, fit Jean Pelletier. C'est-y qu'ils n'ont plus de 75 ?

– Ça m'étonnerait, dit le lieutenant.

– Moi je crains plus les fusants que les percutants, ajouta Pelletier.

– Tu verras, s'il nous en tombe un dessus.

– Parlez pas de malheur, sergent, plus qu'une heure à tenir.

Et il reprit, rêveur :

– Quand je pense que je vais rentrer à Paris, retrouver la rue Saint-Paul, les quais de la Seine, j'ai beau faire, j'arrive pas à y croire.

Il se souvint de l'une de ses permissions, en août : il faisait aussi chaud qu'il avait fait froid pendant l'hiver. Comme lors de chaque retour, Jean avait été très étonné de l'animation heureuse et colorée qui régnait dans les rues. Là-bas, sur le front, il n'y avait plus qu'une couleur, celle de la terre charruée, et la seule activité décelable était celle des soldats résignés à devoir mourir. À Paris, au contraire, la vie éclatait à chaque pas, à chaque coin de rue. Jean en était malade de stupeur, s'étant imaginé, à force de vivre dans des trous, qu'elle était partout la même. Les omnibus, les voitures à cheval, les fiacres, les passants sur les trottoirs témoignaient d'un monde qu'il avait cru disparu. Et cette année, pour son retour, il en avait été encore plus étonné, peut-être à cause de la chaleur qui campait sur la ville, donnant aux arbres, aux murs, aux parcs et aux vivants une épaisseur inhabituelle.

Quand il arriva rue Saint-Paul, Marie ne s'y trouvait pas. Une voisine lui indiqua qu'elle était allée au lavoir avec ses enfants. Il lui confia son sac et partit vers la rue dans la lumière crue de cette splendide fin de matinée. Il découvrit d'abord Louis qui jouait à l'entrée et qui, l'ayant reconnu, courut vers sa mère pour la prévenir. Marie tourna la tête vers

Jean, qui s'arrêta brusquement : elle avait tant maigri, les traits de son visage s'étaient tellement creusés qu'il eut la confirmation de ce qu'il redoutait : il s'était passé quelque chose de grave en son absence. Elle trouva pourtant la force de sourire au moment où il la prit dans ses bras, mais ce sourire trahissait une blessure secrète et profonde, il en fut persuadé.

– J'en ai pour une minute, dit-elle, et puis nous rentrerons.

Jean détourna la tête, souleva Baptiste et s'éloigna de quelques pas. Son cœur s'était emballé, il souffrait, tentait de se persuader que la fatigue seule expliquait le changement chez elle, mais il n'y parvenait pas. Autour de lui, les matrones tournaient la tête dans sa direction, lançaient des plaisanteries qu'il n'entendait pas. Il regardait son fils, tâchait de ne pas se retourner vers Marie. Il eut la tentation d'interroger Louis, qui, à cinq ans maintenant, devait avoir compris ce qui s'était passé, mais il n'en eut pas le temps, car Marie l'appela : elle avait terminé, ils pouvaient rentrer.

Ils prirent la direction de la rue Saint-Paul, mais ils ne parlèrent pas. Quelque chose de terrible s'était installé entre eux et tous deux en étaient conscients. Une fois dans l'appartement, Jean s'assit, s'accouda sur la table, demanda si elle avait été malade.

– Oui, répondit-elle, pendant deux mois, cet hiver. Une pneumonie. Je toussais comme toi.

Ce qui le frappa, c'est qu'elle dérobait son regard, ne riait plus en renversant la tête en arrière, demeurait sombre et triste, comme accablée par quelque chose qui la dépassait. Il se leva, la prit par les épaules alors qu'elle s'affairait autour du fourneau, la fit pivoter, mais elle enfouit aussitôt sa tête contre lui, refusant une fois de plus son regard.

– Qu'y a-t-il ? demanda-t-il, d'une voix nouée.

– Rien, fit-elle, rien, tout va bien, je te promets.

Il devina qu'elle pleurait, la lâcha et revint s'asseoir, accablé. Il prit Baptiste sur ses genoux, tandis que Marie mettait la table, puis il interrogea Louis qui lui souriait. L'enfant ne répondit pas.

– Ne fais pas le timide, dit Marie, cherchant une diversion. D'habitude, tu parles tout le temps.

– Pourquoi es-tu sale ? demanda Louis, soudainement.

Il y eut un bref silence qui leur fit mal, puis Jean répondit d'une voix sans colère :

– Parce que je reviens du front où l'on vit dans la terre, et j'ai pas eu le temps de me laver.

– Mangeons ! fit Marie en posant un plat de pommes de terre sur la table.

Et elle ajouta, d'une voix que décidément il ne reconnaissait plus :

– J'ai un peu de lard maigre, si tu veux.

Jean comprit qu'elle avait du mal à acheter de la nourriture et la colère monta au fond de lui. Il refusa le lard, en coupa un petit morceau pour son fils aîné. Il tenta de se persuader que si Marie paraissait tellement souffrir, c'était parce que justement elle gagnait à peine de quoi donner à manger à ses enfants.

– Ça finira bien un jour, dit-il, et nous travaillerons tous les deux.

– Oui, murmura-t-elle, il faut bien que ça finisse un jour.

Puis ils firent en sorte de ne parler qu'à leurs enfants, pour ne pas ajouter à leur propre souffrance. Jean trouva même la force de rire aux grimaces que Baptiste adressait à son frère.

Le repas fut vite terminé. Jean demanda alors à Louis de surveiller son frère et il prit la main de sa femme pour passer dans leur chambre. Il demanda en s'asseyant près d'elle sur le lit :

– Qu'y a-t-il ? Il faut me le dire.

– Rien, fit-elle très vite.

Et elle répéta, refusant de lever la tête vers lui, alors qu'il lui avait pris le menton :

– Rien, je t'assure, rien, j'ai été malade mais je suis guérie.

Il la fit s'allonger, la caressa, se rendit compte qu'elle tremblait. Quand il voulut aller plus loin, elle lui dit doucement :

– Non, pas maintenant, cette nuit si tu veux.

Il soupira, l'aida à se redresser, cherchant désespérément ce qui avait pu la blesser et qui lui apparut soudain, tandis qu'elle étouffait un sanglot : elle l'avait trompé. Ce fut si violent qu'il se leva brusquement et sortit, refermant la porte sur son fils aîné qui voulait le suivre. Il prit machinalement la direction des quais de la Seine, marcha jusqu'à Notre-Dame, essayant de refouler la pensée obsédante qui était née en lui, s'efforçant de lutter contre elle, mais la douleur était toujours là, une heure plus tard, alors qu'il revenait vers le quai des Célestins. Relevant brusquement la tête, il aperçut Marie assise sur un banc, silhouette fragile, si fragile qu'il courut vers elle et la prit dans ses bras. Elle ne dit rien, mais il la sentit moins crispée, même si les mots se refusaient à elle. Alors il se mit à parler, de tout et de rien, de sa vie là-bas, de son voyage dans le train, de son lieutenant et de son sergent, de ses enfants dont il s'inquiéta.

– Ils jouent dans la cour, dit Marie. La concierge les surveille. Ils ne risquent rien.

Elle avait compris qu'ils avaient passé un accord tacite, qu'il ne lui poserait pas de questions, que leur souffrance était trop aiguë, déjà, pour l'aviver davantage. Ils rentrèrent, et il la sentit se détendre peu à peu au cours de la soirée. Durant la nuit qui suivit, il lui sembla qu'il la retrouvait comme avant, aussi vibrante dans ses bras qu'elle l'avait été au cours des premières nuits qu'ils avaient passées ensemble.

Ayant deviné qu'elle avait failli être brisée par quelque chose de plus grand qu'elle, pendant les six jours et malgré sa douleur, il prit soin de lui redonner confiance, dissimulant soigneusement ses moments de détresse, quand il l'imaginait contrainte par un homme à livrer sa peau blanche qu'elle lui avait offerte à lui, Jean Pelletier, en même temps que sa jeunesse et sa gaieté. Quelque chose lui disait que c'était le marchand de charbon, profitant sans doute de l'hiver glacial où tout manquait à Paris, qui avait dû en profiter. Jean tremblait intérieurement, se disait qu'il allait tuer cet homme, mais son regard posé sur Marie et sur ses enfants, heureusement, l'en empêchait.

Il réussit au prix d'efforts immenses à ne pas devenir un criminel, et, au contraire, à entretenir la flamme vacillante d'une infime confiance dans l'avenir. Les deux derniers jours, Marie sourit à plusieurs reprises. Mais lui n'en pouvait plus. Il lui tardait de repartir. Il sentait qu'il allait se venger, car c'était trop tout de même, cette douleur dans son cœur, dans son corps, cette nouvelle injustice qui leur était infligée, alors qu'ils luttaient de toutes leurs forces pour préserver une étincelle de vie.

Il partit soulagé, refusant qu'elle l'accompagne à la gare, mais il avait présumé de ses forces. Une fois sur le front, il se réfugia dans une vie végétative, sans le moindre ressort, sans la moindre volonté. Heureusement, les engagements étaient rares, sans quoi il n'y eût pas survécu : quelques escarmouches seulement, mais aucune offensive d'envergure de l'importance du printemps dernier. Il eut donc le temps de reconstituer quelques forces au cours des longs mois qui suivirent, jusqu'en février 1918, quand l'état-major accorda des permissions avant l'offensive générale sur la Somme. Trois jours seulement, mais trois jours au cours desquels il retrouva Marie souriante, ses enfants en bonne santé, qui grandissaient sans véritable problème. La blessure de Marie semblait s'être refermée. Elle lui parla avec des larmes dans les yeux du jour où il reviendrait pour toujours, lui donna le courage nécessaire pour survivre.

Jean traversa ainsi les périls des combats de la Somme au printemps, puis ceux de Champagne en juillet, se retrouva vivant sur la Meuse le 10 novembre, et toujours vivant, également, ce matin du 11, à 10 heures, persuadé pour la première fois depuis quatre ans que le cauchemar allait enfin se terminer, que Marie, là-bas, allait rire comme avant, la tête rejetée en arrière, que la nuit sa peau blanche les éclairerait comme le soleil dans l'île, un après-midi de bonheur, à Nogent, sur un lit d'herbes au parfum de menthes sauvages.

Il était temps de rentrer rue Saint-Paul, ce matin du 11 novembre. Marie installa Baptiste sur son chariot, gronda Louis qui s'attardait, sortit dans la rue du Jouy envahie par le brouillard. Il faisait frais mais pas réellement froid. Elle se mit en route en poussant son chariot devant elle, dans un geste coutumier qui ne lui demandait pas d'effort. Chemin faisant, elle songea qu'il ne s'était pas passé un jour sans qu'elle pense à sa faute, à la nécessité de parler à Jean. Et pourtant elle n'en avait pas eu le courage quand il était venu en permission au mois d'août de cette année-là. Toujours à cause de la conviction qu'il se laisserait mourir par désespoir. Mais chaque matin elle s'en faisait la promesse : dès la fin de la guerre, elle lui dirait. Elle prenait le Bon Dieu à témoin, de même que saint Louis qui trônait là-haut dans l'église de la rue Saint-Antoine.

Jean avait parfaitement senti, cet été-là, qu'il s'était passé quelque chose de grave, qu'une faille s'était creusée entre eux. Mais il était à bout de forces et n'avait pas su, ou pas pu, trouver les mots pour jeter à bas ce mur qui les séparait. Il en avait souffert, elle l'avait compris, mais s'en était tenue à sa résolution première : elle parlerait seulement quand la guerre serait finie, quand il serait hors de danger.

Alors le temps s'était remis à couler sur elle, rythmé par les nouvelles tantôt rassurantes, tantôt alarmantes de la guerre. Oubliant ses soucis immédiats, Marie se mit à redouter la visite du facteur chaque matin, bien que la dernière mort d'un soldat, dans la cour de l'immeuble, datât de deux mois. On aurait dit que la guerre s'endormait, et les bruits les plus invérifiables circulaient dans les rues : on disait que les Américains allaient bientôt intervenir, que la guerre s'achèverait par une victoire rapide. Marie trouvait maintenant davantage de linge à laver, comme si la vie, avec le temps, reprenait un cours à peu près normal. En plus des allocations, l'argent qu'elle tirait de son travail lui permettait de payer le loyer et de donner à manger à ses enfants, même si le prix des pommes de terre, du pain, de la moindre denrée, avait beaucoup augmenté depuis deux ans.

Avec l'approche d'un nouvel hiver, Marie retrouva sa hantise du manque de charbon, mais la concierge avait trouvé une nouvelle source d'approvisionnement par un de ses cousins de Vanves. Elle en fit bénéficier Marie qui évitait de lever les yeux vers les fenêtres du logement où elle avait commis l'irréparable. Jean ne vint pas à Noël, cet hiver-là, mais il arriva pour trois jours en février, et elle fut alors à plusieurs reprises sur le point de se confier. Une nouvelle fois elle y renonça, tout en veillant à se montrer proche de lui, à lui faire oublier ce fossé qui s'était creusé entre eux lors de sa dernière permission. Il était épuisé, ne voulut pas sortir, ou très peu, passa son temps allongé, et elle ne le quitta pas malgré le travail qui attendait. Il repartit en trouvant la force de sourire à l'instant de la quitter, assurant que cela ne pouvait plus durer longtemps.

Le printemps revint, ramenant avec lui des rumeurs de victoire proche, si bien qu'au mois de mai, quand un canon allemand envoya des obus sur Paris, ce fut la surprise et la consternation. Près de cent morts dans l'église Saint-Gervais ! Que se passait-il ? Est-ce que de nouveau on allait envisager de quitter Paris ? Marie ne comprenait rien à ce qui se passait, pas plus que la concierge. On avait cru la victoire proche et voilà que les Allemands étaient revenus sur leurs positions de septembre 1914 !

Heureusement, avec le mois de juin, le son du canon se tut et peu à peu les nouvelles s'améliorèrent, au cours de l'été. Les lettres de Jean étaient elles aussi devenues optimistes. Marie riait en les lisant, de même qu'elle riait en allant au lavoir, accueillant ce soleil qui lui avait toujours réchauffé le cœur. Elle n'oubliait rien de la promesse qu'elle s'était faite à elle-même : parler à Jean, mais elle ne redoutait plus ce moment, qui arriverait fatalement un jour. Au contraire : avouer la délivrerait de ce fardeau qu'elle portait depuis trop longtemps.

L'été s'acheva dans un automne très doux, et bientôt les nouvelles de la guerre devinrent tout à fait rassurantes : la victoire était à portée de la main. Marie avait définitivement repris courage. Comme ce matin du 11, rentrant chez elle, quand le soleil troua le brouillard à l'entrée de la rue Saint-Paul qui avait peu à peu retrouvé son activité d'avant la guerre. Elle se sentit bien, tout à coup, comme si la promesse de victoire était devenue certitude. Ses deux fils marchaient devant elle, Jean serait rentré pour Noël, et la vie, enfin, reprendrait la couleur et la douceur de ce dimanche, à Nogent où ils avaient été si heureux.

– Vous connaissez Nogent, mon lieutenant ? demanda Jean Pelletier.

– De nom, mais je n'y suis jamais allé.

– Avant la guerre, j'y suis allé danser avec Marie.

Il rêva un instant, reprit :

– Vous dansez, vous, mon lieutenant ?

– Très peu et très mal.

– Et vous, sergent ?

– Pas du tout.

Jean Pelletier réfléchit quelques secondes, puis il demanda :

– Vous croyez qu'ils vont me reprendre à l'usine, mon lieutenant ?

– Il ferait beau voir qu'ils ne te reprennent pas.

– Et vous, qu'est-ce que vous allez faire, maintenant que la guerre est finie ?

Pierre Desforest ne répondit pas tout de suite.

– Tu vas demander un poste de professeur à Paris ou à Bordeaux ? demanda le sergent Rouvière.

– Ni à Paris ni à Bordeaux. Je vais rester chez moi, à la Nolie. Je vais enfin mener la vie dont j'ai rêvé. Je ferai le paysan : les foins, les moissons, on fêtera la gerbebaude, j'irai me baigner dans la Loue avec Juliette et ce sera toujours l'été.

Il toucha le bras du sergent et demanda :

– Et toi ?

– Avec Louise on espère bien être nommés rapidement à Narbonne ; c'est une belle ville, qu'on aime beaucoup. Surtout les boulevards et la promenade des Barques. Il y a là-bas une lumière extraordinaire, que je n'ai connue nulle part ailleurs. C'est comme si l'air était bleu comme la mer.

– Avant Narbonne, n'oubliez pas, sergent, que vous m'avez promis de passer chez moi, fit Jean Pelletier.

– C'est entendu, on te l'a déjà dit, fit Rouvière.

Comme à son habitude, Jean Pelletier se mit à parler de Marie, mais le sergent ne l'écoutait plus : il pensait à cette permission obtenue au mois de juillet 1917, quand il avait retrouvé André, Louise et ses enfants avec l'impression de les avoir quittés depuis dix ans.

L'école était déserte, mais il lui semblait entendre les cris des élèves lors des récréations, et il avait retrouvé au fil des heures le cours d'une vie qu'il avait tellement désirée qu'il se disait qu'elle ne pouvait pas lui être arrachée. Louise, qui redoutait ses silences, se forçait à parler, lui racontait la dernière année scolaire, les succès au certificat d'études, les rares échecs. Elle tentait désespérément de le ramener vers ce versant où le bonheur était possible, mais elle ne parvenait pas à lui cacher sa peur. Le dernier soir, après le repas, alors qu'il ne trouvaient plus les mots depuis plusieurs minutes, elle murmura :

– Ne repars pas. Remonte au mas, là-haut, personne ne te trouvera.

Ludovic réfléchit un moment, répondit :

– Et ensuite, crois-tu que l'on confiera un poste de maître d'école à un déserteur ?

Elle baissa la tête, le rouge aux joues. Pendant la nuit qui suivit, il la tint serrée contre lui jusqu'à l'aube, se leva avec le jour, et partit, comme à son habitude, sans un mot, sans se retourner.

Sur le front, le temps se remit à passer, sans véritables offensives, mais sous des marmitages subits, d'où l'obus mortel pouvait à tout instant surgir. Cela dura tout l'automne, un interminable automne qui conduisait, du moins l'espérait-on, vers des permissions à Noël. Effectivement, elles furent accordées au dernier moment. Ce fut un beau Noël que ce Noël-là. André avait accompagné Ludovic à Durban, et ils sortirent à peine à cause du froid, sinon le lendemain de Noël, pour aller à Tuchan, revoir l'école où ils s'étaient connus, il y avait plus de vingt ans. Ensuite, ils montèrent jusqu'au mas pour porter à la mère de Ludovic quelques produits de première nécessité. Elle refusa de les raccompagner, de venir passer à Durban quelques jours sans souci du quotidien. Là-haut, assurait-elle, elle était chez elle, « c'était sa place », elle se devait de continuer.

Un peu avant de repartir, ils émirent tous les trois le vœu que ce Noël soit le dernier de la guerre. André en était persuadé : avec l'arrivée des Américains, le sort basculerait rapidement en faveur de la France et de ses alliés. Ludovic, qui n'y croyait guère, feignit cependant de l'approuver, afin de donner de l'espoir à Louise.

Il regagna le front début janvier dans un froid très vif. Une sorte de trêve régnait, mais elle ne laissait augurer rien de bon. Et, en effet, dès le mois de mars, le 415ᵉ régiment d'infanterie fit route vers le nord, afin de venir en appui des forces britanniques qui venaient de recevoir le choc de l'offensive générale allemande lancée par Ludendorff. Le 415ᵉ ne combattit qu'une journée avant de faire retraite, et, de nouveau, Ludovic ressentit la désagréable impression du début de la guerre, quand les Allemands étaient arrivés jusque sur la Marne. Plus que de l'épuisement, c'était de la colère qui l'animait maintenant, car il lui semblait que les quatre ans de guerre n'avaient servi à rien. Tant de morts, de sacrifiés, pour retrouver aujourd'hui des positions de septembre 1914 ! C'était trop à supporter, vraiment. Il s'en ouvrit à Pierre Desforest qui lui confia sa certitude que cette offensive ennemie était la dernière. Son point d'orgue. Les Américains allaient être engagés dès le début de l'été. Il fallait se montrer patients, la victoire était proche.

Ludovic tenta d'oublier sa colère, apprit presque avec satisfaction que la contre-attaque allait avoir lieu en juillet en Champagne. À partir de ce jour, les troupes françaises ne cessèrent d'avancer, avec une préparation d'artillerie suffisante pour ne pas sacrifier trop d'hommes. Et cela jusqu'en automne, jusqu'à cette ultime bataille sur la Meuse, ce 11 novembre 1918, dans ce matin qui ne verrait sans doute pas le soleil, et sans que les hommes du 415e puissent reculer pour se mettre à couvert, puisque tels étaient les ordres. Les obus tombaient toujours, et le sergent Ludovic Rouvière, à 10 h 15 du matin, pensait au poêle de la salle de classe qu'il allumait dès l'aube, et qui ronflait ensuite, dans la bonne odeur du bois, exacerbant celles de la craie, de l'encre qu'il verserait bientôt dans les encriers de porcelaine.

10 heures 20

Les obus tombaient toujours sur le 415e régiment d'infanterie bloqué entre la rivière et la colline à Vrigne-Meuse. Le brouillard ne s'était pas entièrement levé, et le froid demeurait aussi vif pour les soldats qui ne pouvaient pas bouger, ni reculer ni avancer. Personne ne réussissait à les atteindre. Ils étaient seuls, sans secours, mais ils tenaient toujours la position conquise la veille au cours de l'après-midi.

Pierre Desforest, Jean Pelletier et Ludovic Rouvière s'efforçaient seulement de faire corps avec la terre, de rester en vie, sachant que la délivrance était proche. Le lieutenant Desforest ne cessait de le répéter à Jean Pelletier qui n'en pouvait plus d'attendre.

– Pense à Nogent, lui disait-il, pense que tu danseras bientôt.

– J'en peux plus, mon lieutenant, je veux que tout ça s'arrête, maintenant, tout de suite.

– Allons, répétait Pierre Desforest, c'est fini, plus que quelques minutes. Dis-toi que dans huit jours, si tu ne danses pas, tu auras embarqué et tu verras la mer avec Marie.

Jean Pelletier se mit à gémir, répétant :

– Marie, Marie...

Ludovic Rouvière, lui, n'était qu'un bloc muet mais déterminé. Il ne parlait plus, s'efforçait seulement de contenir sa colère, recroquevillé sur lui-même, comptant mentalement les minutes qui le séparaient encore de la délivrance.

Il y eut alors quelques brèves secondes de répit dans les bombardements, comme si tout se taisait, soudain, comme si tout était fini. Alors que ses compagnons ne s'y attendaient pas, le soldat Pelletier, semblant pris de folie, escalada l'entonnoir à une vitesse que ne laissait pas supposer son état d'épuisement, du côté opposé aux deux autres en criant : « Marie, Marie ! » Surpris, le sergent Rouvière et le lieutenant Desforest mirent quelques secondes à réagir. Jean Pelletier jaillit dans l'espace découvert entre les lignes, suivi de près par Ludovic Rouvière. Croyant à une ultime offensive, les mitrailleuses allemandes ouvrirent le feu. Jean Pelletier se dressa sous le choc des balles, soulevé de terre, puis retomba comme un oiseau foudroyé en vol. Le sergent Rouvière avait plongé au sol au moment où les mitrailleuses étaient entrées en action et il tenta de tirer le soldat Pelletier vers l'entonnoir. Parvenu à deux mètres, deux balles le frappèrent, toutes deux dans le bras gauche. Couvert par l'artillerie qui avait ouvert le feu, le lieutenant Desforest parvint à les atteindre et à les faire glisser dans l'entonnoir, à l'abri. Il se pencha vers les deux hommes, comprit que Jean Pelletier était mort, mais fut rassuré par le sergent qui murmura :

– Deux balles dans le bras gauche.

– Il faut tenir, dit Pierre Desforest.

– Une chance que je sois droitier, comment j'écrirais au tableau, sinon ? grinça le sergent Rouvière.

– Ne dis pas de bêtises, fit Pierre Desforest.

Ludovic Rouvière ne répondit pas et entreprit de se faire un garot avec un bout de corde. Les deux hommes étaient d'une extrême pâleur. Le corps de Jean Pelletier pesait sur eux et ils n'avaient pas la force de le repousser, au contraire. Il leur semblait encore vivant, comme il l'était quelques minutes auparavant, et ils avaient du mal à réaliser ce qu'il venait de se passer. Ils se sentaient terriblement coupables, l'un et l'autre, de n'avoir pas été assez vigilants, d'avoir réagi trop tard. Pierre Desforest essuya une larme qui coulait sur sa joue droite, mais le visage de Ludovic Rouvière restait de marbre. Il consacrait toutes ses forces à s'habituer à la douleur et à maintenir serré le garrot, pour ne pas se vider de son sang.

Les deux artilleries s'acharnaient maintenant sur toute la rive gauche de la Meuse, et elles continuèrent pendant de longues minutes, impitoyables, hersant la terre, les corps, les arbres, comme elles le faisaient depuis quatre ans. Les deux hommes ne bougeaient plus, ne parlaient plus, respiraient à peine, tendus dans l'attente de la délivrance. Un peu plus tard, à 11 heures précises, le clairon sonna le cessez-le-feu officiel, mais les mitrailleuses allemandes continuèrent à crépiter pendant quelques minutes encore, puis tout se tut sur l'ensemble du front.

11 heures

Juliette Desforest sursauta quand les cloches se mirent à sonner à la volée. Elle se précipita à la fenêtre, puis au-dehors, à la rencontre des femmes et des enfants qui surgissaient de toutes parts dans la cour du château, venant aux nouvelles, n'osant croire que cette maudite guerre était enfin terminée. Dès les premiers tintements joyeux, Juliette avait compris que le cauchemar s'achevait, que la guerre était finie, et toutes les cloches des villages alentour, maintenant, se répondaient, confirmant la nouvelle espérée. En quelques minutes, la cour fut pleine de monde, comme au temps où le château accueillait pour les fêtes la population des alentours. Louise songea fugacement à son mariage, aux violons qui jouaient sur la terrasse, aux réceptions du temps de la paix, quand la vie n'était que rires et joie. Elle embrassait les femmes et les enfants, si heureuse qu'elle n'apercevait pas son père, hagard, là-bas, sur le banc où elle avait si souvent pensé à Pierre. Pierre qui allait lui revenir, elle en était sûre à présent, et près duquel elle s'installerait à la Nolie comme ils en avaient rêvé si souvent.

Louise Rouvière frappa dans ses mains pour mettre fin à la récréation qui avait été beaucoup plus longue que d'habitude, ce matin, et, tandis que les enfants venaient s'aligner devant les marches sur deux colonnes, elle sourit en pensant que bientôt ce serait Ludovic qui frapperait ainsi dans ses mains, puis s'écarterait pour laisser entrer les élèves dans cette classe enfin redevenue la sienne. À peine les élèves se furent-ils assis que, brusquement, la sarabande folle des cloches retentit. Moins d'une minute plus tard, alors que tous tendaient l'oreille vers l'appel joyeux qui partait du clocher, le maire surgit dans la cour en criant : « C'est fini ! La guerre est finie ! » Louise se précipita dans la cour à sa rencontre, suivi par les enfants ravis d'échapper à la leçon de géographie. Il embrassa Louise qui faillit se trouver mal. Sa collègue arriva, la soutint, et elles s'étreignirent, n'osant croire à ce qu'elles avaient tant espéré. Ensuite, entraînant derrière elles les enfants de l'école, les deux maîtresses se dirigèrent vers la promenade, où, au bord de la rivière, elles trouvèrent la population du village qui fêtait la fin des hostilités en criant, en s'embrassant. Ainsi, c'était donc vrai : la guerre était finie. Ludovic allait revenir. Louise ne sentait pas les larmes couler sur ses joues, car elle riait, elle riait, imaginant le moment où bientôt, très vite, il la serrerait dans ses bras.

À Paris, Marie Pelletier rentrait chez elle en rêvant à Jean, à ses mains sur elle, à son sourire d'avant la guerre, à l'île de Nogent. Elle arrivait à proximité de la rue Saint-Paul, ayant installé Baptiste sur son chariot, grondant Louis qui s'attardait. Soudain elle entendit des cloches sonner, puis des cris montèrent dans la rue : « L'Armistice, l'Armistice est signé ! C'est fini, la guerre est finie ! » Elle resta un moment tremblante sur ses jambes, les yeux pleins de larmes, n'osant croire à ce qu'elle entendait, puis elle se précipita chez elle pour ranger son linge et son chariot. Après quoi, ne pouvant rester à l'écart de ce qui se passait à l'extérieur, elle ressortit en tenant ses enfants par la main et elle courut vers la place de la Bastille, noire de monde, où c'était aussi l'allégresse : on s'embrassait, on se félicitait, tandis qu'un accordéon, surgi de nulle part, s'était mis à jouer. Marie avait du mal à croire que ce bonheur était aussi pour elle, mais elle étreignait ses enfants en riant et pleurant à la fois, tournait avec eux dans le soleil qui avait enfin réussi à percer le brouillard du matin.

C'était un matin sur la Terre.

À 11 heures 30, sur toutes les places des villes et des villages, des hommes et des femmes dansaient.

NOTE DE L'AUTEUR

Tous les soldats morts le 11 novembre à Vrigne-Meuse ont été déclarés par les autorités militaires officiellement tombés au champ d'honneur le 10 (Gérald Dardart : *Mourir un 11 novembre. La dernière bataille de 14-18,* Les Cerises aux Loups éditeur). Les éléments historiques que j'ai utilisés au sujet de cette ultime bataille figurent dans ce document. Pour le reste, l'essentiel, le romancier a fait son œuvre, au plus près de la réalité probable. On sait bien que l'imagination est souvent le reflet le plus fidèle de la vérité. Souvent, aussi, les héros des romans deviennent plus vivants que les simples mortels. J'espère que ce sera le cas de Juliette et Pierre Desforest, de Marie et Jean Pelletier, de Louise et Ludovic Rouvière, qui sont devenus pour moi, au fil des pages, des êtres chers dont j'ai eu beaucoup de mal à me séparer.

DU MÊME AUTEUR

Aux Éditions Albin Michel

LES VIGNES DE SAINTE-COLOMBE :
1. Les Vignes de Sainte-Colombe (Grand Prix des lecteurs du Livre de Poche), 1996.
2. La Lumière des collines (Prix des maisons de la Presse), 1997.

BONHEUR D'ENFANCE, 1996.

LA PROMESSE DES SOURCES, 1998.

BLEUS SONT LES ÉTÉS, 1998.

LES CHÊNES D'OR, 1999.

CE QUE VIVENT LES HOMMES :
1. Les Noëls blancs, 2000.
2. Les Printemps de ce monde, 2001.

UNE ANNÉE DE NEIGE, 2002.

CETTE VIE OU CELLE D'APRÈS, 2003.

LA GRANDE ÎLE, 2004.

LES VRAIS BONHEURS, 2005.

LES MESSIEURS DE GRANDVAL :
1. Les Messieurs de Grandval, (Grand Prix de littérature populaire de la Société des gens de lettres), 2005.
2. Les Dames de la Ferrière, 2006.

Aux Éditions Robert Laffont

LES CAILLOUX BLEUS, 1984.

LES MENTHES SAUVAGES (Prix Eugène-Le-Roy), 1985.

LES CHEMINS D'ÉTOILES, 1987.

LES AMANDIERS FLEURISSAIENT ROUGE, 1988.

LA RIVIÈRE ESPÉRANCE :

1. La Rivière Espérance (Prix La Vie-Terre de France), 1990.
2. Le Royaume du fleuve (Prix littéraire du Rotary International), 1991.
3. L'Âme de la vallée, 1993.

L'ENFANT DES TERRES BLONDES, 1994.

Aux Éditions Seghers

ANTONIN, PAYSAN DU CAUSSE, 1986.

MARIE DES BREBIS, 1986.

ADELINE EN PÉRIGORD, 1992.

Albums

LE LOT QUE J'AIME, Éditions des Trois Épis, Brive, 1994.

DORDOGNE, VOIR COULER ENSEMBLE ET LES EAUX ET LES JOURS, Éditions Robert Laffont, 1995.